MAIS UMA VEZ, COM EMOÇÃO

ELISSA SUSSMAN

Tradução Luiza Marcondes

astral
cultural

Copyright © 2023 Elissa Sussman
Título original: Once more with feeling
Publicado originalmente em Língua Inglesa por Dell Trade Paperback, uma divisão da Penguin Random House.
Tradução para Língua Portuguesa © 2024 Luiza Marcondes
Todos os direitos reservados à Astral Cultural e protegidos pela Lei 9.610, de 19.2.1998.
É proibida a reprodução total ou parcial sem a expressa anuência da editora.

Editora Natália Ortega
Editora de arte Tâmizi Ribeiro
Produção editorial Andressa Ciniciato, Brendha Rodrigues e Thais Taldivo
Preparação de texto Pedro Siqueira
Revisão João Rodrigues e Fernanda Costa
Capa Kasi Turpin **Adaptação da capa** Tâmizi Ribeiro
Foto da autora John Petaja

Dados Internacionais de Catalogação na Publicação (CIP)

Angélica Ilacqua CRB-8/7057

S965j

    Sussman, Elissa
    Mais uma vez com emoção / Elissa Sussman ; tradução de Luiza Marcondes. -- Bauru, SP : Astral Cultural, 2024.
       384 p.

    ISBN 978-65-5566-464-5
    Título original: Once more with feeling

    1. Ficção norte-americana I. Título II. Marcondes, Luiza III. Série

23-6462   CDD 813.6

Índice para catálogo sistemático:

1. Ficção norte-americana

BAURU
Rua Joaquim Anacleto Bueno 1-20
Jardim Contorno
CEP 17047-281
Telefone: (14) 3879-3877

SÃO PAULO
Rua Augusta, 101
Sala 1812, 18º andar, Consolação
CEP 01305-000
Telefone: (11) 3048-2900

E-mail: contato@astralcultural.com.br

Dedico este livro ao Prozac e às balinhas Jelly Belly.
Eu não teria conseguido sem vocês.

Antes de substantivo, o teatro é um verbo;
antes de lugar, é um ato.
— Martha Graham

Eu sempre disse que tinha mais coragem do que talento.
— Dolly Parton

ROLLING STONE

"OS CEM MAIORES ESCÂNDALOS MUSICAIS DOS ÚLTIMOS CINQUENTA ANOS" N° 14: KATEE ROSE DESTRÓI O CORAÇÃO DE RYAN LANEVE (E A PRÓPRIA CARREIRA)

Saber que, hoje em dia, há jovens que não fazem ideia de que Ryan LaNeve, estrela do cinema, já foi Ryan LaNeve, um adolescente bobão em um programa de esquetes, vai fazer você sentir o peso da idade. De curta duração, o *Só Talentos* serviu de trampolim para a carreira de muitas celebridades, incluindo a antiga paixão dele, Katee Rose. LaNeve e Rose se conheceram nos sets de filmagem quando eram mais novos, mas o relacionamento deles foi empurrado à força para baixo dos holofotes à medida que os dois se tornavam mais populares — ela, em carreira solo; ele, como um dos cinco integrantes da CrushZone, a *boy band* mais amada da época.

O reinado dos dois, como o príncipe e a princesa do pop, teve fim quando LaNeve veio a público com a revelação de que Rose teria sido infiel. Apesar de isso nunca ter sido confirmado, o escândalo ganhou mais força com a insinuação de que a cantora estaria traindo LaNeve com seu colega da CrushZone, Calvin Tyler Kirby.

Em uma demonstração da vida imitando a arte, LaNeve deixou o grupo para assumir o papel que o impulsionaria ao estrelato em *Beije-me primeiro,* representando o marido chato e fracassado que vê seu casamento se desfazer quando a esposa passa a se prostituir, em um remake livre de *Proposta indecente.*

E quanto a Katee Rose? A artista anasalada já estava a meio caminho do fim da carreira, e o escândalo foi apenas sua pá de cal.

ABERTURA

FOI UMA PROVA DE FOGO, AO ESTILO DO TEATRO MUSICAL.
Assim que nossas malas foram desfeitas, no lugar das dinâmicas quebra-gelo do primeiro dia, comuns no acampamento de verão judeu que eu frequentava, fomos todos arrebanhados para dentro do teatro e informados que faríamos o teste para a apresentação de fim do verão.

Naquele. Momento.

O acampamento Curtain Call não estava de brincadeira.

A maioria das pessoas estaria tremendo de medo, mas não era o meu caso. Eu estava mais do que disposta a encarar o desafio. Estava pronta.

Era exatamente por isso que eu tinha ido, para começo de conversa.

Eu tinha tudo planejado.

Primeiro passo: convencer meus pais, que não me apoiavam, a gastar o dinheiro do meu bat mitzvá em um acampamento de teatro caro e exclusivo.

Segundo passo: surpreender todas as pessoas presentes no acampamento citado com meu talento, meu charme e minha determinação.

Terceiro passo: me apresentar — e ser aplaudida de pé — na exibição do fim do verão, impressionando uma audiência lotada de agentes, diretores e outros figurões do teatro.

Quarto passo: dominação teatral.

Sentei na fileira do fundo e observei minha concorrência.

Embora eu tivesse previsto que o primeiro passo seria o mais difícil, sabia que o restante não seria mamão com açúcar. Havia um belo número de pessoas talentosas ali, mas isso não me desanimou. *Provar-me a melhor entre os abaixo da média não seria motivo de orgulho. Na verdade, as circunstâncias tornariam minha vitória ainda mais gloriosa.*

As audições foram realizadas em ordem alfabética, então eu tinha a vantagem de poder assistir a todo mundo com sobrenomes de A a Rosenberg se apresentar antes de mim. Uma hora se passou, e eu já havia mudado de ideia duas vezes em relação à música que apresentaria, tendo reparado nos instrutores da primeira fileira suspirando diante das interpretações de "I Dreamed a Dream", de Os Miseráveis, e "Don't Rain on My Parade", de Funny Girl, pela enésima vez.

Por sorte, eu tinha deixado pelo menos uma dúzia de performances em potencial preparadas, indo desde o que seria esperado até opções mais desconhecidas. No momento, estava indecisa entre "If I Were a Bell", do musical Guys and Dolls, e "Lion Tamer", de The Magic Show.

Uma era divertida; a outra, melancólica. Boa parte dos cantores ali estava tendendo ao estilo da segunda, então eu me sentia propensa à primeira. Para minha sorte, eu era excelente em ambas as categorias.

Era essencial que eu me destacasse.

A campista seguinte subiu no palco.

— Rachel James — ela disse, seus cabelos volumosos e brilhosos, os dentes perfeitos.

Ouvi um grunhido baixo ao meu lado. Eu me virei e dei de cara com um rosto contorcido de desdém por trás de grandes óculos redondos.

— É um nome artístico — a garota falou quando me pegou observando-a. — O nome verdadeiro dela é Rochelle Illowski.

Um nome artístico. Eu provavelmente precisaria de um também.

Apesar de que, quando me imaginava recebendo meu (primeiro) Tony, ele sempre viesse acompanhado de "E a vencedora é Kathleen Rosenberg!".

Pelo jeito como os instrutores se inclinaram para a frente, pelo modo como o salão inteiro caiu em silêncio e pelos ombros em linha reta de Rachel, dava para ver que ela sabia o que estava fazendo.

E tinha plena consciência disso.

Sua voz era maravilhosa. Cristalina e emotiva.

Não se deve aplaudir audições, mas metade dos campistas bateu palmas mesmo assim. Ninguém os mandou parar.

— Ela é boa — falei.

— Ela já fez algumas turnês — a garota de óculos respondeu.

Eu sentia uma inveja inexplicável. E um pouco de nervosismo.

— Uau.

— Mas é uma escrota.

Surpresa e encantada pela explosão, olhei para minha nova amiga, que deu de ombros.

— Ela colocou pinhas no meu beliche no ano passado — a garota explicou. — E roubou meu programa autografado do musical Rent.

— Que escrota — concordei, com sinceridade.

— Me chamo Harriet — ela falou. Suas tranças, presas para cima, mantinham o cabelo afastado do rosto, em um nó alto.

— Kathleen.

Apertamos as mãos.

— Seu primeiro verão? — Harriet perguntou.

Fiz que sim com a cabeça.

— Esse é o meu quarto — ela disse.

— Você deve conhecer todo mundo.

Ela deu de ombros, mas sorriu de um jeito contente.

— É um grande prazer te conhecer — falei.

Fui sincera. Uma fã de Rent que conhecia todos os detalhes do Curtain Call? Parecia que o santo padroeiro do teatro musical — Stephen Sondheim — estava sorrindo para mim.

Talvez.

— O que você canta? — perguntei.

— Sou contralto.

Eu estava mesmo com sorte. Uma amiga nova com quem não precisaria competir.

— Mas o que mais faço é compor — Harriet continuou.

— Você compõe suas próprias músicas?

Ela confirmou com a cabeça.

Foi como se tivesse acabado de confessar que tinha algum superpoder.

— Você é minha nova melhor amiga — afirmei.

— Ok — ela respondeu.

Harriet conhecia todo mundo e sabia tudo sobre cada um. Ao menos as coisas importantes, como: quantos verões vinham participando, se tinham sido escalados para alguma exibição antes e se já se apresentaram profissionalmente.

— Essa é a Courtney — ela dizia. — É o sexto verão dela. Só participou da exibição uma vez e era como ensemble.

Ou então:

— Essa é a Shauna. É só o segundo verão dela, mas ganhou um dueto no ano passado.

Ou:

— A Corina não estava aqui no último verão, mas veio no anterior. Acho que ela ficou no coro.

Era um pouco como estar com meu pai quando ele recitava estatísticas de beisebol. Só que dessa vez era interessante de verdade.

— Quem. É. Aquele? — perguntei.

Fui completamente tragada pelo homem mais lindo que já tinha visto. E, levando em conta que ele parecia ter pelo menos dezesseis anos, definitivamente era um homem. Seu cabelo bagunçado estava cortado feito uma cortina no meio da testa, ele usava um colar de conchinhas, e o jeito como curvava os polegares na bermuda cargo, balançando-se para a frente e para trás, era hipnotizante. Suas pernas também eram bonitas. Fortes e bronzeadas.

— Calvin Kirby — ele disse, posicionando-se no centro do palco.

Cada hormônio em meu corpo explodiu, como se fossem lâmpadas superaquecendo. Pop. Pop. Pop.

Ele era barítono.

E eu estava apaixonada.

AGORA

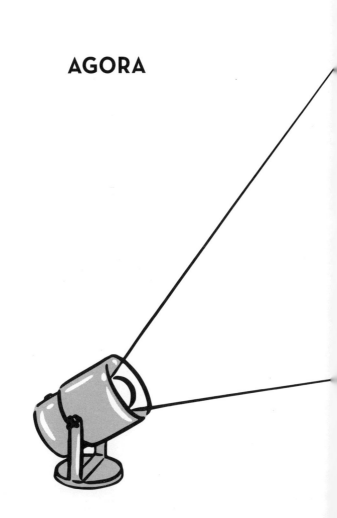

CAPÍTULO 1

EU TINHA COMETIDO UM ERRO TERRÍVEL.

Bem, *dois* erros terríveis.

O primeiro foi aceitar aquele convite para o almoço. O segundo, não ter insistido que Harriet e eu chegássemos juntas. Teríamos nos atrasado, porque Harriet sempre estava atrasada, mas teria sido melhor do que chegar cedo, que foi o que aconteceu, porque eu sempre chegava cedo.

E, aparentemente, Cal também.

Uma garçonete me acompanhou até a mesa a que ele já estava sentado. Cal ergueu os olhos quando me aproximei.

Três erros agora.

A foto de baixa qualidade, que a mídia usava sempre que seu nome era mencionado, tinha pelo menos cinco anos e, agora que ele estava aqui, os olhos fixos nos meus, estava evidente que aquela foto não lhe fazia justiça.

Ele se levantou da cadeira e parecia não parar de ficar mais alto. Será que sempre foi tão alto assim?

Suas roupas lhe caíam bem. A barba por fazer lhe fazia maravilhas. O cabelo estava engenhosamente desgrenhado. Imaginei-o usando óculos de sol espelhados e dirigindo pelo Brooklyn em um conversível, instigando todo mundo a parar para olhar.

— Kathleen Rosenberg — ele disse.

Aquela voz. Eu tinha me esquecido — me esforçado para esquecer — de que ela era bonita pra cacete. Que era grave e exuberante.

Meu Deus. Eu a senti nos dedos dos pés e das mãos.

— Ora, ora, ora — falei. — Se não é Calvin Tyler Kirby.

Sua bochecha se contraiu, mas o sorriso educado — e falso — não cedeu.

Ele odiava ser chamado pelo nome inteiro. E foi exatamente por isso que o fiz.

Cal deveria se considerar sortudo por eu não usar seu apelido ainda mais odiado.

Na verdade, deveria agradecer por eu ter dado as caras ali, para começo de conversa. Da última vez que nos vimos, Cal havia me chamado de "um erro", e eu, dito a ele para desaparecer da minha vida.

Ele atendeu ao meu pedido.

Meus sentimentos a respeito dele não tinham mudado, mas as circunstâncias, por outro lado, sim. E eu havia prometido a Harriet que ouviria o que ele tinha a dizer.

— É bom te ver — ele mentiu, estendendo a mão.

— Deixa disso — respondi.

Pondo as mãos nos ombros dele, fiquei na ponta dos pés e dei dois beijos no ar, espalhafatosos e desagradáveis, um em cada lado de seu rosto.

Seus músculos se retesaram sob as minhas mãos. A colônia que ele usava — como um pomar de laranjeiras — me envolveu por completo. Ignorei como era boa aquela sensação, soltei-o e dei um passo para trás.

— Vamos lá? — Ele gesticulou na direção da mesa.

Nos sentamos.

Era como estar dentro de uma sauna de constrangimento. Eu conseguia sentir nos meus poros.

— Faz um tempinho que não nos vemos — falei. O eufemismo do século.

Cal ergueu uma das sobrancelhas, mas não respondeu. Aparentemente, o cardápio que tinha nas mãos era fascinante.

Eu tinha bastante certeza de que, apesar do exterior imperturbável, ele estava fazendo exatamente a mesma coisa que eu — ou seja, recordando a última vez que estivemos no mesmo cômodo, trocando farpas. Nós dois dissemos coisas bem indelicadas.

Quanto tempo fazia? Dez, quinze anos?

Na verdade, não importava. Eu ainda me lembrava bem do nojo e da decepção nos olhos dele. De como ele me deu as costas e, sem olhar para trás, me deixou sozinha para lidar com as consequências das atitudes que nós dois tínhamos tomado.

Eu me perguntei se ele se sentia mal com aquilo agora, ou se ainda pensava que eu mereci o que aconteceu.

A ausência total de retratações parecia indicar que não havia arrependimentos.

Bem, tudo bem. Tudo ótimo.

Afinal, não era como se eu estivesse disposta a aceitar um pedido de desculpas, mesmo se ele o oferecesse. Um *sinto muito* não era o suficiente para consertar o que foi destruído.

Minha carreira. Meu espírito.

Eu sabia que estava sendo dramática, mas podia apostar que Calvin Tyler Kirby não esperaria nada menos de mim.

— A Harriet sempre se atrasa — comentei, embora estivesse certa de que ele já sabia disso.

— Não estou com pressa — ele respondeu, ainda examinando o cardápio.

Minha vontade era de esticar os braços, arrancar aquilo das mãos dele, rasgar em um milhão de pedacinhos e forçá-lo a olhar para mim.

— Ótimo — falei, entredentes.

Eu deveria me concentrar no meu próprio cardápio, mas em vez disso me peguei encarando Cal. Analisando tudo que tinha mudado nele em todo aquele tempo. Tentei imaginá-lo mais novo, sobreposto a essa versão, contrastando o grisalho de seu cabelo e as marcas ao redor de seus olhos com a minha lembrança do garoto com luzes no cabelo e delineador.

Será que ele tinha feito o mesmo comigo quando cheguei?

Se me perguntassem, eu negaria, mas havia feito um esforço extra para me arrumar naquele dia. Apesar de meus cabelos já não serem loiros desde os dias de Katee Rose, dediquei um tempo a domá-los e a ajeitar um penteado, resistindo ao impulso de tingir os meus próprios e múltiplos fios brancos.

O clima se encontrava naquele intermediário charmoso entre o inverno e a primavera, em que os dias têm uma chance equivalente de serem floridos e iluminados ou gelados e lamacentos. Estava agradável na hora em que saí do meu apartamento, mas não havia garantia de que continuaria assim. Escolhi uma calça jeans e um suéter leve, e sabia, sem sombra de dúvidas, que Cal havia notado o caimento das duas peças, já que seu olhar disparou para baixo — só por um instante — quando me viu. Era gratificante saber que os peitos que me renderam o apelido "Katee Melão" por parte dos tabloides ainda tinham presença de palco, mesmo depois de tantos anos.

— Tem alguma coisa no meu rosto? — Cal perguntou.

Ele nem sequer olhou para cima.

— Só seus olhos, seu nariz e sua boca — respondi, com doçura.

Se estava tentando me pegar com a guarda baixa, ele precisaria se esforçar muito mais. Eu estava pronta para ele. Agachada, em posição de ataque, só esperando uma oportunidade para atacar. Podia até ter ficado mais flácida e redonda desde a última vez que ele me viu, mas também afiei minhas garras. Vesti algumas peças de armadura. Se Cal pensava que estava lidando com a pessoa que eu era naquela época, se desapontaria profundamente.

Katee tinha confiado nele.

Kathleen era mais esperta.

— Ouvi dizer que o polvo grelhado é bom — ele disse.

— É mesmo.

Finalmente, ele ergueu os olhos para encontrar os meus.

— Quão bom? — perguntou.

Era do polvo que ele estava falando, mas, ao mesmo tempo, não era.

— O melhor que você já provou — respondi.

Isso o fez sorrir.

Eu tinha me esquecido daquelas malditas covinhas.

— Me desculpem pelo atraso — Harriet disse.

Nós dois fomos pegos de surpresa. Eu nem tinha reparado que Harriet se aproximava. Na verdade, por um momento, o fato de que ela era o motivo para eu estar ali me fugiu completamente.

Quis culpar as covinhas.

Cal se levantou para cumprimentar Harriet com um abraço. Fiz o mesmo.

— Dá uma chance para ele — ela cochichou no meu ouvido.

Me sentei, e o sorriso que dei era só dentes. Como um tubarão.

— A Kathleen estava me contando agora mesmo que o polvo grelhado daqui é ótimo — Cal comentou.

— Um divisor de águas — falei.

Isso me custou um chute de Harriet por baixo da mesa. Doeu, mas não tanto quanto descobrir que minha melhor amiga estava havia meses de gracinha com meu arqui-inimigo, pelas minhas costas.

Ok. De "*gracinha*" não era bem a expressão certa.

Conspirando. Colaborando. Maquinando.

Fizemos nossos pedidos — Cal escolheu o polvo — e, uma vez que nos deixaram a sós, o olhar de Harriet pulou entre eu e Cal, como se estivesse esperando que um gongo soasse e um de nós desferisse o primeiro golpe.

Não seria eu.

— Agradeço por você ter conseguido um espaço na sua agenda para me encontrar — Cal disse. — Obrigado.

Odiei como ele soava educado e formal. Imaginei que seria constrangedor o suficiente vê-lo de novo depois de tudo pelo que passamos, mas, de algum jeito, era ainda pior ficar sentada ali e fingir que nada tinha acontecido. Fingir que éramos estranhos. Estranhos profissionais.

Bem, se era assim que ele queria que fosse...

— Ah, não — respondi. — *Eu* é que agradeço.

Uma pausa se seguiu; Cal pigarreou.

— *Encantamos!* é uma peça muito especial — ele falou.

Na semana anterior, quando Harriet me chamou para jantar com ela, eu tinha me preparado para o pior. Havia meses que ela estava distante, cancelando compromissos de última hora e dando desculpas ridículas, como a de que estava ocupada treinando para uma maratona.

A única coisa pela qual Harriet já correu na vida foi atrás de ingressos para o festival *Shakespeare in the Park*.

Fomos ao meu restaurante favorito, Aardvark and Artichoke, e eu mantive o foco no meu drinque enquanto repassava na cabeça uma lista de todas as piores hipóteses para ela estar me ignorando. Ela estava doente. Ia se mudar. Tinha reatado com a ex-namorada que eu mais detestava.

Mas acabou sendo pior do que todas essas opções.

E também melhor.

— Eu estava procurando pela peça certa quando Harriet veio falar comigo — Cal disse.

Foi tão louco, Harriet tinha me dito na última semana. *Ele me ligou. Totalmente do nada.*

Arqueei uma sobrancelha e olhei para minha amiga.

Ela encarou o próprio copo d'água.

— Que coincidência — comentei, mas sabia que havia uma razão para ela ter mentido.

Nem conseguia culpá-la pela evasão.

Encantamos! não foi o primeiro musical que Harriet escreveu. Nem mesmo o quinto. Ou o décimo.

Quando nos conhecemos, aos catorze anos, ela já tinha composto mais de vinte músicas — e um punhado delas era muito bom. Na época em que eu estava fazendo turnês mundiais como Katee Rose, Harriet já contava com álbuns excelentes. Ela estava à beira do sucesso, de se tornar o tipo de compositora de alta demanda. A pessoa com quem todo mundo quer trabalhar.

Em vez disso, continuava praticamente anônima, empacada, compondo uma música aqui e outra ali para filmes de televisão, ou para artistas de um só sucesso de terceira categoria. De vez em quando, parecia que conseguiria uma nova chance, uma nova oportunidade, mas as coisas sempre davam errado antes que alguma coisa acontecesse. Ela merecia mais do que isso.

E eu não podia fazer nada além de assistir e, mais uma vez, me sentir culpada.

— *Encantamos!* é original, mas também familiar — Cal estava dizendo. — Está entre a nostalgia e a inovação.

— É brilhante — falei.

— É brilhante — ele ecoou.

Pelo menos nisso nós concordávamos.

— Quero fazer um workshop aqui, em Nova York — Cal continuou. — Depois, apresentações-teste em outras cidades. Talvez no Globe ou no Orpheum, ou até mesmo em algum lugar mais perto de casa. E, então, se tudo correr bem, e eu pretendo que assim seja, levamos a peça para a Broadway.

Ele disse isso tudo com tanta confiança que era difícil não sentir uma pontinha de esperança.

Mas a esperança era uma coisa perigosa e inconstante. Especialmente quando ligada a Cal Kirby.

— E você vai dirigir a peça — eu disse.

— Isso — ele concordou.

Não se tratava simplesmente de uma peça de Harriet. É verdade, foi *ela* que escreveu o musical, cujo elenco é inteiramente feminino, baseado na icônica Rosie, a Rebitadora, mas um dos três papéis principais, Peggy, foi feito para *mim*. Escrito sob medida para enfatizar o talento pelo qual me conheciam — a dança — e também os mais incógnitos, como o fato de que eu, na verdade, por baixo de todo o *auto-tune* que a minha equipe usou nos meus álbuns naquela época, tinha uma voz bem ok. E, mesmo não tendo gravado nada havia mais de uma década, eu sabia que essa prática era ainda mais comum hoje em dia. O último disco antes da minha aposentadoria forçada tinha sido especialmente revoltante — mal reconheci minha voz quando o ouvi.

Dessa vez, se eu voltasse para os palcos, seria do meu jeito. Com a minha voz. O meu nome.

Por anos, tentei amar outra coisa do mesmo jeito que amava me apresentar.

Dinheiro não era o problema — *além* de sortuda, fui esperta. Tinha o suficiente para viver, principalmente porque minha vida já não era mais tão extravagante. E sempre havia os valores residuais das minhas músicas, que continuavam sendo licenciadas. Em épocas de vacas magras, eu dava aulas de dança, mas fazia isso principalmente para ocupar meus dias.

Foi com isso que precisei me acostumar depois que minha carreira acabou. Todo o tempo livre que eu tinha. Todo o tempo comigo mesma.

O tédio foi uma novidade, a princípio — assim que a depressão deu uma aliviada —, mas que se dissipou rapidamente.

Me envolvi com todo tipo de hobby, na tentativa de encontrar outra coisa que me proporcionasse o mesmo sentimento de estar sob os holofotes. Procurei sons que eu amasse mais do que o de aplausos. Busquei aquele nervosismo gostoso que surgia no instante em que a cortina se erguia. Ansiei pelo prazer que vinha de atingir aquela nota perfeita e sustentá-la... sustentá-la... sustentá-la... e, então, deixá-la ir embora.

Mas era impossível escapar de quem eu era.

— Quando esse workshop começaria? — perguntei.

— Tem algumas outras coisas que precisamos discutir antes de entrarmos na questão dos cronogramas — Cal disse.

Me senti grata por Harriet também parecer surpresa com essa informação. Até onde eu sabia, esse encontro estava acontecendo mais para garantir que Cal e eu seríamos capazes de ficar no mesmo cômodo sem estraçalhar um ao outro.

Os sinais estavam indicando que *não*, não seríamos.

— Que outras coisas? — ela perguntou.

— O elenco — Cal respondeu.

A insinuação era bem óbvia.

Eu me afastei da mesa com um empurrão.

— Veja bem — ele disse. — É complicado.

— Não — Harriet retrucou. — Não é. Pode escolher quem quiser para os outros papéis, mas Kathleen é a Peggy. O papel foi escrito *para ela. Com ela.* — Ela se virou na minha direção. — Eu disse isso a ele. Desde o início. Desde o primeiro dia.

Eu sabia que ela estava falando a verdade. Eu era parte da peça. Um pacote fechado. Que *algumas pessoas* poderiam enxergar como um ponto benéfico para vendas e marketing.

— Foi por isso que eu quis conversar com vocês duas — Cal continuou.

— É lógico que quis — respondi. — Fica muito melhor de enxergar o estrago quando se faz uma coisa assim pessoalmente.

Ele me ignorou, o que foi bom, porque eu tinha noventa por cento de certeza de que, se me concentrasse o bastante, poderia matá-lo com meu olhar.

— Eu tenho obrigações com os produtores — ele disse. — E eles têm as próprias opiniões.

— Já ouvi dizer que opinião é igual a cu.

Cal devolveu meu olhar, e me surpreendi ao ver raiva fervilhando ali. Com o que *ele* estaria bravo, cacete? Era ele quem detinha o poder. Era ele quem estava no controle. Era ele quem tinha as nossas esperanças e os nossos sonhos nas mãos.

Se alguém deveria estar furioso, era eu. E eu estava.

— Você vai me deixar explicar? — ele perguntou, a mandíbula tensa.

Fiz um gesto para que seguisse em frente, apesar de meu corpo estar praticamente todo dormente.

— Os produtores estão nervosos — ele disse. — A respeito de Katee. Da... reputação dela.

Eu. Ia. Matar. Ele.

— *Minha* reputação? — Eu tinha um nó na garganta, e as palavras saíram parecendo um guincho. Não era o mais bonito dos sons, mas eu não estava nem aí.

Porque *Cal* era a razão por trás dessa tal reputação. Porque aquilo tinha acontecido mais de uma década atrás. Porque eu era uma pessoa diferente agora. Porque Katee Rose não existia, caralho.

Aquela história toda era só um pretexto para me tirar do caminho.

— Não vou fazer a peça sem ela — Harriet afirmou.

Eu não esperava menos dela, mas não fazia diferença. Eu sabia qual era o plano de Cal. Ele estava forçando Harriet a escolher.

Era cruel. É isso o que era. Uma punição cruel para se vingar de mim pelo o que havia acontecido. Como se ele fosse um espectador inocente que, sem querer, se viu envolvido na minha trilha de destruição libidinosa. Como se fosse *ele* o injustiçado.

Eu deveria ter esperado isso. Deveria ter previsto.

E nem sequer podia dizer que não merecia.

Só não tinha pensado que ele seria tão baixo a ponto de arrastar Harriet para esse cenário.

Essa parte, contudo, também era minha culpa. Afinal, o Cal daquela época, doce e atencioso, jamais teria feito uma coisa assim.

Eu era o motivo de ele não ser mais aquela pessoa.

— Nós temos opções — Cal disse.

Voltei meu olhar para Harriet. Enxerguei os sonhos que compartilhamos, da Broadway, da noite de estreia e dos prêmios Tony, dissipando-se como fumaça.

Eu já tinha destruído as aspirações dela uma vez. Não deixaria que isso acontecesse de novo.

— Prossiga sem mim — falei.

— O quê? — ela protestou. — Não.

— Você vai encontrar outra pessoa — insisti. — Alguém melhor.

Até parece. Aquele papel tinha sido escrito para mim. Eu era perfeita para ele. Seria incrível nele.

Mas essa era a oportunidade de Harriet.

Talvez fosse melhor assim. Quando eu soube que Cal queria dirigir a peça, a ideia de ficar no mesmo cômodo que ele — que dirá trabalhar com ele, por meses, em uma peça com que eu me importava profundamente, deixar que *ele* dirigisse *a mim* —, me deixou nauseada.

Imaginei que a vontade dele era de me fazer passar maus bocados. De me punir. Muitas e muitas vezes.

Mas, aparentemente, ele preferia um abate limpo.

Harriet ficou imóvel, olhando para mim, olhando para Cal e, então, para as próprias mãos. Ela inspirou profundamente. Soltou a respiração. Ficou de pé.

— Sinto muito — ela disse a Cal. — Não vou fazer a peça sem a Kathleen.

Agarrei o braço dela, puxando-a de volta para a cadeira.

— Para — falei. — Não seja ridícula.

Pela primeira vez desde o momento em que cheguei ao restaurante, eu me virei e encarei Cal diretamente. Sem beijinhos dramáticos além da conta nas bochechas, sem dentes cerrados, sem olhares raivosos. Não sorri, e falei com firmeza, bem devagar:

— Harriet é uma gênia.

— Concordo — ele respondeu.

— Ela merece isso.

— Merece.

— Ótimo — falei. — Então, está resolvido.

— Kathleen... — Harriet chamou, mas eu ergui uma mão.

— Ingressos de cortesia sempre que eu quiser — informei. — Esse é o trato.

Os olhos dela estavam cheios de lágrimas. Dei um guardanapo a ela, mordendo a parte de dentro da bochecha para não acabar chorando também. Afinal, eu não deixaria que uma única lágrima caísse na frente de Cal.

Ele queria me machucar? Tudo bem. Missão cumprida. Mas não me veria chorar. De novo, não. Nunca mais.

— Calminha aí — ele falou.

Harriet e eu ficamos imóveis.

— Como é? — perguntei.

— Eu disse que temos opções. — Ele se recostou na cadeira, os braços cruzados. Presunçoso.

— Opções — eu repeti.

— Não tem necessidade de se fazer de mártir antes de ouvi--las — ele continuou.

Harriet colocou a mão sobre o meu joelho, o que foi bom; se ela não tivesse feito isso, talvez eu tivesse pulado por cima da mesa e esganado o diretor dela.

— Quais são as opções? — Harriet questionou.

Cal olhou para mim.

— Você faz um teste para o papel.

— Um teste? — Harriet repetiu.

— Um teste para você — falei.

— Para os produtores — Cal corrigiu.

— Para você.

— Para termos certeza de que é a escolha certa.

— Com licença — falei, levantando-me da mesa. — Preciso usar o banheiro.

Por sorte, o banheiro estava vazio, escuro e frio. Não tinha espelhos. Limpei o primeiro indício de lágrimas dos meus cílios e respirei fundo.

Eu conhecia essa sensação bem demais.

O torniquete apertado no meu coração, a mão que parecia estar ali, apertando, apertando, apertando, a respiração curta, o sentimento de desamparo generalizado significavam uma crise de ansiedade. Descobrir que essas sensações tinham um nome — que tinham um diagnóstico e soluções — havia sido uma revelação depois de anos em que me forcei a passar por uma coisa que eu acreditava ser normal.

Existiam remédios. Terapia. Meditação.

Mas havia momentos em que eu não conseguia controlar como meu corpo reagia. Eu odiava isso. Odiava ser lembrada de que não podia superar certas coisas na base de coragem, teimosia e força de vontade.

Respirei fundo. De novo. E de novo.

Um teste.

Eu não me opunha ao conceito de fazer audições. Entendia e respeitava o propósito disso e, em outros tempos, chegava a me deleitar com qualquer chance de me exibir. De me apresentar. Tempos em que essa energia eufórica podia me sustentar por dias.

O problema seria fazer um teste para Cal.

Audições são uma chance de demonstrar o que se é capaz de fazer. De exibir não apenas um talento, mas também a audácia inata que ser um artista requer — uma confiança inabalável nas próprias habilidades. É preciso acreditar na própria grandeza — acreditar que se é exatamente o que estão procurando.

Alguns podem chamar isso de arrogância.

De qualquer jeito, houve uma época em que eu tinha tudo isso — e mais — para dar e vender.

Esses sentimentos não desapareceram por completo, mas eu estaria mentindo se não admitisse que os últimos dez anos tinham acertado uns golpes brutais no meu ego.

Então, no momento, a ideia de fazer uma audição me enchia não de empolgação, mas de pavor. E decepção.

Afinal, não havia muitas pessoas neste planeta com plena noção do que eu conseguia fazer. Harriet era uma delas.

Em outros tempos, Cal foi uma delas também.

Mas obviamente aquilo tinha mudado.

Ou ele estava tirando uma com a minha cara ou não acreditava que eu era capaz.

Ambas as opções me deixavam furiosa.

Seria tão fácil voltar para a mesa, pegar meu copo e jogar a água bem naquela cara arrogante. Ele provavelmente não culparia

Harriet. Era possível que estivesse esperando uma coisa assim. Talvez até torcendo por isso.

Seria apenas uma prova da minha tal reputação. A justificativa perfeita para o porquê de eu não poder estar no elenco da peça, para começar. Uma profecia que se autorrealiza.

Mas eu não era mais aquela garota.

Não podia me dar ao luxo de dizer não. De ir embora.

E não queria fazer isso.

Essa era a minha chance. E eu sabia, com base na minha própria experiência, que talvez não arranjasse outra. Ter conseguido essa já era uma sorte.

Eu queria aquele papel. Precisava daquele papel.

E amava a mim mesma mais do que odiava Cal.

Então, passei um pouco de água fria na minha nuca, saí do banheiro e voltei para a mesa. Me sentei de frente para ele. Afaguei a mão de Harriet quando ela a pousou, interrogativamente, no meu joelho.

— Tudo bem — falei. — É só me dizer quando.

NA ÉPOCA

CAPÍTULO 2

AINDA ESTAVAM GRITANDO O MEU NOME.

Eu me sentia tremer, o som do público como um sino ressoando por todo o meu corpo. Ficava esperando que, em algum momento, aquilo passasse a me parecer normal, mas ainda não tinha acontecido.

—Você foi incrível, amor!— Ryan disse ao me erguer nos braços, sem se importar com o fato de eu estar coberta de suor e glitter.

Ele me girou, o cômodo se tornando um borrão ao nosso redor. Quando paramos, ele me beijou. A boca dele tinha gosto de balas azedinhas e chiclete. Um gosto familiar e bem-vindo. Eu não acreditava que ele estava ali. Que nós dois estávamos juntos de novo.

Tudo. Estava. Perfeito.

Quer dizer, quase tudo.

A verdade é que eu tinha começado a pensar que estava na hora de terminarmos.

Mas era só porque aquele negócio de relacionamento à distância estava me incomodando. E, agora, isso tinha chegado ao fim. Nós estávamos bem. Éramos ótimos juntos.

— Foi bom? — perguntei.

— Bom? — Ryan se afastou e soltou um assobio baixinho. — Eles te amam!

Eu tinha arrasado naquela noite e sabia disso. Meus pés, minhas costas, meus joelhos, tudo estaria moído no dia seguinte, mas nada que um banho quente e uma massagem não dessem conta.

Naquele momento, não sentia dor nenhuma. Estava nas nuvens. Era meu primeiro show em um estádio grande e eu tinha lotado o lugar. Duas horas no palco, diante de milhares de fãs aos berros, fãs que sabiam todas as letras das minhas músicas e cantaram junto. Continuava detestando que a produção, também conhecida como Diana, havia decidido que seria melhor se eu me apresentasse fazendo playback, mas entendia que a ideia era evitar que minha respiração esbaforida fosse captada pelo microfone. Afinal, aqueles passos de dança não eram nada fáceis.

— Acho que errei uns pedaços da coreografia de "Me beija agora" — falei.

Ryan balançou a cabeça.

— Se errou, ninguém nem reparou.

Mas eu reparei. O que significava que precisava praticar aquela coreografia de novo antes do próximo show. Antes de partirmos.

— Nem acredito que a turnê começa semana que vem — eu comentei.

Ryan envolveu meus ombros com seu braço, me puxando para perto e me dando um beijo na testa. Eu me sentia meio nojenta, com o suor começando a secar na pele, mas ele parecia não se importar.

— Mal posso esperar — falou. — É com isso que a gente sonhava.

— Um ano inteiro juntos — respondi. — Dando a volta ao mundo.

Quando anunciaram a turnê, eu fiquei desapontada. Já tinha viajado pelos Estados Unidos, parando só para gravar um ou outro single novo e uma participação especial em um filme que estava para ser lançado no ano seguinte. O ritmo era penoso, e a ideia de continuar na mesma velocidade, não apenas vendo novas cidades a cada noite, mas sim novos países, foi esmagadora. Foi então que me contaram quem abriria os shows para mim.

— Você precisa vir conhecer os meninos — Ryan disse.

— Eles estão aqui?

— Estão!

Segurando a minha mão, ele me conduziu para longe do palco.

Os últimos seis meses foram os mais complicados, com Ryan no centro de treinamento de *boy bands* na Flórida. Mesmo nas raras ocasiões em que conseguíamos conversar, estávamos os dois tão exaustos que caímos no sono falando ao telefone mais de uma vez.

— Eles viram o show?

Ryan fez que sim com a cabeça.

— São superfãs seus — ele respondeu.

Abaixei a cabeça. Ainda era esquisito e um pouco constrangedor ter "fãs". Especialmente quando eram meus colegas de profissão.

— Será que eu deveria me trocar primeiro? — perguntei, puxando o figurino ensopado de suor.

O tecido voltou a grudar na minha pele com um barulho úmido quando o soltei. Eca.

Mas Ryan já estava me puxando para a área VIP. Na mesma hora, fomos engolidos por uma multidão, mas, do outro lado da sala, consegui ver quatro caras se levantarem — quase em perfeita sincronia — de um sofá. Obviamente, o centro de treinamento tinha dado bons resultados.

Foram necessárias algumas manobras, mas Ryan conseguiu nos fazer atravessar aquele mundo de gente até alcançarmos o canto oposto.

— Katee — ele apresentou —, essa é a CrushZone. Minha banda.

— *Sua* banda? — um dos garotos perguntou. Ele tinha um sotaque australiano charmoso e parecia estar achando graça.

Ryan riu.

— Você entendeu — ele falou. — Esse é o Wyatt.

Apertei a mão dele.

— Esses são LC e Mason. — Ryan indicou um cara loiro com olhos azuis brilhantes e um que contrastava visualmente a ele, um garoto de cabelos escuros, tão preto que era quase azul, delineador nos olhos e sobrancelhas grossas e marcantes.

— Sou um grande fã — LC disse. Sua voz era levemente anasalada.

— Todos nós somos — Mason completou.

A voz dele, por outro lado, era bonita e intensa. Com certeza era um dos líderes do grupo, junto de Ryan.

— E esse é Cal, o Intelectual — Ryan apresentou.

Vê-lo de novo foi como ser atingida por uma lufada de ar em cheio no rosto. E senti-a percorrendo toda a minha espinha.

— Só Cal — ele corrigiu.

Continuava um barítono.

— Olá.

Fiquei parada, só olhando.

Ele tinha tingido o cabelo.

— Ai, meu Deus — falei. — Cal Kirby?

Ele sorriu para mim.

— Oi, Kathleen.

Eu avancei, prestes a abraçá-lo, mas Ryan já tinha passado um braço pelos ombros de Cal e estava bagunçando o cabelo dele. Cal o empurrou, os olhos ainda fixos em mim.

— Não sabia se você ia se lembrar de mim — ele continuou.

— Como eu poderia esquecer? — perguntei.

Santo Deus. Aquelas covinhas. Aquela voz. Na realidade, as duas coisas tinham ficado melhores com o passar do tempo.

— Não tem como uma garota esquecer o primeiro... — Eu tossi. — O primeiro parceiro de dueto.

No decorrer dos anos, eu me perguntava o que teria acontecido com ele. Se ainda pensava naquele verão. Naquela última noite. Naquele momento no telhado.

O sorriso que compartilhamos — furtivo, tímido e um tiquinho safado — indicava que sim. Senti um friozinho na barriga.

— Vocês se conhecem? — Ryan perguntou.

Me voltei para ele enquanto Cal desviava os olhos.

— Fomos ao mesmo acampamento — expliquei.

— Quando éramos crianças — Cal completou. — A primeira coisa que ela me disse foi que cantei abaixo do tom na minha audição.

— Não é verdade! — falei, indignada.

— Não? — Ele me olhou.

— Não foi a *primeira coisa* que eu te disse.

— A segunda, então.

— Bem, era verdade.

Ele riu. Ryan não o acompanhou. Limpei a garganta.

— Ele também conhece a Harriet — emendei.

— Você ainda é amiga da Harriet? — Cal perguntou.

Sorri.

— Ela está compondo umas músicas para o meu próximo disco — falei. — Também vai acompanhar a gente na turnê um pouquinho.

— Legal — ele disse.

— É — Ryan falou. — Legal que vocês se conheçam.

Reconheci aquele tom de voz. Felizmente, eu sabia como aplacá-lo.

— Ei. — Envolvi a cintura de Ryan com os braços. — Senti saudade de você.

Ele estava tão bonitinho, o nariz franzido enquanto decidia se deveria ter ciúme ou ser atencioso. Dei um apertão nele.

— Também estava com saudade de você — ele respondeu.

— Como vocês se conheceram? — LC questionou. — A gente sempre pergunta pro Ryan, mas cada vez ele conta uma história diferente.

Dei uma olhada para Ryan, mas ele só abriu um sorrisinho para mim.

— Que foi? — indagou. — A gente *podia mesmo* ter se conhecido nas mesas de apostas em Las Vegas. Ou nadando com tubarões.

— A história do salto de paraquedas foi um pouco suspeita — Mason comentou.

— Bem, comparado a isso, acho que não é tão interessante — falei. — Nos conhecemos no *Só Talentos*.

Aquele programa adolescente durou poucas temporadas, mas mudou completamente a minha vida. Não apenas porque foi nele que conheci Ryan — ele participava do elenco principal e eu era uma humilde dançarina —, mas também porque me conectei com Diana, que se tornou a minha agente e me ajudou a criar a pessoa que eu era naquele momento.

— Eu assisti à audição dela — Ryan completou. — E falei pros produtores que eles *precisavam* colocá-la no elenco.

Sempre fingi gostar dessa história. No fundo, não me agradava que Ryan desse a entender que era o responsável pela minha carreira. Que foi *ele* que fez tudo isso acontecer.

— Meu herói — falei.

Ele me envolveu com os braços e, dessa vez, o beijo que me deu não foi tão casto quanto o anterior. Parecia que a língua dele estava descendo até *o fundo* da minha garganta.

Os garotos tossiram.

— Acho que é melhor a gente deixar vocês mais à vontade — Wyatt disse.

— Pois é — Ryan concordou, e se inclinou para me beijar de novo.

— Pois é — falei, me afastando.

— Foi um prazer te conhecer — LC disse.

— Nos vemos na turnê — Mason completou.

— Mal posso esperar!

— Eu também — Cal respondeu.

AGORA

CAPÍTULO 3

O ANO POSTERIOR AO MOMENTO EM QUE TUDO DESMORONOU ainda me parecia meio que um borrão. Eu dormia muito. Doze, catorze, dezoito horas.

Parte do motivo se devia ao fato de, até aquele momento, ter trabalhado praticamente sem parar desde minha adolescência. A outra parte era a enorme fadiga que eu sentia até os ossos, devido ao mundo inteiro saber que eu era uma bela de uma vagabunda que tinha traído o querido namorado da *boy band*.

Meu último show havia terminado em uma explosão de vaias e, apesar das palavras de Diana, de que ela e o restante dos meus produtores estavam apenas dando um tempo, recuando para me dar espaço, estava óbvio que era o fim da minha carreira. Que ninguém compraria álbuns nem ingressos da pessoa que tinha estilhaçado o coração de Ryan LaNeve em um bilhão de pedacinhos.

Ryan chegou até a derramar uma lágrima — uma única lágrima — durante uma de suas muitas, muitas entrevistas. Ele *não parava de falar* do nosso término. De como se sentiu traído. Como foi *pego de surpresa* pela história toda. Tudo isso sentado lado a lado com Cal, que não dizia nada.

Foi só depois que a CrushZone se separou que os rumores ligando Cal a mim começaram a circular. Essa hipótese nunca foi acrescentada à minha página na Wikipédia, o que a tornaria oficial e tudo mais, contudo acabou sendo de "conhecimento comum" da cultura pop. Eu suspeitava que aquilo também tivesse dedo de Ryan, mas parecia não afetar Cal tanto assim. Nada disso. Estava todo mundo feliz em pôr a culpa em mim.

Não dei declarações à imprensa. Não concedi entrevistas. Fiquei dentro de casa.

Mesmo que quisesse ir a algum lugar, sabia que os paparazzi me seguiriam, todos na esperança de conseguir uma foto de mim no pior estado possível. O que não teria sido difícil, já que, naqueles dias, eu preferia dormir do que tomar banho.

Às vezes, eles acampavam do lado de fora do meu apartamento, mas, com o passar dos dias, outras celebridades atraíram a atenção deles, e comecei a fazer caminhadas noturnas. De vez em quando, Harriet vinha comigo — ela era minha única conexão com o mundo exterior, embora tivesse desaparecido por um tempo quando meu álbum, que estava para sair na época, foi oficialmente cancelado. Não podia culpá-la. Nem eu tinha vontade de ficar comigo mesma.

Depois de um tempo, a recompensa pela minha cabeça se desvalorizou, e eu não precisava mais me preocupar em ser fotografada cada vez que saía de casa. Eu não valia o esforço nem o tempo e, embora me sentisse aliviada, também sabia o que isso significava. Tudo tinha chegado ao fim. Cada pedacinho de mim.

Meus minutos de fama haviam terminado antes de eu completar vinte e cinco anos.

Eu devia mesmo ter sido mais sensata. Até mesmo Sondheim matou a esposa do padeiro quando ela trepou com o príncipe da Cinderela no musical *Into the Woods*. O senhor "charmoso, e não sincero" escapou impune, enquanto a vadia indecente teve o que merecia, esmagada sob a bota de um gigante.

As noites da semana que antecedeu à audição foram repletas de sonhos inquietantes.

Sei que algumas pessoas têm pesadelos com estar em cima de um palco. Esquecer falas ou, então, nem sequer saber que peça estão apresentando. A minha ansiedade não se manifestava dessa maneira. Em vez disso, nos meus sonhos, eu estava em turnê. Estava indo embora de algum lugar quando, ao arrumar as malas, descobria que meus pertences tinham se multiplicado, e eu já não tinha mais espaço para tudo. Quanto mais o sonho se estendia, mais gavetas, portas e cômodos repletos de coisas eu encontrava, e a ideia de deixar tudo isso para trás me aterrorizava.

Fazia sentido, segundo minha terapeuta. A transitoriedade que marcou aquela época na minha vida foi, muitas vezes, desnorteante. Nunca senti que tinha o direito de reclamar, porque, mesmo que o ritmo fosse frenético e exaustivo, eu também sabia que voar ao redor do mundo para me apresentar diante de milhares e milhares de pessoas era o tipo de vida que muitos matariam para ter. A vida com que meu eu de catorze anos tinha sonhado.

A última coisa que eu queria ser era ingrata.

Mas nunca tive esses sonhos enquanto estava em turnê. A parte mais esquisita era que, mesmo que eu acordasse estressada e exausta, também sentia nostalgia.

O que não era o pior dos humores para a audição daquele dia, então me permiti abraçá-lo.

O papel para o qual eu faria o teste — a *minha* personagem — era uma mulher com um pé no passado e um no futuro. Quando Harriet me contou de *Encantamos!*, vendeu a ideia como uma mistura de *Extra! Extra!* com *Como eliminar seu chefe*. Peggy seria a Dolly do trio principal. Loira, seios fartos, sexualizada além da conta e subestimada. Ela era Glinda, Elle Woods, Marilyn e Katee Rose. Os homens a amavam, as mulheres a invejavam, seu cabelo era enorme e cheio de segredos.

Eu conhecia Peggy. Eu era Peggy.

Sentei em uma das cadeiras no corredor de entrada, perguntando-me por que os locais de espera para audições sempre tinham a pior iluminação possível. Lâmpadas fluorescentes piscavam acima de mim, me fazendo sentir zonza e superalerta ao mesmo tempo. Um estado mental perfeito para o que estava prestes a encarar.

Harriet me ajudou a praticar durante o fim de semana todo. Eu conhecia a música da audição de trás para a frente, mas não era o suficiente. Precisava ser tão incrível que qualquer um que estivesse do outro lado daquela porta fosse incapaz de me dizer não. Precisava apagar todas as percepções existentes acerca dos meus talentos, das minhas habilidades e da minha credibilidade. Tinha de transcender minha *reputação*.

E, mesmo que eu conseguisse fazer isso, ainda que levasse todo mundo à loucura, ainda existia uma chance de me dizerem não. Uma chance de que a ideia era essa desde o começo, e que aquilo tudo era só um exercício de futilidade. Ou de crueldade.

Eu não queria acreditar que Cal era o tipo de pessoa que organizaria todo um processo de audições só para me machucar e envergonhar, mas a verdade é que eu não o conhecia mais. Não tinha ideia do que os muitos últimos anos tinham feito com ele — se nosso passado em comum poderia tê-lo transformado em alguém sinistro e insensível.

Minha mandíbula não parava de tensionar contra a minha vontade, meu pé queria fazer um sapateado embaixo da cadeira. Inspirei pelo nariz e soltei o ar devagar. Parecia que estava com vontade de fazer xixi ao mesmo tempo que sentia uma sede extrema.

No final do corredor, a porta foi aberta. Endireitei as costas, a partitura no meu colo, minhas mãos cruzadas modestamente por cima dela. Odiava estar sentindo elas tremerem.

Esperava que fosse Cal ou a assistente dele, mas não era nem um nem outro.

— Ora, mas que surpresa — Rachel James disse.

O cabelo dela continuava brilhante. Os dentes, ainda perfeitos.

Seu sorriso — uma expressão de verdadeira satisfação — mostrava que, na verdade, não era surpresa alguma. Ao menos, não para ela.

O que ela estava fazendo ali?

Rachel fazia parte daquela lista de pessoas que, assim como Cal, eu acompanhava de vez em quando. Só para verificar se o carma funciona de verdade. Até o momento, todos os sinais indicavam que *não*.

Não que Rachel fosse a superestrela da Broadway que ela — que *nós* — sempre quisemos ser, mas é verdade que ela esteve na Broadway. Era uma atriz profissional, às vezes fazia participações especiais, na maioria delas como parte do coro, mas tinha sido a atração principal em algumas turnês nacionais.

— Rachel. — Fiquei de pé, ultrapassando sua altura.

Como ela sabia a respeito da peça? Nada tinha sido anunciado ainda.

Eu tinha noção de que Harriet não permitiria, de maneira alguma, que sua — *nossa* — nêmesis do acampamento de verão fosse parte desse musical.

Será que Cal permitiria?

— Só passei para dar um oi — Rachel falou.

Olhei para as partituras dobradas sob o braço dela.

— Em qual nota? — perguntei.

Ela riu. Uma risada falsa.

— É uma bela peça — disse. — E um papel muito bom.

Eu sabia que ela estava me provocando, mas por que estava com aquelas partituras?

Por que estava ali?

Naquele momento. Naquele dia.

Era o suficiente para fazer a minhoca pegajosa e cruel da dúvida começar a abrir um buraco na minha confiança. Que, para ser honesta, estava assentada em terreno instável havia mais ou menos uma década.

— Além disso, é sempre bom ver Cal quando ele está por aqui — Rachel completou.

Cruzei os braços.

— Vocês dois mantêm contato?

— Ah, éramos *grandes* amigos no acampamento. — Ela me olhou. — Pelo que sei, não tão próximos quanto vocês dois depois. Bem sutil.

— Muito bom te ver — falei.

— Igualmente. Ah, e com certeza vamos nos encontrar por aí mais vezes.

— Não conte com isso.

Ela sorriu. Cheia de dentes.

— O mundo é pequeno — ela disse. — Nunca se sabe as oportunidades que estão a cada esquina. Quais portas vão se abrir... — Ela me fitou longamente de cima a baixo — E quais vão se fechar.

Falando em portas, a no final do corredor foi aberta novamente. Não era Cal, mas felizmente também não era um outro fantasma hostil do meu passado.

— Senhora Rosenberg? — a jovem perguntou. — Eles estão prontos para receber você.

— Boa sorte — Rachel desejou.

Vagabunda.

Ouvi o som de alguma coisa sendo esmagada e me dei conta de que estava amassando a partitura no meu punho fechado.

Rapidinho me recompus e fui atrás da assistente, resistindo ao impulso de lançar um último olhar por cima do ombro para Rachel. Ela podia até ter me afetado naquele momento, mas, assim que pisasse na sala de audições, meus planos eram me esquecer dela. Planejava esquecer tudo, exceto o que tinha vindo fazer ali.

Impressionar.

Assombrar.

Fascinar.

Havia uma mesa em um dos lados da sala. Ali estavam uma mulher mais velha vestindo um terno, um cara de jeans e camiseta e dois homens bem, bem mais velhos. Os dois tinham topetes grisalhos e expressões amargas no rosto — o Statler e o Waldorf de os Muppets da vida real.

Imaginei que era dali que viria o dinheiro. Eram eles que estavam preocupados com a minha reputação. Eram eles que eu precisava impressionar.

Na extremidade da mesa, estava Cal.

Ele olhava para o celular.

Mesmo assim, ofereci meu maior e mais brilhante sorriso.

— Kathleen Rosenberg — a assistente me apresentou.

— Agradeço por me receberem — falei.

Cal baixou o celular. Não houve nenhuma reação da parte dos dois Muppets idosos, mas a mulher de terno sorriu, bem como o cara de jeans, que também deu uma olhada longa e pouco sutil no meu corpo.

Eu não precisei me perguntar o que se passou pela cabeça dele, julgando como o sorriso dele esmaeceu até virar uma careta, como se estivesse esperando que quem apareceria para o teste fosse a estrela do pop de vinte e poucos anos que fui um dia.

Em vez disso, ele tinha a mim — bem longe dos meus vinte, fios brancos, um corpo bem mais largo e flácido do que naquela época. Tentei não me importar. Dizer a mim mesma que, depois que eu começasse a cantar, não faria diferença. Que estava bem exatamente do jeito que era.

Harriet e eu concordávamos que só havia uma opção para eu cantar — o número de maior impacto da peça, "Nunca fui vista" — a música com que ela se debateu por meses, antes de vir me mostrar o que acreditei, com todas as forças, ser a melhor que ela já tinha escrito. E ficava fantástica na minha voz.

A pianista correpetidora começou a tocar e, com a primeira nota que saiu da minha boca, eu soube que arrasaria. E foi o que aconteceu.

Uma música que falava sobre desmantelar a própria imagem, perder-se atrás de cabelos loiros e sorrisos falsos, desejar que alguém te enxergasse — enxergasse pra valer —, era uma música com a qual eu me conectava em níveis viscerais. Incorporei tudo isso na minha apresentação.

Quando terminei, a plateia estava imóvel, impassível, de braços cruzados.

Ainda bem que eu não estava esperando aplausos. Não era tão ingênua assim. Fazer audições era como jogar pôquer — não se deixava escapar nenhuma reação.

Me pediram para ler algumas páginas do roteiro, e eu também brilhei nessa parte. Afinal, conhecia o papel. Sabia que era perfeita para ele — não apenas por ter sido escrito especificamente para mim, pela minha melhor amiga, mas também porque eu era uma atriz *competente*.

Só que nunca tinham me dado a chance de mostrar isso.

— Bem — um dos senhores mais velhos falou —, acho que vimos o suficiente.

E, simples assim, eu soube que não conseguiria o papel.

Afinal, aquele imbecil nem me olhava nos olhos. Eu duvidava que ele tivesse prestado atenção em mim ao menos por um segundo, mesmo que eu estivesse cantando com todo o meu coração para ele.

Cal tinha voltado a olhar para o celular.

— Agradeço pelo tempo de vocês — falei.

Queria me encolher até virar uma formiguinha.

— Um momento — Cal chamou. — Será que você poderia cantar mais uma música pra gente?

Já tinha me inclinado para pegar minha bolsa, mas endireitei a postura cautelosamente.

— Posso sim — concordei, sentindo que me arrependeria daquilo.

Cal foi até o piano, folheou as partituras e as trouxe para mim.

— Aqui. Tenta essa.

Encarei a canção que ele me entregou.

Você tá de brincadeira comigo?, eu quis perguntar.

Aquele pedido, combinado à presença inesperada de Rachel, me deixou ainda mais incerta do que estava acontecendo e de quais eram as intenções dele. Aquilo tudo era algum jogo doentio? Caso fosse, era muito intricado. Tinha *camadas* de significado.

Era uma verdadeira cebola de vingança.

— Sem problemas — falei.

— Quer um tempinho para poder repassar a música? — ele perguntou.

Ele estava tentando me ajudar ou era só mais um jeito de me fazer passar vergonha? Afinal, não era assim que funcionava uma audição. Cada ator trazia a própria música que escolheu. Eu não estava me apresentando em um casamento ou em um *bat mitzvá* — não deveria aceitar pedidos da plateia.

E essa música...

— Não — respondi, me arrependendo imediatamente. — Eu conheço essa.

E conhecia mesmo, porque qualquer um que entendesse um pouquinho de musicais conheceria, mas eu não conseguia me lembrar de qual tinha sido a última vez que a tinha cantado. Bem... isso não era verdade. Eu sabia exatamente quando tinha sido. E, com certeza, Cal também se lembrava.

Ainda assim, fazia anos. Anos e anos. A saída mais inteligente seria sair da sala, ensaiar a música pelo menos uma vez — talvez duas — e, então, retornar.

Mas eu não estava conseguindo pensar direito. Sentia que tinha sido encurralada e, agora, todos estavam me observando, esperando que eu fizesse alguma coisa para justificar a decisão de não me chamarem para o elenco. E, quando me sentia assim, minha tendência era a de tomar atitudes bem idiotas.

— Tem certeza? — Cal perguntou.

Não sabia dizer se ele estava me confrontando ou me oferecendo uma colher de chá.

— Absoluta — respondi.

Eu não confiava no que ele estava fazendo — nem nele —, mas não ia permitir que Cal me visse hesitar. Não ia deixá-lo me ver duvidando de mim mesma.

Infelizmente, fui obrigada a arruinar ainda mais a imagem que o pobre cara da camiseta tinha de mim ao puxar meus óculos de leitura da bolsa. Eu conhecia a música, mas não acreditava que me lembraria da letra inteira. Teria de acompanhar o piano. Não era o ideal, mas, até aí, não tinha nada de ideal naquela situação.

Eu já conseguia escutar a revolta de Harriet.

"Te fizeram cantar o *quê?*"

Pelo menos eu tinha certeza de que ela abriria uma garrafa de vinho para mim quando eu contasse.

— Estou pronta para quando você estiver — falei para a pianista.

Comecei baixinho demais.

Qualquer um que entendesse alguma coisa de teatro recomendaria *não* escolher "Memory", do musical *Cats,* para audições. É conhecida demais, quase a ponto de ser um clichê. E é difícil pra caramba de cantar. Não apenas a nível técnico; se o cantor não for capaz de reunir a emoção necessária para fazer a canção ser compreendida, ela não funciona. E não é fácil fazer isso sem preparação nenhuma.

Não conseguia entender por que Cal estava me fazendo passar por aquilo.

Era uma música que se expandia em seu decorrer, mas, quase imediatamente, me dei conta de que tinha colocado a mim mesma em desvantagem. Começar no ponto em que comecei, em um sussurro áspero, significava que precisaria ir daquele crescendo a saltos e pulos mais vastos do que os com os quais estava acostumada.

Quando tinha catorze anos, levei a plateia à loucura com essa música. Eu não tinha nada — e tinha tudo — a oferecer. Minha voz era meu bilhete de entrada, minha chance.

Mas eu não compreendia aquela música. Não por completo.

Na época, fingi que sim — e fingi muito bem —, mas *isso aqui?* Isso era real. Era verdadeiro. Eu senti a música. Eu a senti nos ossos. O desespero, o arrependimento e, sob tudo isso, a esperança de que, apesar de tudo, resistia.

Fechando os olhos, deixei que a sala sumisse, deixei que a plateia, Cal e a razão de eu estar ali, desaparecessem.

O resultado foi bom. Não perfeito, mas bom. Honesto.

Cheguei até a minha parte favorita da letra — *"Touch me, it's so easy to leave me"* — e depositei toda a minha energia nela. Infelizmente, quando alcancei aquela longa nota final, minha voz falhou.

Falhou.

E foi a pá a de cal naquele teste.

Quase não fazia sentido continuar, mas continuei. Só porque podia.

E fiz isso com um floreio.

Quando a música alcançou seu crescendo, tirei as mãos do piano. Dei um passo para a frente. Abri os braços e deixei que minha voz me carregasse até o final. Quando terminou, as últimas notas tilintando no silêncio absoluto, eu abri os olhos.

Analisei minha plateia.

Nada.

— Obrigado pelo seu tempo — Cal disse. — Vamos entrar em contato.

Simples assim, eu estava dispensada.

CAPÍTULO 4

NÃO RELAXEI ATÉ CHEGAR EM CASA.

Armada de sorvete, um comestível canábico e uma refeição para viagem do meu restaurante chinês favorito, joguei a correspondência na mesinha do hall de entrada e me preparei para uma noite de autopiedade e lamentação.

Era incrível como me sentia exaurida. Tudo que fiz foi ir até Midtown, cantar duas músicas e voltar para casa. Óbvio, não era tão simples assim — eu estava havia semanas pensando, me preocupando, me preparando para esse teste, focando toda a minha energia em garantir que os produtores ficassem de queixo caído. Mantive o nervosismo sob controle principalmente praticando e ensaiando e, agora que o teste havia passado, tudo pareceu me atropelar de uma só vez.

Coloquci o sorvete no freezer, engoli o comestível e peguei um rolinho primavera. Estava cansada demais até mesmo para colocar o resto da comida em um prato; preferi me jogar no sofá, em um movimento que não me renderia nenhuma medalha de ouro.

Pelo menos tinha acabado.

Mastiguei meu rolinho e encarei o teto.

O apartamento era a última prova de que houve uma época em que o dinheiro não era uma preocupação para mim, em que eu era bem-sucedida e famosa. Foi uma das primeiras coisas que comprei, depois de quitar a casa dos meus pais e guardar uma parte do dinheiro na poupança para a faculdade da minha irmã. No auge da minha carreira, fui proprietária de vários imóveis, mas este foi o único que já me fez sentir em casa.

Na verdade, era a única coisa sobre a qual eu tinha posse incondicional.

Um leve tinido soou e Peixinha surgiu, com um pulo, no braço do sofá, então subiu na minha barriga e ficou me encarando. Bem, a segunda coisa sobre a qual eu tinha posse incondicional.

— Você não come rolinhos primavera — eu disse a ela, o que, é óbvio, era mentira.

Se não me levantasse e guardasse o resto da comida, era bem provável que ela empurrasse uma das caixas para fora da bancada com o nariz e, consequentemente, espalhasse todo o conteúdo pelo chão, criando um banquete adequado à mais esperta, mais inteligente e mais irritante gata da cidade.

Para distraí-la, comi o restante do rolinho e dei uma coçadinha sob o queixo dela, seu lugar preferido para receber um afago. Sem demora, ela começou a ronronar e a empurrar a cabeça contra a palma da minha mão, mais focada no afeto do que na comida. Por enquanto.

— Talvez eu volte a dar aulas de dança — falei.

Eu havia reformado um cômodo para criar um estúdio de dança e oferecia aulas particulares ou montava turmas de crianças sempre que sentia que os dias estavam ficando longos e vazios demais.

Sempre divulguei meus serviços como "Kathleen Rosenberg", mas a maioria dos alunos — ou os pais deles, dependendo da idade — se dava conta bem rápido de quem eu era. Eu não me importava, contanto que não agissem feito otários comigo. Se não fizessem isso, e ficasse óbvio que eram meus fãs, eu geralmente tirava a última aula para ensinar um ou outro passo de dança mais famoso dos meus clipes ou shows.

Se eram otários, eu os removia da lista de contatos e não permitia que se matriculassem novamente. Detestava descobrir quem eram os otários.

Eu tinha apostado muito da minha saúde emocional no sucesso de Harriet como compositora e letrista. E, agora, nem era capaz de conseguir um papel escrito especialmente para mim.

Queria muito que aquele comestível começasse a fazer efeito logo, porque estava precisando de um pouco de leveza, mesmo que fosse manufaturada.

Apesar do miado que Peixinha soltou, eu sabia que ela não ligava muito para os meus infortúnios. Contanto que eu não parasse de providenciar comida, ela não estava nem aí com o que eu fazia da vida.

— Não se preocupe — falei. — Não vou te deixar passar fome.

Ela esfregou o queixo no meu.

Pelo menos, eu tinha o apartamento. Logo que o comprei, enchi os cômodos com mobília e decoração caras, desconfortáveis e elegantes que esperavam que uma estrela como eu tivesse. Coisas que ficam bonitas no *MTV Cribs* — no qual apareci.

Mas, depois que tudo desmoronou, vendi a maior parte daquilo — por um valor menor do que o que paguei, para minha irritação — e substituí por coisas de que gostava de verdade. Quase nada foi comprado de primeira mão, e com certeza não custou tanto quanto meus móveis antigos, mas era confortável, aconchegante e meu.

As marcas de uso estavam bem evidentes, mas eu até que gostava assim. Tinha uma cadeira no canto com um travesseiro cobrindo o assento, porque a almofada estava com um rasgo imenso. Coloquei uma mesa de canto por cima de um dos tapetes maiores depois de ter derramado vinho nele. E as colchas do meu quarto estavam implorando para ser trocadas, mas eu sempre deixava isso para depois. É verdade, elas estavam começando a ficar puídas nos cantos — graças a Peixinha e suas garras —, mas eram macias, acolhedoras e quentinhas.

Uma metáfora para a minha vida.

Soltei um suspiro profundo o suficiente para fazer Peixinha cravar as garras no meu peito ao ser empurrada para cima.

Debaixo de mim, senti meu celular vibrar, recebendo uma chamada.

Eu tinha enviado uma mensagem para Harriet ao sair do metrô, um simples emoji de joinha virado para baixo, então já imaginava que ela iria demandar o que exatamente eu quis dizer com aquilo.

— Não consegui o papel — falei assim que atendi a ligação. — Cal me fez passar um martírio do cacete, e tenho quase certeza de que foi só pra me ver perdendo a compostura. Não iam me dar o papel desde o início.

Houve um silêncio.

— Bem — Cal disse —, se é assim que você se sente...

Puta. Merda.

Sentei de supetão, desalojando Peixinha, que pulou do meu colo com um miado que poderia ser ouvido no final da rua.

— O que foi isso? — ele perguntou.

— Minha gata.

Infelizmente, o movimento brusco pareceu também fazer o comestível pegar no tranco. Eu estava em pânico e chapada ao mesmo tempo, o cômodo balançando vertiginosamente ao meu redor.

— Você tem uma gata?

— Não foi o que eu quis dizer.

— Então você não tem uma gata?

— Eu tenho uma gata — falei. — Não quis dizer... as outras coisas.

— Sobre eu te fazer perder a compostura?

O tom de voz dele era sugestivo, de um jeito irritante. Não sabia dizer se era de propósito ou se o comestível também estava me deixando com tesão. De fato fazia um bom tempo que eu não perdia a compostura daquele jeito sugestivo.

Não é hora de pensar nisso.

— Eu não perdi a compostura — falei.

Qual era o meu problema? Deveria estar me desculpando — profusamente —, não discutindo. Mas, ao que tudo indicava, eu era incapaz de me conter.

— Perdeu um pouquinho — Cal discordou.

Otário.

— E umas aulinhas de canto provavelmente te cairiam bem — ele completou.

Apertei os dentes.

— Para garantir que você vai cantar no tom certo.

Como se ele não tivesse jogado aquela música no meu colo de última hora.

— Tenho alguns nomes para te indicar. Um pessoal que pode te ajudar com o seu controle.

Ele estava falando do meu controle vocal, mas ao mesmo tempo...

— Cal.

— Oi?

Que porra você quer?

— Posso te ajudar em alguma coisa?

Ele soltou uma risadinha. Era a primeira vez que eu o ouvia rir desde... sempre.

Isso não deveria me trazer aquela sensação quentinha e aconchegante no peito — ele tinha *acabado* de me insultar —, e ainda assim...

— Espero que sim — ele respondeu. — Estou ligando para te oferecer o papel.

Afastei o celular da orelha para encarar a tela. Não sabia o que estava procurando ali, mas não conseguia confiar nos meus próprios ouvidos.

— Olá?

— Oi — eu disse.

— Você está bêbada?

Que otário arrogante.

Bem, é verdade que eu estava chapada, mas não era o que importava no momento.

— Não — respondi. — É só que... você falou que quer me oferecer o papel?

— Sim — Cal afirmou. — Se você quiser.

Se. Eu. Quiser.

— Eu quero.

Não ia nem fingir que me faria de durona. Mesmo que ele merecesse sofrer um pouquinho.

— Ótimo. Vamos começar os ensaios para o workshop no mês que vem. A Mae vai te mandar os detalhes.

— Mae?

— Minha assistente — ele respondeu. — A que você conheceu no teste.

— Certo.

Eu estava mesmo chapada. Fechei os olhos, desejando ter esperado um pouco mais antes de recorrer àquele comestível. Deus, o efeito tinha vindo rápido.

— Ok — Cal falou. — Vou desligar pra você poder ligar pra Harriet.

— Ok.

— Ok.

Mas ele não desligou. E eu também não.

— Cal? — perguntei.

— Diga.

— Por quê?

— Por quê, o quê?

— Por que eu consegui o papel?

Que idiota, que tremenda idiota eu sou. Minha voz soava patética, desesperada por um elogio. Culpei a erva pela minha língua solta e pela minha vulnerabilidade, mas sabia que não era só isso. Eu precisava ouvir.

— Porque ele foi escrito para você.

— Mas você me forçou a fazer uma audição.

— É lógico — Cal respondeu. — Eu não te via se apresentando fazia anos. Precisava ter certeza. E você foi a única que fez o teste para esse papel. Eu estava falando sério a respeito de convencer os produtores.

— Você me fez cantar *aquela* música — falei. — Por quê?

— Porque sim.

Mas que porra isso significa?

— Só aceita que o papel é seu, Kathleen.

Não gostei do tom presunçoso da voz dele, mas provavelmente precisaria me acostumar àquilo.

— Tá — concordei. — Obrigada.

Não tinha falado aquilo até o momento. Mas era um obrigada sincero.

— Disponha.

Fez-se um longo silêncio.

— Dá pra acreditar que vamos fazer isso? — ele perguntou.

A questão me desarmou. Não apenas ela, mas também como Cal a formulou. Como se fôssemos crianças de novo. A voz sussurrada, baixinha, como se confidenciando. Como se estivesse fazendo um pedido.

Um pedido que tinha se tornado realidade.

— Não parece real — admiti.

Era aquela sensação rara de esperança, empolgação e alegria. Uma segunda chance. Era difícil acreditar.

— É bem real — ele falou.

Me belisquei.

— Ai.

— Você acabou de conferir? — Cal perguntou. — Se era real?

— Não.

Ele riu, e aquele som grave, cálido e familiar no meu ouvido me fez sentir de um jeito esquisito. E pensar em Cal de um jeito esquisito também.

Não apenas nas emoções conflitantes de raiva e desejo que ele inspirava em mim, mas em certa melancolia. Porque naquele momento, nós dois éramos nada mais do que vozes de lados opostos da cidade (ou era o que eu supunha), então, era fácil retroceder a memórias de como as coisas tinham sido.

— Vai ser incrível — Cal afirmou.

Eu queria acreditar nele. Queria que aquelas palavras fossem proféticas, não apenas encorajadoras. Mas muito tempo antes tinha aprendido que ninguém é capaz de fazer — e cumprir — promessas desse tipo.

— Espero que sim — respondi.

O medo e a ansiedade baixaram meu tom de voz.

— Confia em mim — Cal disse.

Mas era esse o problema. Eu não confiava. Não conseguia. Não depois de tudo o que aconteceu.

Foi como se eu tivesse falado aquilo em voz alta.

— Vou desligar agora — ele disse, a voz branda. — Vá ligar para Harriet.

— Certo — respondi.

E, dessa vez, ele desligou. E eu, também.

NA ÉPOCA

CAPÍTULO 5

HARRIET SE JUNTOU A NÓS EM LONDRES.

Ela chegou com uma lista imensa de coisas que queria ver e fazer, mas eu dispunha somente de uma tarde livre antes de seguirmos para Bristol, então resolvemos passar o dia no museu Victoria & Albert.

Apesar de eu ter convidado todos os garotos, só Cal e Ryan se interessaram. No entanto, quando chegamos lá, ficou nítido que Ryan tinha mais interesse em ficar comigo do que visitar o museu. O que era fofo. Em grande parte.

— Será que alguém vai reconhecer a gente? — ele perguntou.

Eu já tinha sido reconhecida — e fotografada pelos paparazzi — ao chegar ao hotel, então não tinha dúvidas de que levaríamos algumas encaradas. Era minha primeira visita à Europa, mas eu era popular ali, e os ingressos para a turnê estavam praticamente esgotados. Eu só não sabia se Ryan e Cal — ou qualquer um dos caras da CrushZone — já tinham alcançado aquele nível.

Mas não demoraria para que chegassem lá.

— Quem sabe — respondi.

Por ora, eu até que estava gostando da sensação de anonimato. Só aproveitando meus amigos, o museu e um país novo. Este era um dos maiores privilégios do meu trabalho — a oportunidade de ver o mundo junto das pessoas que mais amava.

Cal e Harriet caminhavam à nossa frente; à medida que exploravam o museu, as mãos de Harriet se agitavam em gestos e a risada de Cal flutuava até nós, fazendo cócegas nas minhas orelhas.

— Estou maluca com essas jaquetas — Harriet disse.

— Os chapéus são bem maneiros — Cal falou.

— Acho que eu podia começar a usar chapéus — Ryan falou.

— Poderia ser minha marca registrada.

Os garotos tinham sido orientados a criar um estilo individual para cada um. Mason, com sua predileção por braceletes e delineador nos olhos, já havia reivindicado a vaga de *bad boy*. LC era o menino *do bem* e Wyatt estava deixando que os produtores o moldassem para se tornar o integrante pirado, que vestia roupas coloridas e chamativas e trocava de cor e corte de cabelo a cada mês.

— Você fica bonito de chapéu — respondi.

— Talvez façam Cal, o Intelectual, usar óculos, um protetor de bolso ou algo do tipo — Ryan continuou.

Cal fora designado "o inteligente", fato que eu sabia aborrecer Ryan. Mas fazia sentido. Ele não só era, de fato, inteligente, como também o único do grupo a ter feito uma faculdade.

Mesmo à distância, pude ver os ombros de Cal se retesarem ao ouvir seu apelido. Eu sabia que ele o odiava, mas também sabia que dizer isso a Ryan só faria com que ele o usasse ainda mais.

Ryan conseguia ser meio desagradável às vezes.

— As Lumberjills foram o equivalente britânico da Rosie, a Rebitadora — Harriet estava contando para Cal. — Elas eram parte do *Woman's Land Army* na época da Segunda Guerra Mundial.

Estávamos perambulando pela mostra que ela estava mais animada para ver — "A moda da mulher trabalhadora no século xx". Dezenas de manequins, vestidos e em poses, se encontravam ao lado de fotografias antigas e objetos diversos. Ser amiga de Harriet era como fazer um bacharelado em história — pelo menos, era o que eu imaginava. Provavelmente, era melhor ainda, porque ela conhecia todas as curiosidades interessantes, aleatórias e indecentes que, pelo visto, nunca ensinam na escola.

O manequim em que Harriet e Cal pararam em frente estava de macacão e uma camisa com colarinho, o cabelo preso para trás com um lenço. Apoiado em seu ombro, um machado. Apesar de não ter um rosto — só um globo liso ovalado no lugar —, a pose e o objeto afiado a faziam parecer bem fodona.

— Seria uma ótima fantasia de Halloween — comentei.

— Ou um figurino de palco — Harriet disse. — Você ficaria ótima com um machado.

Só consegui rir.

— Imagina só!

Harriet piscou, e pude ver que, sim, ela estava imaginando. Com detalhes.

— Uma fileira de dançarinas com machados — ela falou. — Tipo *Sete noivas para sete irmãos*, mas com mulheres.

— Seria uma coreografia bem complicada — Cal falou.

— O que é *Sete noivas para sete irmãos*? — Ryan perguntou.

— Um musical — nós três respondemos juntos.

Ele suspirou.

— Entendi.

Apesar de alegar que amava todos os tipos de música, eu ainda não tinha sido capaz de encontrar um musical que Ryan ao menos tolerasse, quanto mais gostasse. Ele só ficava repetindo como os achava dramáticos e inverossímeis. Eu tentava explicar que a ideia não era ser verossímil, mas sim sentir as coisas por completo; que os sentimentos, às vezes, eram tão vastos e esmagadores que era preciso cantar a respeito dele.

Ele não entendia.

Mas tudo bem. A maioria dos caras não entende mesmo. A maioria dos caras héteros.

— Existe algum musical da Segunda Guerra? — Cal questionou.

Harriet e eu o encaramos.

— Hã... *Cabaret* — respondi.

— *Carmen Jones* — ela emendou.

— *A noviça rebelde.*

— *Pacific Overtures.*

Cal ergueu as mãos em sinal de derrota.

— Foi mal, foi mal.

— É bom mesmo — provoquei.

— Parece que você precisa de umas aulinhas de reforço em história, Cal, o Intelectual — Ryan falou.

Vi um músculo se contrair no queixo de Cal.

— Alguém devia fazer uma linha do tempo — ele disse. — Não da ordem em que os musicais foram escritos, mas das épocas em que cada um se passa.

Os olhos de Harriet se iluminaram.

— Tipo uma aula de história musical.

— Ou uma maratona musical — Cal respondeu —, ao longo do tempo.

Ryan resmungou. Nós o ignoramos.

— Aaah. — As engrenagens na minha cabeça começaram a girar. — Qual seria o primeiro? *Um escravo das arábias em Roma?*

— E os musicais que não se passam em nenhuma época em particular? — Harriet perguntou. — Ou coisas tipo *Assassins*, que cobre um monte de épocas diferentes?

— *Assassins* com certeza ficaria junto de outros que se passam nos anos 1960 — falei.

— Por que não na Guerra Civil? — Cal indagou.

— Porque, se ele aparecesse tão no começo, os outros enredos seriam spoilers — justifiquei.

— Não existem spoilers da história — ele discordou.

— É lógico que existem — Harriet falou. — Você não faz ideia de como as pessoas sabem pouco.

— Viu só? — Fiz um gesto na direção da minha amiga, sentindo-me triunfante. — Eu tenho razão.

Cal revirou os olhos.

— A gente literalmente acabou de inventar esse negócio.

— Mas eu ainda tenho razão.

— Vocês são um bando de nerds — Ryan reclamou.

Ele parecia bem incomodado. Acho que não podia culpá-lo. Estávamos discutindo um dos poucos assuntos em que ele não tinha absolutamente nenhum interesse — e em que Harriet, Cal e eu tínhamos tanto interesse *quanto* experiência. Não devia ser nada divertido ficar de fora assim.

— Desculpa, amor. — Apoiei a cabeça em seu ombro.

— Tô cansado — ele falou. — Podemos voltar pro hotel?

Estava na cara que Harriet ainda não queria ir embora. Que queria ver mais coisas. Comigo. Me senti em um dilema. Eu também estava cansada, e nós estávamos no comecinho do que seria uma turnê longa e exaustiva.

Mas, ao longo do próximo ano, nós viajaríamos juntos, e Harriet só ficaria com a gente por mais ou menos um mês. E quando é que nós conseguiríamos vir para Londres juntas de novo? Ela voltaria para Nova York, começaria a trabalhar em um emprego de verdade e não poderia simplesmente ficar viajando nas turnês comigo.

— Eu quero ver o que mais tem por aqui — Cal disse. — Se vocês quiserem voltar pro hotel, podem ir.

Não sabia dizer se Harriet estava desapontada ou feliz por passar um tempo a sós com Cal. Nem se eu estava com ciúme.

Tinha quase certeza de que não estava. Afinal, Harriet era minha melhor amiga, e Cal...

Bem... eu tinha Ryan, então Cal nem sequer importava. Ele era o colega de banda.

— Podem ir — Harriet falou. — Vou encher o saco de Cal com minhas nerdices.

— Tem certeza? — perguntei.

Será que eu queria que ela dissesse não?

— Tenho — ela respondeu.

— Vamos lá, amor — Ryan disse, seu braço em torno do meu pescoço. — Parece que eu ainda nem te vi direito.

Realmente, já fazia um bom tempo.

— Ok — concordei. — Se não tiver mesmo problema para a Harriet e o Cal.

— Não tem nenhum — ela afirmou.

— Uhum — Cal concordou.

— Ai, meu Deus! — Uma voz atrás de nós ecoou no silêncio do museu. — É a Katee Rose!

De repente, estávamos cercados.

— É ela?

— É, sim! Katee! Assina o meu folheto?

— Assina o meu braço?

— Tira uma foto comigo?

Armei meu melhor sorriso de Katee Rose, um pouco surpresa por ter levado todo esse tempo para ser reconhecida. Tinha tentando pôr um look discreto, o cabelo preso, um boné de beisebol cobrindo o rosto e meu par de jeans menos chamativo. Quase não tinha pedrinhas de strass neles.

Pelo menos, não era um grupo grande e, como estávamos em um museu, eles foram bem educados e praticamente formaram uma fila por conta própria para pegar meu autógrafo e tirar fotos.

Ergui os olhos no meio daquele *meet and greet* improvisado e vi Harriet tirando as próprias fotos — como se fosse a minha mãe ou minha assessora de imprensa —, e Cal parado com os braços cruzados, surpreso, mas com uma leve expressão de nervosismo no rosto. Sem dúvidas estava imaginando o próprio futuro.

Tinha certeza de que Ryan estava fazendo o mesmo, só que ele, por outro lado, parecia feliz e ansioso.

— Quer uma foto com a gente? — ele perguntou para um grupo grande de garotas novas.

Uma delas olhou para ele, confusa.

— Hm...

— Somos a CrushZone — Ryan explicou.

Sua resposta foi uma parede de olhares sem expressão.

— Somos famosos nos Estados Unidos — Cal completou.

Eles ainda *seriam famosos*, mas vi a decepção no rosto de Ryan.

— Este aqui é Ryan LaNeve — intervim. — Ele é um dos integrantes da CrushZone *e também* meu namorado.

Na mesma hora, os olhos de todos se iluminaram, e logo Ryan estava cercado. Ele sorriu largamente diante de toda a atenção.

— Assina aqui!

— Podemos tirar uma foto?

— Você e a Katee vão se casar?

Minhas sobrancelhas se ergueram; busquei o olhar de Ryan no meio das pessoas.

— Talvez — ele respondeu.

— Ah, é mesmo? — perguntei.

Nós não tínhamos discutido nada a respeito disso.

— Aaaaaaaaaah — as pessoas disseram em uníssono.

Ryan sorriu, e vi algumas garotas se deleitarem. Pois é. Esse anonimato não duraria muito.

— Não se esqueçam do Calvin Tyler Kirby — emendei, fazendo um gesto na direção de Cal. — Ele também está na banda.

Cal me fuzilou com o olhar, mas substituiu a expressão por um sorriso quando câmeras e canetas se aproximaram dele.

— E você? — alguém perguntou a Harriet. — Também faz parte da banda?

— Hã... não — ela respondeu.

— Ela é minha melhor amiga — expliquei.

Foi o suficiente para os meus fãs. Agora queriam autógrafo de *todo mundo*.

— Nós vamos no seu show amanhã — uma das garotas disse.

— A gente vai abrir o show para ela — Ryan informou.

— Eles são ótimos — falei.

— Você vai cantar "Falta do seu beijo"? — ouvi uma garota perguntar.

"Falta do seu beijo" era parte do meu primeiro álbum, que não tinha vendido tão bem quanto o que veio em seguida. O primeiro era mais melancólico e lírico, não alegre e com batidas pop, características pelas quais eu era conhecida naquele momento. Mais dança, menos sentimentalismo.

— Talvez — respondi.

Não era verdade.

— É minha música preferida — ela falou.

— A minha também — Cal comentou.

Revirei os olhos para ele, sem saber se era uma provocação. Essa fã era uma exceção. Ninguém gostava das minhas coisas do início da carreira. Ainda assim, era uma coisa legal de saber.

— Qual é essa? — Ryan perguntou.

— Vamos para o hotel — murmurei.

— Podemos tirar uma de vocês dois juntos? — nos pediram.

— Pode sim — ele respondeu.

Interagir com os meus fãs — especialmente quando eram gentis e elogiosos como aquele grupo — era um dos aspectos que eu mais amava no meu trabalho. Em geral, o contato com eles me deixava revigorada. Mas, naquele dia, estava sentindo o peso da viagem de avião e me esforçando para não bocejar depois de cada foto. Sabia que precisava ser cautelosa. Seria fácil demais uma foto de mim junto de um fã, sem um sorriso no rosto, se espalhar por sites de fofoca. Eu seria chamada de "ingrata" ou "inacessível", e Diana sempre foi bem direta a respeito da importância de as pessoas pensarem que eu era só uma adolescente normal que tinha dado muita sorte. O que podia ser verdade, mas também dava muito trabalho às vezes.

Ryan, no entanto, parecia tranquilo com toda aquela atenção. Me senti feliz por ele — ele lidava bem com fãs, era generoso e amigável. Ávido por posar para fotos e autografar qualquer coisa que colocassem em suas mãos. Fazia a coisa toda parecer fácil e natural.

Ao olhar para Cal, que tinha se afastado um pouco, junto de Harriet, vi que a perspectiva de estar sob os holofotes não o animava tanto assim. Bem... ele precisaria aprender a lidar com isso, da mesma forma que eu tinha aprendido. Porque meu instinto me dizia que ele e os outros meninos estavam prestes a se tornarem muito, mas *muito* famosos.

AGORA

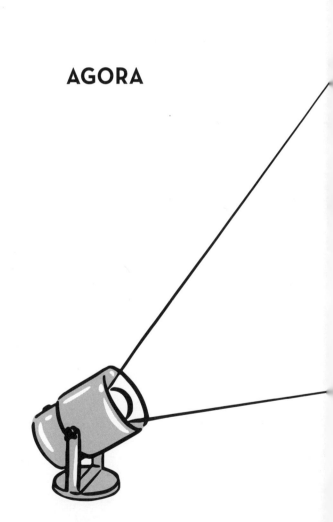

CAPÍTULO 6

OS PRIMEIROS DIAS DE QUALQUER COISA SÃO SEMPRE UMA COMBI-
nação tumultuosa de empolgação e medo. O primeiro dia da
escola. O primeiro dia do acampamento. O primeiro dia no local
de gravações. Já tive muitos primeiros dias, mas aquele parecia
mais significativo do que qualquer um. E bem mais aterrorizante.

— Mal posso esperar pra você conhecer todo mundo —
Harriet dizia.

— Hmm? — Eu estava perdida em pensamentos, encarando o
prédio que ficava cada vez mais próximo. Era como se estivéssemos
competindo para ver quem se acovardaria e fugiria primeiro.

Eu perderia, porque, bem, estava competindo com um imóvel.

— Não tivemos uma única briga na escolha do elenco — ela
continuou. — É um bom sinal. Concordamos com todos.

Tinha sido determinado que a presença de Harriet não era
necessária na minha audição, mas Cal fez questão que ela fosse
indispensável em todas as outras partes do processo.

Ainda assim, só estava ouvindo com metade da minha atenção.

— Aham — assenti. — Ótimo.

Estávamos esperando o trânsito desacelerar, a uma rua do
local. Os carros desobstruíram a passagem e Harriet atravessou,
mas eu continuei parada, congelada sobre a calçada, os olhos fixos
no monolito de vidro e cromo onde nos aguardavam em meia hora.

Harriet correu de volta até mim.

— Kathleen?

Pestanejei diante dela, voltando, assustada, para a realidade.

— Ah, caramba — ela falou. — Vamos lá.

Me deixei ser arrastada até um café.

— Um *matcha* — ela pediu no balcão.

— Alguma coisa sem cafeína — corrigi. — Senão vou ficar quicando nas paredes.

A última coisa de que precisava no momento era uma explosão de energia.

Nos sentamos a uma mesa nos fundos.

— Você tá bem? — Harriet perguntou.

— Eu não sei.

Tinha passado a vida desejando uma oportunidade como aquela. Uma rota para a Broadway, a toda velocidade. Agora que ela estava ali, que estávamos prestes a começar o workshop, me vi, de repente, querendo que tudo fosse um pouquinho mais devagar.

Tudo estava acontecendo tão rápido. Não tinha sido ontem que nos encontramos com Cal, para começo de conversa?

— Você vai arrasar — Harriet assegurou, dando um aperto reconfortante no meu braço

Eu gostaria de acreditar nela, mas não conseguia. Estava aterrorizada. Praticamente paralisada de medo.

A ansiedade — aquela maldita — estava fazendo meu coração saltar feito um misturador de tinta. Minha vontade era de arrancar minha própria pele e sair correndo por Manhattan, nua até os ossos. Cafeína definitivamente não cairia bem.

Cada pedacinho de mim me dizia que eu não era capaz de fazer aquilo. Que ia fracassar.

Eu costumava ser tão confiante quando era mais nova. Nunca pensava, nem por um instante, que não faria exatamente aquilo que queria fazer. Talvez eu devesse ter sido um pouco mais temerosa naquela época. Mais cautelosa.

— Isso é um erro — falei.

— Não — Harriet respondeu, a voz firme. — Não é de jeito nenhum um erro.

Ergui o rosto e pude *sentir* o desespero visível no meu olhar. Parecia que aquele sentimento estava irradiando do meu corpo.

— Para com isso — Harriet falou. — Para de ser pessimista.

— Você não manda em mim — retorqui.

Ela sorriu para mim.

— Essa é a Kathleen que eu conheço e amo.

Apesar da minha cara fechada, Harriet tinha conseguido afastar meu medo, mesmo que só por aquele momento.

— Olha — ela falou —, você está preparada. Tem ensaiado com aquela professora de canto, não tem?

— Tenho — concordei. Para minha irritação, a professora foi uma das recomendações de Cal.

— E com aquela professora de dança?

— Uhum.

Eu estava meio enferrujada. Estava em forma, mas não no nível de oito shows por semana.

— Você conhece a peça.

— Conheço — falei. — Na medida em que é possível conhecer uma peça que está prestes a ser trabalhada em um workshop e revirada do avesso.

— Você vai mandar bem — Harriet afirmou ao se levantar para buscar nossas bebidas.

Eu tinha praticamente certeza de que nunca me sentiria pronta. Afinal, nunca *estaria* pronta.

Eu já havia tido o meu momento, e talvez fosse perigoso, além de uma tolice, pensar que poderia tentar de novo.

Harriet colocou o chá na minha frente; nós duas ignoramos o tremor na minha mão quando ergui a xícara até a boca. Precisei pegar com as duas mãos por precaução, feito uma criança.

Dizer à Harriet que eu não conseguiria fazer aquilo não levaria a lugar algum. E eu podia ser muitas coisas, mas nunca tinha faltado com a minha palavra.

Bem... exceto aquela vez.

— Também estou nervosa — ela disse.

Eu pisquei. Presa na espiral da minha própria ansiedade, me esqueci totalmente de que aquele era um grande dia para Harriet também. Provavelmente, ainda *mais* significativo para ela. Harriet estava prestes a ver o musical que tinha escrito ser encenado com um elenco completo pela primeira vez.

Coloquei minha mão em cima da dela. Como era de esperar, Harriet também estava tremendo.

— A peça é incrível — falei.

Harriet sorriu, encarando a mesa. Não me olhou nos olhos.

Senti uma pontada de culpa. Não tinha como aquilo não ser difícil para ela. Durante a maior parte da nossa amizade, eu que estive sob os holofotes — ou andando em direção a eles —, e ela, no plano de fundo, torcendo por mim. Uma situação bem *Amigas para sempre*, exceto a parte da doença trágica.

— Estou muito orgulhosa de você — continuei, sentindo que provavelmente já deveria ter dito isso havia tempos.

Eu não a tinha visto muito durante as audições. Presumi que fosse por causa do cronograma e da falta de sincronia de nossa parte, mas, agora, estava me perguntando se deveria ter tentado fazer mais contato. Se deveria ter dado mais atenção à minha mais antiga amiga, em vez de ficar brincando com minha ansiedade o dia todo.

Fiz um compromisso comigo mesma de focar mais em Harriet.

— Está pronta? — perguntei.

— Você está? — ela devolveu.

Não, não estava. Mas respondi:

— Estou.

O espaço de ensaios era bem iluminado, amplo e aberto. Pé-direito alto, espelhos em todas as paredes, exceto em uma, que tinha janelas indo do chão ao teto. Eu tinha quase certeza de que o vidro delas era escurecido, mas ainda assim tive a sensação de estar dentro de um aquário.

Pessoas andavam pelo lugar, desenrolando cachecóis do pescoço — o dia estava gelado — e cumprimentando rostos familiares. Sentia-me grata por Harriet estar ali e lutava contra o impulso de esticar a mão e agarrar a dela. Eu não costumava ficar nervosa ao conhecer gente nova, mas a situação parecia diferente, mil vezes mais assustadora do que qualquer outra coisa pela qual eu já havia passado.

Cal ergueu os olhos quando nós entramos — ele estava de pé ao lado do piano com uma jovem de delineado impecável nos olhos.

— Vocês chegaram — ele disse.

Apesar de ter acabado de pensar em sair correndo, não gostei do tom de surpresa dele.

— Está bonito, senhor diretor — Harriet comentou, e fiquei satisfeita ao ver um leve rubor surgir nas bochechas de Cal, mesmo que ele tivesse abaixado o rosto na direção da prancheta para tentar disfarçar.

— Essa é Taylor — Cal apresentou, referindo-se à jovem de delineado —, nossa diretora de palco. Taylor, essas são Kathleen e Harriet.

Endireitei os ombros e ofereci a ela o meu melhor sorriso de Katee Rose.

— Ouvi de fontes confiáveis que Cal só trabalha com os melhores — falei —, o que me diz que você deve ser uma diretora de palco incrível.

Dava para ouvir a mim mesma fazendo esforço demais — pesando na aura de grande diva. Do jeito que pronunciei o R de "incrível" com um trinado, um turbante e uma piteira de trinta centímetros teriam me caído direitinho.

Por cima do ombro de Taylor, vi Cal soltar um suspiro aflito. Não o culpei; eu também estava morrendo de constrangimento por mim mesma. Se não tomasse cuidado, começaria a reclamar que foram os filmes que diminuíram, não eu, igualzinha a Norma Desmon em *Crepúsculo dos Deuses*.

— *Todos* aqui são muito talentosos — ele disse.

— Ah — respondi —, eu sei.

Cacete. *Cala. A. Boca.*

Felizmente, Taylor apenas sorriu.

Mais gente começava a chegar. No rosto delas, eu via aquilo com o que já tinha me acostumado havia tempos — primeiro, a sensação de "eu conheço aquela pessoa", então a associação do meu rosto a um nome, seguida pela compreensão de que eu não era uma amiga antiga nem uma colega de trabalho, mas, na verdade, alguém que já foi muito famosa. Por fim, dependendo do quanto a pessoa em questão amava Ryan LaNeve, eu podia esperar qualquer reação desde julgamento moderado até puro desdém.

Naquele dia, a maioria das expressões era de choque completo. Como se eles não estivessem surpresos apenas por eu estar ali, mas também que ainda estivesse viva.

O que se seguiu foi uma sessão de bisbilhotagem com olhos arregalados, encaradas voando entre Cal e eu.

Já era ruim o suficiente eu ter partido o coração de Ryan, mas tê-lo traído com um membro *da própria banda dele*? Caramba, coisa de vilã de alto nível. Eu não era uma mera piranha, mas uma piranha sedutora. O tipo mais perigoso dentre as piranhas.

No anúncio do elenco, fui citada como Kathleen Rosenberg. Tinha esperado que algumas pessoas fizessem a conexão, mas, aparentemente, minha reputação *não tinha* me precedido.

— Olá — cumprimentei os membros do elenco que passavam por mim. Felizmente, como uma pessoa normal, e não feito a Norma Desmond.

Me perguntava em que estariam pensando. Provavelmente, que poderiam pesquisar a definição de "jogada de marketing" no dicionário e encontrar uma foto minha.

Statler e Waldorf chegaram juntos de Mae, a assistente de Cal. Havia uma fileira de cadeiras ao longo da parede para eles, enquanto o resto de nós tinha suportezinhos para posicionar os roteiros e as partituras.

O restante do pessoal chegou, e eu ganhei mais um ou dois olhares de espanto. Acenei com as mãos a todos que me encaravam, tentando ignorar como a ansiedade estava me desconectando do meu próprio corpo. Inspirei fundo algumas vezes, concentrando-me nos meus pés tocando o chão, e no meu traseiro, o assento.

Me sentia desconfortável e deslocada como nunca tinha me sentido. Não apenas naquele lugar, mas na minha própria pele. Estava suando frio, meus joelhos tremiam. Coloquei as mãos abertas no roteiro à minha frente, já praticamente me preparando para um impacto com o que viria a seguir.

Cal se dirigiu até a frente da sala.

— Sejam bem-vindos.

Não parecia nem um pouco nervoso. Na verdade, parecia ótimo. O cabelo dele estava ótimo, as roupas estavam ótimas. O sorriso? Ótimo.

No entanto, quando baixei os olhos para suas mãos, vi que elas estavam tremendo. Só um pouquinho.

Quer dizer que ele ainda era humano.

Independentemente da razão que fosse, isso não melhorou o meu humor em nada.

— Bem, quem aqui está me reconhecendo? — ele indagou.

Os presentes olharam uns para os outros. Nitidamente não esperavam por essa pergunta.

— Você estava nas nossas audições — alguém respondeu.

Cal riu, e o riso dele se espalhou pela sala.

— Isso é verdade — ele assentiu. — Acho que eu devia ter sido mais direto. Quantos de vocês me reconhecem de algum outro lugar? Digamos, de uma década e pouco atrás?

Algumas mãos hesitantes se ergueram no ar. Revirei os olhos e também levantei a minha. Não tinha ideia do que ele estava fazendo.

— Sério? — Cal continuou. — Não se lembram disso?

Ele assumiu uma postura bem ridícula, um braço apoiado no outro, a mão embaixo do queixo, a boca em um beicinho contemplativo. Qualquer fã da CrushZone teria reconhecido a pose da capa do primeiro álbum do grupo, *Permissão para desembarcar*. A única coisa que faltava era um chapéu de marinheiro.

Alguém começou a assobiar a música homônima do álbum. Olhei à minha volta. Era Harriet.

— Obrigado. — Cal apontou para ela. — Vamos logo deixar tudo às claras, tá bom? Eu fui um dos membros da CrushZone.

Ouviu-se aplausos escassos — dava para notar que ninguém tinha entendido muito bem qual era a intenção dele com aquela história.

— E aposto que todos vocês sabem quem é aquela ali na frente. — Cal me indicou.

O quê?

Eu quis afundar na minha cadeira e desaparecer no chão. Infelizmente, as leis da física ainda funcionavam muito bem.

— Todos aqui vão aprender a conhecê-la como Kathleen Rosenberg, a nossa Peggy — ele continuou. — Mas ela já agraciou os palcos do pop como a lendária Katee Rose.

Pensei em arremessar meu roteiro nele. Minha mira não era lá tão boa, mas o roteiro era grande e imaginei ter boas chances de dar um susto que o fizesse calar a boca.

Os aplausos para mim, pelo menos, foram um pouco mais encorpados. Me virei e fiz um aceno curto com a mão antes de fuzilar Cal com o olhar. Ele precisava mesmo me destacar desse jeito? No nosso primeiro dia?

Mantive a postura ereta, torcendo para que meu rosto não estivesse tão vermelho quanto me parecia estar.

— Não vou falar em nome de Kathleen, mas mesmo que eu tenha amado fazer parte da CrushZone, isso é uma coisa que ficou no passado. Todos vocês estão aqui porque amam teatro, porque querem participar dessa peça, que é muito especial. Vocês são profissionais. Os melhores entre os melhores. — Ele apoiou uma mão no peito. — Eu estou aqui para criar uma coisa mágica. Uma coisa importante. Uma coisa nova.

Cal parou por um momento para correr os olhos pela sala.

— Essa é uma peça inédita — continuou. — Temos nas nossas mãos o presente inacreditável que é tornar uma coisa realidade pela primeira vez. É uma honra estar compartilhando com vocês as melodias e as letras incríveis de Harriet.

Era difícil não se deixar cativar por aquele tom de voz determinado. Eu queria muito acreditar nele.

— Eu acredito no poder dos recomeços — ele disse. — Cada peça, cada papel, cada interpretação é uma chance de começar do zero. Cada dia é uma nova oportunidade de sucesso. Não pretendo julgar ninguém aqui pelo que fizeram ontem, nem anteontem, nem no ano passado.

Toda a sala parecia estar com a respiração suspensa.

— E espero que vocês me demonstrem essa mesma gentileza — Cal finalizou.

Bem... se eu não estivesse tão irritada com ele por colocar um holofote nada conveniente sobre mim bem no primeiro dia, poderia ter admitido, de má vontade, que aquele discurso havia sido um tanto magistral.

Em poucas palavras, Cal conseguiu tratar dos elefantes na sala, ou seja, nós dois, ao mesmo tempo que repreendia de modo preventivo qualquer um que pensasse em sair perguntando a respeito da nossa vida passada.

Aplaudi educadamente junto do restante da equipe. No entanto, ainda sentia dezenas de olhos tentando não se direcionarem diretamente para mim. Se a artimanha de Cal se mostraria bem-sucedida em longo prazo, ainda estava em aberto, mas pelo menos eu não me veria cercada na hora do almoço por questionamentos do que tinha acontecido de verdade entre mim, Cal e Ryan.

Pelo menos, não naquele dia.

— Muito bem. — Cal juntou as mãos. — Vamos nos apresentar e começar.

Respirei fundo.

E. Lá. Vamos. Nós.

CAPÍTULO 7

CONSEGUI PASSAR PELO MEU PRIMEIRO DIA SEM VOMITAR NEM DESMAIAR. Nós lemos — e cantamos — toda a peça e, mesmo certa de que não deslumbrei ninguém, também não errei feio demais em nenhum momento. Na minha mente, não havia dúvidas de que a maioria dos que estavam lá, inclusive eu mesma, achava que minha presença no elenco não era nada além de uma estratégia. Um jeito para chamar atenção.

Não era o pior começo do mundo. Já que as expectativas estavam extremamente baixas, eu só poderia melhorar a partir dali.

Ou então, simplesmente passar vergonha na frente deles e de todo o pessoal da Broadway.

Na pior das hipóteses, eu sabia, por experiência própria, que a vergonha nunca matou ninguém.

Até aquele momento.

— Ótimo trabalho, pessoal — Cal falou.

Na maior parte do tempo, ele só ficou sentado ouvindo — ainda estávamos em um ponto inicial demais no processo para que ele, de fato, começasse a nos dirigir, e precisei lutar contra o impulso de ir até ele e pedir uma análise detalhada do meu desempenho.

Ao mesmo tempo que queria saber, sabia que era melhor não. Afinal, aquele era só o começo, e eu tinha noção de que ouvir opiniões sobre uma coisa que eu já sabia que ainda não estava boa era um ótimo jeito de criar uma insegurança incapacitante, daquelas que poderiam durar um bom tempo.

E isso tinha o poder de destruir uma performance.

Eu precisava fazer tudo ao meu alcance para manter aquele tipo de sentimento à distância. Já estava sendo um sufoco. Na noite anterior, eu tinha passado quase uma hora me encarando no espelho, procurando pela Katee Rose. Afinal, sabia que era exatamente o que todo mundo faria.

Katee Rose era linda, perfeita e fabricada. Até o momento em que deixou de ser. Então, tornou-se triste, desleixada e constrangedora.

Aquela mulher no espelho, na noite anterior, tinha rugas, a pele danificada pelo sol e, como não podia deixar de ser, a merda de uma espinha no queixo.

Kathleen Rosenberg era imperfeita. Ela estava bem. E viva.

Normalmente, isso era o suficiente para manter os demônios afastados. As vozes que sussurravam que eu não era mais o que tinha sido, e que isso era tão trágico, não era? Não era triste que eu tivesse ganhado peso, que minha pele não fosse lisa, que meu cabelo estivesse todo frisado? Não era uma completa vergonha o fato de eu já não ser mais perfeita?

A terapia me ajudou a me enxergar como algo além daquele alter ego que foi jogado no meu colo. Me permitiu ser mais do que Katee Rose. Me permitiu parar de fazer dieta, de malhar obsessivamente, de me preocupar em tempo integral com o meu corpo, o meu rosto, com a aparência dele, a minha aparência.

Mas agora? Qualquer pessoa com dois neurônios sabia que, se essa peça chegasse à Broadway, a existência da Katee ajudaria na venda de ingressos.

E aquela informação era como erva-gateira para todas as minhas inseguranças. Naquele dia, eu tinha almoçado uma salada. Uma salada, porra, quando o que eu queria mesmo era comer um lanche de frango com parmesão coberto de queijo derretido, bem melequento. E batata frita.

Em vez de dar ouvidos às minhas verdadeiras necessidades, pensei na minha cintura e na minha pele. E fiquei com fome.

Que garota idiota.

Pois eu compraria uma fatia de pizza siciliana no caminho para meu apartamento e comeria sem enxugar a gordura. Toma essa, espinha.

Guardei as minhas coisas, tentando não olhar para o meu reflexo na parede tomada por espelhos que iam do chão ao teto. Espelhos eram exatamente o que tinha me arrumado problemas, para início de conversa. Visões do passado.

Ainda assim, era impossível evitar a mim mesma por completo. Geralmente, era quando eu parava de olhar que enxergava vislumbres da Katee. Afinal de contas, nossos olhos eram idênticos.

— Mandou bem hoje — Cal falou, ao passar do meu lado.

Eu deveria ter apenas agradecido. Em vez disso...

— Você podia ter me avisado — falei.

Cal parou e se virou.

— Avisado?

Não fale nada, ordenei a mim mesma. *Vá embora. Vá para casa.*

Em vez disso, falei o que ele tinha dito imitando a voz dele:

— *Mas ela já agraciou os palcos do pop como a lendária Katee Rose* — entonei. — Podia ter me perguntado se eu queria que você fizesse aquilo. Ou me dado um toque.

Cal ergueu uma sobrancelha.

— Por quê? Você queria ter preparado uma coreografia de apresentação, com toda pompa?

— É — respondi. — Com fogos de artifício e dançarinas de cancã. Talvez eu tivesse preferido continuar anônima.

— Acha mesmo que não iam juntar dois mais dois na mesma hora? — ele perguntou.

Não era aquele o problema.

Fiz uma cara feia, e Cal suspirou.

— Só pensei que melhoraria o clima — falou. — Não dá pra dizer que não tentei.

— Eu não confio em você.

Bem, era legal saber que meu botão de autodestruição continuava intacto, e que eu, como sempre, estava me coçando para apertá-lo.

Por que sou assim?

Cal estreitou os olhos.

— Esse é o seu jeito de declarar uma trégua? — ele perguntou.

— Acho que precisa aperfeiçoar isso um pouco.

— É o *meu jeito* de melhorar o clima — falei. — Colocar tudo pra fora, antes que contamine a coisa toda.

Ele balançou a cabeça.

— Justo. Também não confio em você.

— Você é arrogante.

Ele imitou a minha postura, cruzando os braços.

— E você, dramática.

— E você, pedante.

— E você, amadora.

— E você, insistente.

— E você, cabeça-dura.

— E você, teimoso.

— Digo o mesmo.

A verdade era que o sujo estava falando do mal lavado.

— E também tão talentosa que é impossível tirar os olhos de você — Cal completou.

O fôlego me fugiu. Eu o encarei, e ele deu de ombros.

— Estou sendo honesto.

— Certo — eu disse.

Ficamos em silêncio.

— Dizer alguma coisa de bom sobre mim não te faria cair morta — ele falou.

— É possível que faça.

Uma ruga apareceu entre seus olhos. Eu o tinha ferido. Disse a mim mesma que não deveria me importar. Ele me machucou muito mais.

Não é uma competição, minha terapeuta diria.

E eu estava sendo uma imbecil. Uma imbecil teimosa, dramática e cabeça-dura.

— Desculpe — falei. — Você...

— Cuidado para não ter uma distensão.

Franzi o rosto para ele.

— Você está no controle — continuei. — Sabe o que está fazendo. Tem uma perspectiva em mente. E é uma perspectiva boa.

Um rubor coloriu suas bochechas.

— Obrigado — ele respondeu.

— Estou sendo honesta.

— Certo.

— Ainda não confio em você — acrescentei.

— Vamos trabalhar nisso.

Não gostei muito da certeza na voz dele.

— Vamos só nos concentrar em sobreviver ao workshop — falei. — Como colegas.

— Ao workshop, às apresentações-teste e a uma estreia na Broadway — ele disse. — Consegue sobreviver até lá sendo *minha colega*?

— Consigo, se você conseguir.

Começamos a andar na direção da porta.

— Acha mesmo que vamos chegar à Broadway? — indaguei.

— Acho — Cal respondeu. Sem hesitação.

Já fui confiante daquela maneira. Sentia falta de ser assim.

Harriet estava esperando por mim na rua. Arqueou a sobrancelha ao ver Cal e eu saindo juntos, mas ele se limitou a erguer uma mão para indicar que a tinha visto e se afastou de nós.

— Não é nada — falei, quando ela me lançou um olhar inquisidor.

Nenhuma de nós tinha feito planos para depois do workshop. Na verdade, eu havia passado as últimas semanas tão focada naquele dia em particular que me dei conta de que não tinha parado para pensar em tudo que aconteceria em seguida. Todo o trabalho, estresse e energia que seria exigido de mim. De todos nós.

De repente, me sentia exausta.

Esperei que Harriet dissesse alguma coisa, sugerisse algum lugar para discutirmos a peça, fazermos uma dissecação do primeiro dia, mas simplesmente caminhamos até a estação, esperamos nosso trem e ficamos sentadas lado a lado, em silêncio, indo em direção ao Brooklyn.

A parada dela era antes da minha. Ao desacelerarmos, chegando na estação, Harriet se virou e me deu um abraço. Me apertou com força.

— Tá acontecendo de verdade, né? — ela perguntou.

— De verdade.

Harriet sacudiu a cabeça, como se ainda não conseguisse acreditar.

— Te vejo amanhã — ela falou e desceu do trem.

CAPÍTULO 8

AQUELE ERA O DIA PELO QUAL EU MENOS ESTAVA ESPERANDO.

A reunião individual com Cal.

A ideia era discutirmos as motivações da personagem, ensaiar meus solos e repassar as coreografias. E, óbvio, a assistente dele estaria lá — além de um pianista —, mas ainda assim não conseguia me livrar da sensação nervosa e inquietante de que aquilo era uma má ideia.

Minha terapeuta achava que eu tinha algumas questões não resolvidas com Cal.

Não diga, Sherlock, eu pensava.

O problema era que eu não tinha muita vontade de resolver aquelas questões. Queria continuar brava com ele. Porque, em certos aspectos, perdoá-lo parecia mais perigoso.

Precisava ficar me lembrando do que ele tinha feito. Ou melhor, não feito.

Eu perdi *tanta coisa*.

E Cal... não. Ele estava bem. Mais do que bem, na verdade.

A injustiça da situação era difícil de engolir. Mas tudo bem. Eu preferia aquele amargor no fundo da garganta a um caroço de nostalgia estremecendo de esperança.

— Bom dia — Cal falou.

— Bom dia — respondi.

Educação. Calma. Eu podia dar conta disso.

— Pensei que podíamos falar da Peggy e das motivações dela, em primeiro lugar — ele começou. — Depois, tentar incorporar esses pontos de vista nos solos e na movimentação.

— Certo.

O meu problema não era falar sobre a minha personagem. Eu conhecia a Peggy. Eu a amava.

Mas alguma coisa na ideia de falar dela com Cal fazia com que me sentisse extremamente vulnerável.

— Tem bastante coisas a se considerar sobre nossa Peggy — Cal disse.

— É.

— Muita profundidade escondida.

— É.

A assistente dele estava sentada fazendo anotações, o tec-tec das teclas do computador me confortando e distraindo. Termos uma audiência facilitava o coleguismo. Afinal de contas, eu era uma atriz.

Com os braços cruzados, Cal se inclinou para trás na cadeira, me lançando um olhar demorado. Me coloquei na beirada do assento, as mãos cruzadas, como se estivesse esperando pelo chá da tarde.

— Fique à vontade para fazer seus comentários quando quiser.

Não gostei daquele tom de voz. Um tom que dizia "você *leu mesmo* o roteiro?" ou "eu fiz faculdade e você não".

Educação. Calma. *Atuação*.

— Ela é forte — afirmei. — Durona.

— Na superfície — ele respondeu.

— Ela não está fingindo ser.

— Eu não disse isso.

— Ela passou por muita coisa — continuei.

— Vamos falar sobre os mecanismos de defesa dela.

— Ela é boa em dividir a vida em caixinhas — falei. — Todos os aspectos da vida dela são separados um do outro, e é assim que ela gosta.

— Ela gosta mesmo? — Cal perguntou. — Ou precisa que seja assim?

— É a mesma coisa.

Ele inclinou a cabeça.

— É mesmo?

— Para ela, sim — insisti. — Ela não tem tempo, nem energia, para gostar das coisas só por gostar. O que importa é a sobrevivência.

— Hmm. — Ele chegou a passar a mão no queixo enquanto se recostava ainda mais na cadeira. — Hmmm.

— O quê?

Saiu mais afiado do que eu pretendia, mas tinha sentido um quê de julgamento naqueles "hmmm". E não gostei.

— Nada — ele respondeu. — Sua perspectiva dela é interessante.

— Interessante? — repeti. — Ou correta?

— Não sei se existe certo ou errado quando se trata de personagens — ele falou. — É tudo questão de interpretação.

O que era incrivelmente inútil. Eu queria estar certa. Eu *estava* certa.

— Que tal tentarmos repassar umas músicas dela? — Cal perguntou. — Vamos ver se conseguimos infundir um pouquinho dessas informações na sua interpretação.

Ensaiamos com o correpetidor ao longo de uma hora, parando e retomando, debatendo as letras, analisando intenções. Quanto do que Peggy dizia era honesto e real, quanto era uma fachada.

— Ela adora um duplo sentido — Cal observou.

— E quem não?

— O que torna difícil colocá-la contra a parede — ele completou.

— Não se você pedir com jeitinho.

Ele me olhou. Eu olhei para ele. O pianista deixou escapar uma risadinha engasgada. Eu teria feito o mesmo, mas o olhar de Cal descendo até meus lábios me silenciou.

Não pude deixar de olhar para a boca dele também. O maxilar. O pescoço.

Eu o assisti engolir em seco. Compenetrada.

Minhas pernas ficaram um pouco trêmulas.

— Como a Peggy diria. — Tentei consertar.

— Certo — Cal concordou. — É óbvio.

O silêncio se alongou entre nós.

— Acho que caí direitinho nessa — ele falou.

— U-hum.

— Que tal fazermos uma pausa?

— Ok.

Vamos lá, Rosenberg, pensei. Tem que existir um jeito de você conseguir se comunicar com Cal que não seja com comentários passivo-agressivos nem frases sugestivas.

Saí do estúdio e caminhei pelo quarteirão, tentando desanuviar a cabeça e acalmar minha libido. Senti certa satisfação com a reação de Cal, mas não estava gostando muito daquela oscilação agressiva entre o ressentimento absoluto e o desejo que deixava a pessoa de pernas bambas. Nenhum dos dois era útil para mim, e experimentá-los ao mesmo tempo era ainda pior.

O correpetidor não estava na sala quando voltei ao ensaio; Mae encarava o próprio celular, a testa franzida em preocupação.

— O que houve? — perguntei.

Ela deu um pulo.

— Ah — ela guardou o celular —, nada. Está tudo bem.

— O que está bem? — Cal apareceu atrás de mim.

Mae irrompeu em lágrimas, para a surpresa de todos.

— Me desculpem — ela respondeu. — Não foi nada.

— Isso obviamente não é verdade — falei.

Eu não esperava que Cal tomasse alguma atitude — na minha experiência, homens não eram muito bons em lidar com emoções e, normalmente, saíam correndo quando uma mulher começava a chorar, como se as lágrimas pudessem derretê-los.

Meu pai, Ryan, e todos os meus outros namorados sempre tinham reagido ao meu sentimentalismo com um tapinha firme no ombro e um "já passou, já passou" forçado, enquanto continuavam focando no celular, na TV ou em qualquer outra coisa que fosse mais digna de atenção no momento.

Cal, no entanto, imediatamente abraçou Mae e tratou de acalmá-la, soltando uns sons reconfortantes, tipo *shhh, shhh*, enquanto ela enxugava o nariz na própria manga. Tinha me esquecido de que ele tinha irmãs.

— O que aconteceu? — ele perguntou depois que Mae se acalmou um pouco.

— Ela está bem — Mae respondeu —, mas minha prima desmaiou no trabalho hoje. Ela é professora na Washington Heights.

— Ai, meu Deus — falei.

— Ela está no hospital — Mae continuou. — Mas está tudo bem. Disseram que ela vai ficar bem.

— Vamos chamar um táxi — Cal disse. — Você precisa ir lá ficar com ela.

— Mas... — Mae fez um gesto indicando a sala de ensaio. — Eu preciso fazer as anotações.

— Não se preocupe com isso — Cal afirmou. — Sua prima é a prioridade agora.

Dava para ver que Mae estava dividida, mas deixou que Cal guardasse seus pertences e chamasse um carro para levá-la ao hospital.

— Me ligue quando puder — ele pediu ao levá-la para a calçada. — Mas só para me atualizar do seu estado, o resto pode esperar.

Comecei a guardar minhas coisas.

— Ela vai ficar bem — Cal falou, de volta para a sala. — Você também vai embora?

Congelei.

— É que pensei que... sem Mae...

Nós dois fôssemos nos matar. Ou então...

— É... — Ele esfregou a nuca. — Certo.

— Você queria ensaiar mais?

Eu não sabia se confiava em mim mesma.

— Não sei se vamos conseguir achar outro momento para dar tanta atenção à Peggy — ele explicou. — Mas foi um dia longo.

Não tinha sido tão longo, na verdade. Eu estava cansada, mas não esgotada.

Poderia ficar. Poderia continuar ensaiando. Só nós dois. Juntos. Sozinhos.

Não havia problema. Eu estava apenas sendo dramática. Afinal, eu era adulta. Uma profissional. E Cal também.

Tirei a bolsa do ombro.

— Ok — falei. — Vamos continuar.

— Tem certeza?

Olhei para ele.

— Ok — Cal disse. — Ótimo. Obrigado.

— Acho que sou *eu* que deveria te agradecer — falei, mesmo que com certa relutância.

Ele ergueu uma sobrancelha.

— Por se importar tanto assim com a Peggy.

— Eu me importo com todas as minhas garotas — Cal falou, em uma referência à maneira como as personagens femininas, completamente adultas, eram classificadas como "garotas" com frequência na peça.

A sala de ensaios, de tamanho normal e confortável até o momento, pareceu encolher de repente. O único cheiro que sentia era o da colônia de Cal, de laranja. Ainda assim, o meu impulso era o de encostar o rosto no pescoço dele e inspirar bem fundo.

Péssima ideia.

Lembre-se do quanto você não o suporta, ordenei a mim mesma. *Lembre-se de que ele é arrogante, presunçoso e que te deixou se ferrar sozinha, completamente sozinha, para se safar.*

— Vamos falar do jeito da Peggy andar — Cal disse.

Ele tinha mencionado que queria que a personagem caminhasse de uma forma específica — de um jeito que, em um instante, pudesse destacá-la visualmente dos demais. Porque, embora a ideia fosse introduzir cada personagem à audiência em suas roupas do dia a dia — Peggy seria apresentada em um número sensual ambientado em uma casa noturna —, durante a maior parte da peça todas estariam vestidas com macacões idênticos, a padronagem dos acessórios na cabeça servindo como principal identificador.

— Eu não vou cortar o salto de um dos meus sapatos — falei.

Segundo um rumor, esse era o truque do jeito de andar rebolando que era a marca registrada de Marilyn Monroe.

— Estava pensando mais alguma coisa tipo no estilo da Catherine O'Hara no final de *O melhor do show* — Cal respondeu.

Eu o encarei.

— Brincadeira.

— Rá.

— Que tal só seguir o seu instinto? Mostre umas opções.

Falando assim, parecia fácil. Como se eu fosse tirar da bunda um movimento distinto — chamativo, mas não caricato — só porque ele pediu.

— Imagino que você não tenha nenhuma ideia — falei.

Ele era o diretor, afinal.

Cal caminhou ao meu redor, o queixo apertado entre o polegar e o indicador. Até mesmo quando passava por trás de mim, ainda podia vê-lo nos espelhos dispostos na parede, o que me fazia sentir totalmente cercada.

— Certo — ele disse.

Em seguida, gesticulou para que eu saísse do caminho. Não foi preciso pedir duas vezes.

Me apoiando em um dos espelhos, uma garrafa d'água nas mãos, assisti ao processo de Cal.

Ele começou andando para trás e para a frente do seu jeito normal. Então, passou a balançar as mãos. Depois, os quadris. A coisa toda era bem exagerada e obviamente ridícula, mas eu não ri. Observei enquanto ele deixava aquele caminhar cada vez mais bizarro, cruzando os pés como um cavalo marchador, os ombros se projetando para a frente com cada movimento.

Então, ele começou a atenuar cada um dos elementos, pouco a pouco. Suas passadas duras se tornaram mais um deslizar, os quadris se deslocando como se ele estivesse se movendo na água, lenta e cuidadosamente. Era um movimento ao mesmo tempo cauteloso e sedutor.

— O que acha? — Cal perguntou, uma mão no quadril, a outra largada ao seu lado.

Não respondi; em vez disso, comecei a andar atrás dele, tentando imitá-lo.

— Começar grande ajuda — ele disse, quando ficou óbvio que eu não estava pegando o jeito muito bem.

Era provável que nós dois estivéssemos ridículos, ambos andando para trás e para a frente, para trás e para a frente, os joelhos altos, os quadris balançando. No entanto, ele tinha razão — era mais fácil suavizar o movimento do que tentar expandi-lo. Depois de um tempo, Cal se retirou de nosso desfile de duas pessoas e se colocou de lado para assistir.

— Seu lado direito é um pouco fraco — comentou.

Eu já tinha ouvido aquilo antes. Ele estava certo, mas eu detestava reconhecer, da mesma forma que tinha detestado antes.

— Melhor — Cal falou.

Eu conseguia sentir — o meu corpo se ajustava ao ritmo do caminhar de Peggy, e isso agregava alguma coisa à personagem. Era uma mulher que sabia que estava sendo observada, porém, em vez de se esconder da atenção, ela a tomava para si. Fazia os outros *quererem olhar*. Se estivessem olhando, ela detinha o controle. E controle era uma coisa que descrevia muito Peggy. A ideia me conectou ainda mais a ela.

— Vamos tentar incorporar isso em alguma coreografia — Cal sugeriu.

Óbvio. Porque não era suficiente que eu apenas andasse daquela maneira — precisava colocá-la também nos meus passos de dança.

— Vamos tentar "Com ou sem eles" — ele falou. — Temos que garantir que você vai se destacar.

Houve uma época, no passado, em que tudo que eu queria era me destacar. Agora, meus sentimentos a respeito de estar sob os holofotes eram um pouquinho mais complicados.

— Achei que esse fosse um número conjunto.

— E é — Cal respondeu. — Mas cada personagem precisa passar uma essência específica.

Ele foi até o meio da sala e começou a executar a coreografia.

— Passo, passo, giro, quadril, quadril, braços — ele explicou.

Eu o segui, tentando mesclar as instruções com o estilo de andar da Peggy. Não era nada fácil.

— Ok — Cal disse, depois de eu ter feito bastante cagada.

Ele se aproximou e parou diante de mim. Esperei que gritasse. Que me repreendesse por errar seus preciosos passos de dança.

Parte de mim queria que ele fizesse isso. Queria a raiva dele. A fúria. Porque a *isso* eu era capaz de corresponder.

— Vamos tentar uma coisa — ele falou.

Na verdade, ele soava compreensivo, o que era pior ainda.

— Essa coreografia é meio que uma dança de casais.

— Só que sem parceiros — observei, seca.

— Exato — Cal respondeu. — Vocês todas estão falando dos homens de que sentem falta, de como é estarem sozinhas no momento. Então, no início, precisa estar imperfeito, e essa parte você já está fazendo direito.

Olhei feio para ele. Cal me ignorou.

— Mas queremos que fique fluido e natural — ele continuou. — Vocês estão aprendendo a viver sozinhas. E estão gostando.

— Lógico que estamos — falei. — Homens só atrapalham.

Cal revirou os olhos.

— Pense naquela velha frase: Ginger Rogers fez tudo que Fred Astaire fez...

— Mas de trás pra frente e de salto alto — concluí.

— Bingo — ele falou. — Você vai fazer isso aí de trás pra frente e de salto alto.

— Falar é fácil — murmurei.

— Certo. — Cal se aproximou de mim, os braços erguidos.

Dei uns passos para trás.

— O que você tá fazendo?

Ele abaixou as mãos.

— Pensei que poderíamos tentar juntos. Assim como o jeito de andar, pode ser mais fácil subtrair do que adicionar, se entende o que quero dizer.

Eu entendia, mas aquele sentimento de "isso é uma péssima ideia" estava mais forte do que nunca. Tínhamos feito um ótimo trabalho de não tocar um ao outro de verdade durante todo aquele processo.

Cal percebeu minha hesitação.

— Mas se você não se sentir confortável...

— Não — interrompi. Eu estava sendo ridícula. — Tudo bem. É trabalho. Nós somos profissionais.

Endireitei a coluna e ergui os braços. Cal se posicionou no espaço que havia entre nós, uma mão no meu quadril, a outra entrelaçando os dedos nos meus. Era desconcertante como me parecia íntimo sentir a palma da mão dele colada na minha. Apoiei a mão no ombro dele.

— Um, dois, três — ele contou.

Nada se compara a dançar com um parceiro que está completamente no controle. Que sabe como se mexer.

E Cal sabia.

Era natural. Nossos corpos estavam em completa e silenciosa sincronia. Eu conseguia adivinhar qual movimento viria a seguir a partir da pressão gentil de sua mão na minha ou do impulso de sua palma contra meu quadril.

O dia tinha sido difícil. Era trabalho e, embora fosse um trabalho do qual eu gostava — na maior parte do tempo —, ainda podia ser cansativo. E, com Cal, eu me sentia apreensiva. Como se estivesse esperando uma coisa inevitável. Esperando que tudo implodisse. De novo.

Naquele momento, no entanto, segui o comando dele.

Nas últimas horas, eu estava tão concentrada — empenhada nas minhas caracterizações, nas minhas escolhas, na minha interpretação — que não precisar me preocupar era uma sensação muito boa. Não me estressar. Não pensar em nada, exceto em Cal me conduzindo ao redor da sala de ensaio.

Sempre amei dançar. Amava descobrir o que meu corpo podia fazer, como podia se mover. Amava desafiar a mim mesma e me esforçar para ficar melhor, mais forte.

Foi só quando desaceleramos que me dei conta de que nem sequer sabia por quanto tempo ficamos dançando. Eu tinha me perdido completamente no momento, esquecido o motivo de estarmos ali, para começo de conversa. E, quando paramos, precisei dar um passo para trás ao reparar em como ficamos próximos. Minha bochecha estava praticamente colada na dele, sua mão tinha ido do meu quadril para minha lombar.

Permanecemos parados, os braços ainda erguidos, os dedos ainda entrelaçados.

A sala estava girando, mas nós, não.

Cal me soltou, porém fez isso de maneira lenta, seu toque praticamente me queimando através das roupas enquanto tirava a mão da minha, enquanto afastava os dedos da curva da minha coluna. Ele resvalou na lateral das minhas costelas antes de se distanciar por completo, me causando um arrepio.

Meu arrepio não passou despercebido, e ele abriu a boca para dizer alguma coisa, mas eu não permitiria.

— Acho que peguei o jeito — afirmei.

Me certifiquei de manter a voz em um tom normal. Profissional.

— Certo. — Ao que parecia, ele fez o mesmo.

Um oceano de espaço se abriu entre nós.

— Ótimo — falei.

CAPÍTULO 9

TALVEZ FOSSE CONSEQUÊNCIA DE TODOS OS ANOS QUE PASSEI cercada por pessoas vinte e quatro horas por dia, sete dias por semana, mas, com o passar do tempo, passei a gostar de fazer coisas sozinha. Uma das minhas atividades preferidas era almoçar e ir a alguma exibição diurna — um filme ou um teatro — ou a um museu.

Harriet me achava maluca — a ideia de comer sozinha em um restaurante era aterrorizante para ela —, mas eu saboreava a liberdade daqueles dias. Podia pedir o que tivesse vontade, ficar por quanto tempo quisesse, ver o que estivesse a fim de ver.

Estava esperando ansiosa por um dia de folga. Passar o verão todo decorando letras e coreografias estava se provando exaustivo, ao mesmo tempo que fingia que estava tudo superbem entre Cal e eu. Que não tinha nenhuma história complicada e desconexa entre nós. Que eu não estava oscilando entre me ressentir dele e desejá-lo. Em certos dias, ficava toda arrepiada com a direção dele, apesar de fazer o meu melhor para disfarçar. O problema não estava na qualidade da direção em si, que era boa. Tá, mais do que boa. Ele era um ótimo diretor.

O problema é que eu odiava ser dirigida por ele. Odiava que me dissesse o que fazer.

Talvez isso também fosse parte de ficar mais velha. Na minha época de Katee Rose, eu era ávida para agradar — às vezes, até demais. Teria literalmente me virado do avesso se achasse que isso deixaria todo mundo ao meu redor feliz e satisfeito.

Hoje em dia? Eu não estava nem aí.

Não era mesquinha, cruel ou indelicada. Simplesmente já não colocava mais as necessidades dos outros na frente das minhas.

As minhas performances por volta da última década foram todas para mim mesma. Cantar no chuveiro. Dançar para meus alunos. Atuar como se eu fosse uma simples cidadã, não uma estrela do pop decadente e com uma "reputação".

Agora, eu tinha uma audiência novamente, e não estava acostumada com isso.

E ainda havia toda aquela história mal resolvida e irritante com Cal. Para mim, ela tornava impossível confiar nele, e é difícil aceitar as orientações de alguém em quem não se confia. Mesmo que ele estivesse certo na maior parte do tempo.

Afastei Cal dos pensamentos ao entrar no Museu de História Natural. A ideia era que aquele dia fosse uma folga — um *reset* — antes de seguirmos para a última semana dos ensaios do workshop.

Já tinha almoçado sem pressa no meu lugarzinho favorito de comida italiana, escondido bem na extremidade do parque, e pretendia passar o restante da minha tarde vagando pelas minhas exposições preferidas.

Estava parada sob a baleia-azul quando uma coisa pequena e vestida de dinossauro trombou nas minhas pernas.

— Grrr — a coisinha disse.

— Grrr — retruquei.

A criança parecia ter em torno de cinco anos, o que era apenas um chute de minha parte. Eu gostava de crianças, mas não sentia vontade alguma de ter uma para mim, nem tinha a capacidade de adivinhar a idade delas depois que começavam a andar.

— Sammy! — uma voz agitada chamou. — Sammy, cadê você?

— Mamãe! — Sammy (presumidamente) respondeu.

— Aqui — falei, acenando a mão acima da cabeça.

Uma mulher de cabelos escuros se aproximou, apressada; vinha seguida por um homem alto que, infelizmente, reconheci. Um homem que, até onde eu sabia, não tinha nenhum filho criança.

— Só pode ser brincadeira — murmurei.

— Sammy! — A mulher se ajoelhou diante do dinossaurinho.

— O que foi que eu te falei sobre sair andando por aí?

— Ahn... — Sammy falou, a testa franzida em concentração.

— Que isso preocupa sua mãe — Cal respondeu.

Eu disse a mim mesma que não me importava, mas, ainda assim, me peguei olhando para o dedo anelar dele, conferindo se tinha deixado uma aliança passar batido. Não tinha.

— Pra dizer o mínimo — a mãe de Sammy completou. — Que, se fizer isso, eu tenho que sair gritando seu nome em lugares cheios de gente e, aí, todo mundo me olha como se eu fosse uma mãe ruim que não sabe onde o filho está.

— Desculpa, mamãe — Sammy disse.

Ela suspirou e o abraçou.

— Obrigada — ela falou, erguendo Sammy nos braços ao se pôr de pé. Seus olhos se estreitaram. — Espera. Eu não te conheço?

Dei um sorriso educado.

— Olá — cumprimentei, antes de inclinar a cabeça para me dirigir ao Cal, atrás da mulher. O sorriso que ofereci a ele foi quarenta por cento menos educado. *Ele não sabe que é meu dia de folga?* — Oi.

A mãe de Sammy olhou para nós dois.

— *Vocês* se conhecem?

— Whitney, essa é Kathleen — Cal apresentou. — Kathleen, essa é Whitney.

Demos um aperto de mãos, com a compreensão alcançando os olhos de Whitney na metade do cumprimento.

— Puta merda — ela falou. — Você é a Katee Rose.

— Kathleen Rosenberg — Cal e eu corrigimos ao mesmo tempo.

— Foi mal — Whitney disse. — É só que... Uau. Eu era muito, mas *muito* sua fã. Ainda sou.

Não era uma surpresa tão grande — ela parecia ter quase a mesma idade que eu, então teria sido mais surpreendente se *não soubesse* quem eu era. Também gostei da correção rápida dela ao próprio comentário. Eu ainda tinha um ego, com uma tendência a se ferir com facilidade.

O olhar de Whitney saltou de Cal para mim mais uma vez, e pude vê-la relembrando tudo que foi insinuado sobre nós dois naquela época. Insinuado, nunca confirmado — de qualquer forma, não importava. Era tudo verdade.

E, se eles eram amigos — ou mais do que amigos —, ela provavelmente sabia disso.

— Ai, meu Deus — Whitney falou. — Você. Ela.

Cal apenas ficou parado no lugar, a expressão paciente e tranquila.

— Só fala logo, Whitney — ele disse.

Em vez disso, ela lhe deu um tapa no braço.

— Não seja otário.

— Otário! — Sammy repetiu.

— Xiiiu — Whitney pediu.

Cal não pareceu se abalar com nada disso.

— Me desculpa por ele — Whitney falou. — Pelo menino, e pelo Cal também.

— Gostei de você — eu disse a ela.

— Por que isso não me surpreende? — Cal perguntou. Parecia estar sendo irônico. — É óbvio que vocês duas virariam amigas na mesma hora.

— Nós viramos? — Whitney indagou.

— Já que isso parece irritar Cal, então, sim.

Whitney abriu um sorriso enorme.

— É o melhor dia da minha vida. Mal posso esperar pra contar pro meu marido.

— Ele não vai nem ligar — Cal disse.

— Vai, sim — Whitney insistiu com ele. Depois se virou para mim: — Vai, sim.

— Se você era fã da Katee Rose, isso significa que também era fã da CrushZone? — perguntei.

Whitney gargalhou. Uma risada alta e descontrolada. Uma risada de "caramba, que piada hilária".

— Não exatamente — ela respondeu.

— Whitney é responsável pela existência da CrushZone — Cal afirmou.

— Isso já é me dar crédito demais — Whitney protestou. — Eu só desafiei *ele* a fazer a audição. Não sou responsável pelos... outros.

Meus olhos se arregalaram. Sempre me perguntei como Cal tinha passado de graduado em uma faculdade para superestrela de uma *boy band*. Todo mundo sabia que ele tinha sido selecionado a partir de uma escalação em um teste aberto; eu só nunca tinha me dado ao trabalho de perguntar como foi que ele chegou naquela escalação.

— Você não me desafiou — Cal corrigiu.

Whitney riu, debochada.

— Aham.

— Vocês fizeram faculdade juntos? — perguntei.

— Fizemos — Whitney confirmou. — Quer ouvir umas histórias constrangedoras dele?

— Sempre.

— Mamãe. — Sammy se contorceu. — Mamãe, a gente pode ir ver as pedrinhas do brilho?

— A Sala das Pedras Preciosas — Whitney traduziu.

— Ah — falei. — É uma das minhas favoritas.

— Eu posso levar ele — Cal ofereceu —, se você quiser entreter Kathleen com lembranças da nossa época de faculdade.

— Consigo dar conta de tudo — Whitney falou. — A não ser que você tenha alguma coisa melhor pra fazer do que andar por aí olhando pedras com nós três.

Pensei naquilo por um instante.

— Na verdade, é o jeito perfeito de passar a minha tarde.

◇°
◇◇

— E essa aqui é a minha pedra preferida — Sammy falou.

— Mais do que as suas outras preferidas? — perguntei.

A verdade é que Sammy tinha pelo menos uma dúzia de pedras preferidas.

— Uhum.

— Legal.

— Quer ir ver uns meteoritos, Sammy? — Cal convidou. — E deixar a mamãe e a Kathleen terem uma chance de fofocar sobre o tio Cal?

— Não é fofoca, são fatos — Whitney corrigiu enquanto Cal colocava Sammy nos ombros.

— Divirtam-se — ele disse.

Whitney e eu ficamos observando os dois se afastarem. Talvez eu tenha encarado o traseiro de Cal, mas nem mesmo minha irritação generalizada e a desconfiança em relação a ele apagavam o fato de que ele tinha uma bunda muito, mas muito bonita.

— Sammy adora ele — Whitney falou.

— Aposto que ele também salva gatinhos presos em árvores — comentei, baixinho, para que apenas Whitney ouvisse.

Ela riu.

— Acho que ele tem medo de altura, mas, é, ele provavelmente faria isso.

— Você não precisa me dizer quanto o Cal é um cara bacana.

Whitney ergueu as sobrancelhas.

— Não?

— A única coisa que me importa no momento é fazer uma boa peça — respondi.

— Então, vocês estão alinhados — Whitney falou. — Mas eu não ia te dizer o quanto Cal é um cara bacana.

Dessa vez, fui eu que ergui as sobrancelhas.

— Certo. — Ela levantou as mãos. — Talvez eu tivesse mesmo a intenção de mexer os pauzinhos, mas ele é um homem crescido.

— U-hum — concordei.

Infelizmente, eu tinha percebido. E isso deixava a coisa toda ainda mais complicada e confusa. Meu cérebro e meu corpo não entravam em acordo a respeito de como lidar com Cal. Meu cérebro queria mantê-lo a um braço de distância. Mas meu corpo...

Bem, queria lidar com ele fisicamente.

Meu corpo era um imbecil.

— Deve ser difícil.

— Como?

— Vocês trabalharem juntos — ela emendou. — Depois de tudo o que aconteceu.

Admirei seu sangue frio. Não conseguia me lembrar da última vez que alguém havia sido tão direto a respeito daquela história. Até mesmo Harriet e eu costumávamos fingir que ela não existia.

— Estou impressionada por você fazer essa peça, de verdade.

— É uma boa peça.

— Sei disso. Mas com certeza existem outras.

Uau. Estávamos mesmo abrindo o jogo, não é?

— Não.

— Sério?

— Sério.

Eu tinha tentado. Algumas vezes. Sempre como Kathleen Rosenberg.

Ou não me reconheceram — e eu não consegui o papel — ou reconheceram e o processo mudava. As expectativas mudavam.

Houve algumas oportunidades que considerei aceitar, até o momento em que ficou perceptível que estavam esperando que Katee aparecesse no primeiro dia.

Não sabia como dizer às pessoas que ela não era real. E que, se fosse, já não existia havia muito tempo. Eu não acreditava que conseguiria ser Katee Rose, mesmo que tentasse. E não queria tentar, nem de longe.

— Caramba. — Whitney se inclinou para trás. — As pessoas não perdoam mesmo, não é?

— Quando você trai seu adorado namorado de uma *boy band*? Não. Não mesmo.

— Você era só uma menina.

Era uma explicação generosa para as coisas terem acontecido da forma que aconteceram. E, evidentemente, errônea. Nós dois já éramos adultos naquela época. Não completamente crescidos, mas maduros o bastante para ter mais bom senso.

— Acredito que o termo certo seja "destruidora de corações" — a corrigi.

Foi o nome do primeiro álbum solo de Ryan. Uma última incursão na música antes de se voltar para a carreira de ator.

— Achei uma idiotice na época, e ainda acho isso — Whitney afirmou. — E o Mason sempre foi o melhor vocalista.

— Sem objeções da minha parte.

Se Mason não estivesse tão distraído com outras coisas na época, teria sido ele a estrela de sucesso, não Ryan. Mas eu podia apostar que ele não se importava mais com isso.

— Desculpem interromper — Cal falou.

Sammy estava jogado sobre um de seus ombros. Roncando.

— Acho que o rapaz aqui tá cansado de ver coisas — ele disse.

— Ai, caramba — Whitney falou, erguendo o filho dos braços de Cal. — Acho melhor levar esse dinossaurinho para casa.

— Quer que eu chame um táxi pra você? — Cal ofereceu.

Whitney o dispensou com um gesto.

— Como se eu nunca tivesse levado uma criança dormindo no metrô. — Ela se indignou. — Que tipo de nova-iorquina você pensa que eu sou?

— Não vou nem ousar responder.

— Cara esperto — Whitney disse antes de se virar para mim. — Foi um prazer te conhecer, Kathleen.

— Igualmente.

— Acho que vamos nos encontrar por aí.

Tomando cuidado para não acordar Sammy, ela trocou um abraço e um beijo na bochecha atrapalhado com Cal.

— Seja legal — ela o advertiu.

— Eu? Sou sempre legal.

Ficamos parados enquanto Whitney e Sammy iam embora.

— Então... — Cal começou.

Ele estava com as mãos nos bolsos.

— Sammy não é meu filho.

— Isso nem me passou pela cabeça — respondi. Era quase verdade.

Ele me olhou. Dei de ombros.

— Bonitinho demais para ser seu filho — falei.

— Rá — ele respondeu. — Acho que o fã clube da CrushZone discordaria de você.

— Isso ainda existe?

Cal pensou no assunto por um momento.

— Sabe, faz um tempo que eu não checo.

— Talvez Whitney esteja por dentro desse assunto.

— Se sim, é puramente com o objetivo de me constranger.

— Ainda bem.

— Meu ego não é *tão* resistente assim.

— Me poupe — zombei. — Aquele menino te olha como se você fosse a melhor coisa do mundo, depois de *Hamilton*.

— É porque eu só faço o tipo do tio legal. Muito mais fácil do que ser pai.

— De fato, o tempo dedicado é bem menor.

— Combina perfeitamente comigo.

Bem, essa era uma das coisas que tínhamos em comum. Não era a única — nós costumávamos ter *muito* em comum —, mas até que era legal lembrar isso.

Então, me veio à mente o motivo exato pelo qual não importava o que tínhamos em comum.

— Acha que a gente consegue chegar à saída sem discutir? — Cal perguntou.

Eu odiava como ele fazia parecer que éramos duas criancinhas brigando no banco de trás de um carro. Ou que eu era a criança; e ele, o adulto.

— Eu, com certeza, consigo — respondi, provavelmente não provando minha postura na questão.

— Ok. — Ele assentiu.

— Espera.

Estávamos parados na frente do tiranossauro rex.

— Oi.

— Ainda não quero ir embora — falei.

— Ah.

— Pode ir na frente.

Cal ergueu os olhos para o dinossauro e, então, os virou para o corredor, na direção das outras exposições.

— Acho que ainda não quero ir embora também — ele disse.

— Ah.

Estávamos atrapalhando bastante a passagem dos visitantes, que se desviavam ao nosso redor.

— Acredito que você não queira...

— Podemos só ignorar um o outro — sugeri, ao mesmo tempo que Cal gesticulava indicando o restante do museu.

— Ok — ele concordou.

Ele estava prestes a me perguntar se eu queria passar o resto do dia na companhia dele? Tínhamos acabado de declarar uma espécie de trégua — um passeio tranquilo pelo Museu de História Nacional parecia avançado demais para o ponto em que estávamos.

— Desculpe — falei. — Você ia...

— Não. Vamos só ignorar um o outro.

Lancei um olhar incisivo para ele.

Cal deu de ombros, enfiou as mãos nos bolsos e se virou.

— Te vejo por aí, Rosenberg — ele falou por cima do ombro.

— Pode apostar que sim.

CAPÍTULO 10

SE EU APOSTASSE MESMO, TERIA GANHADO UMA FORTUNA.

Porque, não importava aonde eu fosse no museu, lá estava Cal. Em cada exposição, cada saguão, até na merda da apresentação do planetário.

— Isso é ridículo — ele disse, olhando para mim do final do corredor.

— Não é minha culpa se você não para de me seguir.

— Rá. — Ele se sentou bem ao meu lado.

Ergui as sobrancelhas.

— Não vou sair daqui — ele falou. — Estou exausto. Fiquei seguindo uma estrela do pop pelo museu o dia todo.

— Rá.

O silêncio não era constrangedor, mas também não era o *oposto* de constrangedor. O apoio de braço entre os assentos permanecia descaradamente vazio; nos inclinamos na direção oposta um do outro, como se dividindo o mesmo espaço corrêssemos o risco de entrar em combustão.

As luzes do planetário se apagaram; me recostei no assento e olhei para cima, para o teto arredondado, agora iluminado com espirais de galáxias e um sem-número de estrelas. Em outra vida, aquela situação poderia ter sido interpretada como um encontro muito romântico. Ver estrelas sem o frio e o desconforto de estar sob o céu de verdade. Afinal, nunca dei motivos para alguém achar que sou do tipo que gosta de ar livre.

Enquanto uma voz baixa e grave entoava alguma coisa a respeito do Big Bang e do calendário cósmico, notei minha atenção se desviando para o homem sentado à minha direita.

Me lembrei de uma outra noite, nós dois, lado a lado em uma sala escura, vendo imagens emocionantes e brilhantes correrem pela tela. Na época, não existia tanto nervosismo entre nós quando o assunto era toque físico. Mas era tudo muito inocente. Até onde sabíamos.

Tanto tempo havia se passado desde então.

Eu não conseguia evitar que meu olhar se voltasse para Cal; a maior parte do seu rosto estava na escuridão, mas havia luz na medida exata para desenhar seu perfil, que, para minha irritação, continuava interessante como sempre.

Onde ele esteve todos esses anos? Óbvio, eu tinha preenchido algumas lacunas com a ajuda de artigos, entrevistas e anúncios, mas a verdade era que não sabia, de fato, o que o tinha trazido até ali, até aquele momento.

Quase não prestei atenção na apresentação, minha mente repassando cada detalhe aleatório que sabia a respeito de Cal, tentando construir uma imagem de quem ele era agora. Percebi, contudo, que havia muitas peças faltando para que eu montasse qualquer coisa.

Quando as luzes se acenderam, ficamos sentados, esperando que o resto da plateia fosse embora.

— Vou dar uma olhada naqueles dioramas grandões — falei. — Aqueles com elefantes e tal.

Os ombros de Cal murcharam de leve.

— O que foi?

— Era para lá que eu ia depois — ele respondeu, de um jeito meio encabulado.

É óbvio que era para onde ele ia.

— Tudo bem — ele falou. — Vou ver os dinossauros de novo.

Já tínhamos nos cruzado lá pouco antes de passarmos um pelo outro no Salão dos Pássaros.

— Deixa de bobagem — retorqui. — A gente consegue olhar animais empalhados juntos sem tentar esganar um o outro. Já tínhamos dançado agarradinhos, afinal.

Ele ergueu uma sobrancelha.

— Conseguimos?

— Prometo tentar — falei.

Ele ergueu o dedo mindinho e o agitou na minha direção. Revirei os olhos, mas enganchei meu mindinho no dele mesmo assim. Ignorei todos os tremores e todas as fagulhas que brotaram só com aquele breve contato. Estranho como o toque, de algum jeito, pareceu ainda mais íntimo do que a dança do outro dia. Assopramos os polegares e nos soltamos.

Fomos em direção ao Salão dos Mamíferos Africanos.

— Então... — comecei.

— Então...

— Você foi *desafiado* a fazer a audição para a CrushZone?

Ele deu uma risadinha.

— A Whitney gosta de roubar o crédito pelos meus quinze minutos de fama, mas não foi preciso tanto esforço pra me convencer.

— Você sempre amou um holofote.

Cal riu, sarcástico.

— Pois é. Exato. — Ele colocou as mãos nos bolsos. — Foi mais, tipo, por que não?

— Por que não, o quê?

— Por que não fazer a audição?

— A Whitney também te desafiou a dirigir uma peça da Broadway? — questionei. — Foi outro "por que não"?

A pergunta saiu um pouquinho afiada de mais para não ser interpretada como uma acusação.

Cal ficou em silêncio por um instante.

— Me disseram uma vez que eu daria um bom diretor.

Meu rosto esquentou de vergonha.

— Me esforcei muito pra chegar onde estou — ele continuou.

— Peguei todo e qualquer trabalho que pensei que poderia me dar a experiência de que eu precisava. Clipes de música, shows ao vivo, o que conseguisse arranjar.

— Você ainda dança? — perguntei. — Por diversão?

Cal me olhou de esguelha.

— Às vezes.

Não era justo como aquelas duas palavrinhas — e as implicações delas — me faziam sentir uma corrente elétrica ao longo de toda a minha espinha. Afinal, sempre foi um prazer assistir a Cal dançar. Ele era o tipo de pessoa que sabia exatamente do que o próprio corpo era capaz. Que sabia como movê-lo.

— O que mais faço é ajudar outras pessoas — ele explicou.

— Pego o que elas conseguem fazer e tento colocar aquilo sob o melhor ângulo. Faço com que fique bonito.

— Eu vi o filme — falei, sem pensar.

Bem, quem é que não tinha visto? Foi um baita acontecimento — o primeiro norte-americano a fazer o papel de James Bond — e Cal tinha coreografado a cena de abertura. Uma valsa que virou o assunto de *todo mundo*.

E por bons motivos, eu conseguia admitir para mim mesma com relutância. Aquela dança *foi mesmo* sexy pra cacete.

Ele pareceu um pouquinho satisfeito de mais com si mesmo.

— Ah, você viu, é?

Franzi a testa para ele.

— Estava entediada.

— Uhuum.

Cal não precisava saber que eu tinha assistido ao filme mais de uma vez. Já era ruim o suficiente eu ter confessado que tinha visto uma.

— Foi uma grande oportunidade — ele disse, mas não com orgulho. Na verdade, soou um pouco acanhado.

E isso me irritou.

— Pois é — falei. — Sorte a sua.

Porque, é óbvio que Cal tinha conquistado aquela oportunidade. Aquela chance. Ele conseguiu escapar do escândalo sem muitas cicatrizes e seguiu em frente, fazendo o tipo de coisa com que outras pessoas sonhavam.

O clima entre nós mudou. O que, até o momento, estava casual e até mesmo cordial, tornou-se tenso e carregado. Afinal, era impossível falar sobre o passado sem falar sobre O Passado. Ou rodear o assunto, como estávamos fazendo naquele momento.

A mandíbula de Cal estava tensa.

— Escuta... — ele começou, como se estivesse se preparando para dizer outra coisa. Como se quisesse entrar de cabeça naquilo.

— Já vi tudo o que queria ver. — Eu o interrompi, antes que ele dissesse qualquer coisa.

Não importava como me sentia irritada no momento, tinha a sensação de que seria mil vezes pior se escutasse Cal tentar justificar por que me deixou assumir toda a culpa naquela época. Por que se sentiu seguro para dar as costas à situação sem nem olhar para trás, continuar trabalhando com Ryan, fazendo de conta que não tinha nada a ver com aquilo.

Não queria o ouvir dizer "você tem que entender" ou "as coisas eram complicadas" ou "eu precisava pensar nas minhas irmãs". Mesmo que fosse tudo verdade, não fazia diferença.

— Vou embora — falei.

— Certo.

Era melhor assim. Tínhamos nos aproximado demais do perigo. Fingindo que podíamos bater um papo sobre os velhos tempos, como se fôssemos amigos colocando as novidades em dia. Mas, não, não éramos. Tínhamos história demais. Raiva demais.

E eu precisava me afastar disso tudo — dessas memórias — se quisesse sobreviver ao workshop.

— Obrigado por... — A voz de Cal foi sumindo.

Eu não sabia se queria ouvir o que ele tinha para dizer.

— Não tem de quê — falei e me dirigi para a saída.

NA ÉPOCA

CAPÍTULO 11

— NINGUÉM ENTENDE A MINHA FANTASIA — GRITEI PARA ME FAZER ouvir. A música estava alta.

— O quê?! — Ryan gritou de volta.

— Minha fantasia! Ninguém entende o que é!

Ele parou de dançar e olhou para mim. Franziu a testa.

— *Do que* você tá vestida?

Suspirei, mas é lógico que ele não ouviu. Nem eu ouvi.

Já era hora de dar um tempo de dançar, de qualquer forma. Eu estava suando rios e com uma sede inacreditável. Só que era difícil parar quando o DJ ficava tocando tantas músicas boas.

Fiz um gesto indicando que sairia da pista de dança para pegar alguma bebida. Ryan me seguiu. O som estava um pouco mais baixo perto do bar, felizmente.

Estávamos em um apartamento imenso e lindo no sétimo *arrondissement*, decorado com papel de parede folheado a ouro, candelabros e maravilhosas escadarias sinuosas. Pensei na casa geminada que eu tinha acabado de comprar no Brooklyn, que precisaria preencher com uma cama, um sofá, pratos, talheres e todo tipo de coisa que casas costumam ter.

Fazia anos que eu estava na estrada ou vivendo em hotéis. Meu assessor financeiro me dizia que imóveis eram um bom investimento, e estava me incentivando a adquirir mais um, talvez até dois.

— É sempre bom ter uma casa em Los Angeles — ele falava.

— E, depois, algum lugar animado. Ou isolado. Tem ranchos em Montana que você consegue por um belo preço.

Mas o que eu faria com um rancho em Montana?

Poderia quitar o financiamento dos meus pais, comprar um cantinho para minha irmã, mas sabia que só oferecer um presente desses já seria motivo de decepção para mim. A melhor maneira de descrever a relação com minha família seria "respeitosamente indiferente". Quanto menos nos falássemos — e nos encontrássemos —, mais nos dávamos bem.

Harriet estava junto dos outros garotos da CrushZone. Eles tinham ganhado fantasias dos produtores do grupo — os cinco estavam vestidos de monstros de filmes de terror da velha guarda: Ryan, de Frankenstein; Cal era uma múmia; Wyatt, um lobisomem; Mason, de Drácula; e LC, de o Fantasma da Ópera.

— Cadê o Cal?

Wyatt indicou com o polegar o outro lado do cômodo.

— Sendo mais esperto do que a gente.

Cal estava com uma mão apoiada na parede, inclinado e sorrindo para uma parisiense maravilhosa, vestida toda de preto.

— É uma das garçonetes? — Harriet perguntou.

O ciúme que senti dele era muito inapropriado. Por que eu deveria me importar com Cal estar flertando com outra garota? Ele era solteiro. Tinha o direito de fazer aquilo.

— Que tédio — Mason falou. — Tô vazando.

— Eu também — LC emendou.

— Quer dividir um táxi?

— Bora.

Eles não convidaram mais ninguém, mas estava na cara que Wyatt e Ryan não tinham intenção alguma de ir embora ainda. Ryan, particularmente, esperava uma oportunidade de falar com um renomado produtor de cinema, que estava ali com a namorada extremamente jovem. Ela estava vestida de gato. Ele não usava fantasia alguma.

— Ele foi pegar champanhe. — Ryan agarrou o meu braço.

Ele tinha passado a maior parte do tempo que ficamos na pista tentando me fazer trombar "sem querer" em um dos dois. Para minha sorte, meu equilíbrio era bom demais para que o plano funcionasse.

— É a sua chance, cara — Wyatt falou.

— Você acha? — Ryan perguntou.

— Sem dúvidas.

Ryan endireitou os ombros e foi em direção ao figurão, seu andar esquisito combinando bem com a fantasia de Frankenstein.

Wyatt também saiu andando, mas não perguntei para onde. Já tinha entendido àquela altura que, quanto menos perguntas fizesse para Wyatt, melhores as coisas ficavam. Sem dúvidas, ele ia tentar encontrar uma garçonete parisiense para ajudá-lo a matar o tempo.

— Tá se divertindo? — perguntei a Harriet.

— Com certeza — ela respondeu. — E você?

— Demais.

Olhei para ela. Ela olhou para mim.

Nós duas explodimos em gargalhadas.

— Sinto falta de como a gente costumava passar o Halloween — ela disse.

Na época em que participava do *Só Talentos*, eu tinha um apartamento minúsculo em Washington Heights, mas quase nunca ficava lá. Quando não estava gravando o programa, ficava na casa de Harriet, no Harlem, com minha verdadeira família de Nova York.

— As nossas maratonas de musicais? — indaguei. — O jeito mais nerd possível de passar o Halloween?

Nós duas passamos todos os Halloweens juntas, até o momento em que virei Katee Rose e comecei a estar em turnê o tempo todo.

— O *melhor* jeito possível de passar o Halloween — ela corrigiu. — Ficar a noite inteira acordadas, só parando para atender o pessoal dos doces ou travessuras.

— Era legal — concordei. — Mas isso aqui também é legal.

— É.

No entanto, era óbvio que ela não estava gostando tanto quanto eu. E me sentia mal com isso — queria que ela se divertisse, mas também sabia que, não importava o que eu fizesse, Harriet provavelmente sempre se sentiria uma intrusa no meu mundo.

Não que esse mundo fosse ótimo cem por cento do tempo. Não me agradava ser perseguida pelos paparazzi ao ir comprar absorventes ou não conseguir comer um prato de comida sem que os tabloides insinuassem que eu estava grávida ou simplesmente engordando.

Mas havia algo de muito viciante na fama. No poder que ela proporcionava.

Essa festa, por exemplo. Eu me encaixava, sem precisar fazer nada para tal. Eu simplesmente entrava em um lugar e todo mundo queria falar comigo.

Era estranho, e a verdade é que eu ficava mais confortável em cima dos palcos do que fora deles, mas gostava daquela atenção. Gostava de ser conhecida.

— A gente devia ter escolhido outras fantasias — comentei.

Eu tinha me achado tão esperta. Um chapéu *fedora* preto, um paletó masculino preto, meia-calça e saltos pretos. Olhei no espelho e enxerguei Judy Garland em *Casa, comida e carinho*.

— Todo mundo achou que era uma referência a *Negócio arriscado*.

— Pois é — Harriet respondeu. — Tenta ouvir te dizerem que não existe uma Dorothy negra.

Olhei para ela.

— Ninguém assistiu a *O mágico inesquecível?*

— Parece que não.

— Bem, pra mim, você está linda.

— Igualmente.

Ficamos paradas ali, em torno da festa. Ryan tinha conseguido encurralar o produtor figurão e parecia estar se saindo muito bem em conquistá-lo. Vi risadas, tapinhas nas costas e apertos de mão.

De algum jeito, Wyatt estava atrás do balcão do bar e servia uma fileira de doses para os convidados. Como conseguiu fazer aqueles parisienses glamourosos, com suas fantasias resplandecentes e cintilantes, saídas diretamente de um baile de máscaras, entornarem doses de tequila, eu jamais entenderia. Esse era o mistério e o poder de Wyatt.

Olhei ao meu redor, procurando Cal e a garçonete dele, mas os dois tinham desaparecido do cantinho aconchegante deles. A sensação de ciúme voltou, corroendo meu estômago. Ou talvez fosse apenas fome. Eu não tinha comido muito naquele dia. Ultimamente, já estavam circulando fotos demais de mim com uma aparência inchada. Era mais fácil pular uma ou duas refeições, especialmente quando sabia que corria o risco de ser fotografada.

— Quer voltar para o hotel e assistir a um pouco dos canais franceses? — Harriet sugeriu.

Fiquei dividida. Por um lado, sabia que ela estava meio entediada, mas, por outro, também tinha noção de que aquela era uma oportunidade rara. Para nós duas. Quantas vezes na vida uma pessoa consegue ir a uma festa chique de Halloween, em um apartamento caríssimo em Paris, enquanto se está em turnê mundial? E eu queria dividir com minha melhor amiga todos os privilégios e benefícios do meu trabalho.

— Vocês não estão indo embora, né?

Cal tinha surgido do nada. Estava sozinho.

— Estávamos pensando nisso — Harriet respondeu. — Ninguém entende nossas fantasias.

— Judy Garland e Dorothy. Vocês estão bem legais.

Harriet deu de ombros.

— Que tal outro tipo de festa? — Cal perguntou.

— Que tipo? — Harriet retorquiu.

— O tipo de que você ia gostar. Prometo.

— Cadê a sua amiga? — indaguei, incapaz de manter meu ciúme sob controle.

Cal balançou as sobrancelhas para nós.

— Na outra festa.

De repente, *aquela* festa parecia boa o suficiente.

— Não sei, não — falei. — A gente não pode simplesmente abandonar o Ryan.

Todos olhamos para o outro lado do salão, aonde Ryan tinha ido. Ele não estava mais lá.

— Acho que ele foi embora com o produtor — Cal disse.

Não estava tão surpresa, nem podia culpar Ryan. Eu sabia que ele tinha grandes planos — planos que iam além da CrushZone — e estava sempre à procura de oportunidades. Às vezes, eu pensava que deveria fazer o mesmo, mas a verdade é que já era bem cansativo ser Katee Rose. Pelo menos, Ryan tinha os outros garotos; eles não precisavam estar todos *em ação* o tempo inteiro. Eu era só uma.

Além disso, parecia que ninguém comentava sobre o peso dele, ou o cabelo de Cal ou a herpes na boca de Wyatt.

— Vamos lá — Cal insistiu. — A Elizabeth disse que vai ser bem legal. Juro que vocês vão amar.

Eu realmente não estava a fim de ir para outra festa, ficar junto de Cal e seu casinho, mas, ao olhar de relance para Harriet, vi que ela já estava assentindo, toda animada. Mesmo sabendo que ficaria tudo bem se eu dissesse que queria ficar onde estava ou voltar para o hotel, era óbvio que ela preferiria ver mais de Paris.

— Tá bem — concordei. — Vamos lá.

O mais irritante em Cal era que, normalmente, ele tinha razão.

— Isso. É. Demais — Harriet falou.

Elizabeth, a garçonete, tinha terminado seu turno, nos conduzido até um táxi e, depois, a uma sala de cinema em uma parte bem menos sofisticada da cidade.

— Vocês conhecem a peça? — ela indagou.

— *Rocky Horror?* — Harriet disse. — Hãã, sim. A gente conhece.

— *Très bien* — Elizabeth falou. — Então, sabem o que esperar.

Eu não sabia. Porque, apesar de conhecer *Rocky Horror* — que fã de musicais não conhece, afinal? —, só tinha assistido ao filme em casa. E, como pude descobrir, vê-lo ao vivo, em um anfiteatro, com uma plateia, era uma experiência completamente diferente.

Harriet me fez um resumo. Não apenas haveria atores no palco vestidos como os personagens, como também toda uma interação com a plateia — com adereços! Para completar, era tudo em francês.

Nem uma única pessoa pareceu me reconhecer. A sala estava lotada, e Elizabeth desapareceu depois de nos situar. Não me dei conta de que ela tinha entregado a Cal uma sacolinha, contendo os tais adereços cênicos, até que ele passou para Harriet e para mim umas torradas.

— Não estou com fome — falei.

Mentira. Eu estava faminta.

— É para o filme — Harriet explicou. — Você tem que atirar isso na tela.

— Quê? Por quê?

Cal deu de ombros.

— É só parte da diversão. Na hora que Frank-N-Furter diz *toast*, você atira a torrada. Mas acho que em francês seria *pain*, não?

— Onde você aprendeu tudo isso? — perguntei.

— Na NYU, a gente fazia *Rocky Horror* em todo Halloween — ele explicou. — Era organizado por todo o pessoal do teatro que não queria apresentar nem Shakespeare nem Ibsen.

— Na Fordham também faziam — Harriet falou. — É bem mais divertido ao vivo. E bem mais obsceno.

Senti uma pontada de inveja. Não me arrependia de não ter feito faculdade, mas havia alguns momentos — quando Cal ou Harriet mencionavam coisas que fizeram, ou memórias que compartilhavam — em que me sentia deixada de lado. Não só da conversa deles, mas também da vida. De tudo que era esperado que jovens fizessem.

Porque, ainda que os dois não tivessem frequentado a mesma faculdade, havia momentos em que suas experiências eram tão parecidas que ficava difícil acreditar que não era uma coisa que valia para todo mundo. Ou que deveria ser.

Que tipo de pessoa eu seria se tivesse feito uma faculdade? Se tivesse ido assistir a *Rocky Horror* em todo Halloween com meus amigos? Se tivesse sido aquele tipo de pessoal do teatro?

No entanto, não fazia sentido ficar me perguntando essas coisas. Aquela não foi minha vida.

Em vez de aulas matutinas, precisei chegar aos *sets* cedo. No lugar das férias de primavera, eu saía em turnê. Em vez de bailes escolares, fui à premiações.

Eu não me arrependia. Era o que eu queria. O que sempre quis.

Puta merda, estávamos em Paris. *Paris.*

Os melhores hotéis. A melhor comida. As experiências mais exclusivas.

Eu era a razão de estarmos ali, assistindo a *Rocky Horror*, para começo de conversa. Eu era a razão de estarmos assistindo a Tim Curry na tela — e um sósia dele no palco —, desfilando enquanto uma sala cheia de gente gritava em francês. Foi só quando ela apareceu, com uma peruca vermelha enorme e um figurino de garçonete completamente diferente, que me dei conta de que a companhia de Cal também fazia parte da apresentação.

E ter aquela experiência ao vivo com certeza era o melhor jeito de assisti-la.

A plateia era escandalosa e bem expressiva. Apesar de terem me alertado a respeito da participação da audiência, eu não estava esperando as coisas extremamente explícitas que eram gritadas o tempo todo para a tela. Felizmente, tanto Cal como Harriet gritavam em inglês, então, pelo menos, eu entendia o que estava acontecendo — mas não totalmente.

— Qual é a de tantas piadas com boquete? — perguntei. — E por que chamar o Brad de otário e a Janet de vagabunda?

Cal me olhou de relance.

— É parte da apresentação.

— Mas por quê?

Ele refletiu por um instante.

— Isso tá além da minha jurisdição. É só que é assim que as coisas são.

Imaginei que seria a parte "cult" do "clássico cult". Mas, apesar de não entender a origem ou o significado da maior parte das piadas, não importava. Eu ainda estava me divertindo muito e participando sempre que podia.

— Isso é incrível — falei.

— Sabia que ia gostar — Cal respondeu.

— Você já se apresentou em uma dessas?

Cal fez uma expressão de vergonha muito fofa.

— Ai, meu Deus, você apresentou! — Dei um soquinho gentil no braço dele. — Em qual papel? Frank-N-Furter? Brad? Meat Loaf?

Ele disse alguma coisa, mas não consegui ouvir por causa do coro da plateia de "Fala! Fala! Fala!", ou melhor, "*Dis-le! Dis-le! Dis-le*", enquanto Tim Curry passava três anos pronunciando a palavra *anticipation*.

— O quê?

— É possível que eu tenha sido o Rocky.

Virei o corpo inteiro na direção dele.

— Como é?

Ele estava olhando para o chão. Como se evitando meu olhar.

— Você fez o Rocky? — perguntei.

Ele fez que sim com a cabeça.

— Vestindo...?

Afirmou com a cabeça de novo.

— E mais nada?

Mais um aceno.

— Uau — falei.

Porque, naquele momento, tudo em que eu conseguia pensar era em Cal em cima de um palco, usando uma sunga minúscula, dourada e brilhante.

— Isso é... bem... que bom pra você.

Quando estava, na verdade, pensando: *Você tem uma foto?*

A fantasia dele estava se desfazendo no decorrer da noite — literalmente. No momento, só tinha faixas ao redor dos ombros e da cintura dele, deixando o rosto livre. O delineador preto, borrado abaixo dos olhos, tinha dado a eles uma aparência funda, e a pele estava mais pálida do que o normal com a ajuda de pó compacto.

Ele estava bem bonitinho, especialmente envergonhado daquele jeito. Como se soubesse que eu o estava imaginando com o figurino de Rocky.

— Não é nada de mais — ele falou.

— Ah, certamente — respondi. — Nada de mais mesmo.

— Cala a boca.

Mostrei a língua para ele, que devolveu o gesto.

Eu estava prestes a dizer mais alguma coisa, mas a tela — ou melhor, a ruiva artificial em frente a ela — chamou a atenção de Cal, que me deu um apertão na perna antes de voltar o olhar para a apresentação.

O calor da mão dele e aquele sorriso me acompanharam pelo resto da noite, mesmo depois de ele e Elizabeth deixarem Harriet e a mim no hotel e desaparecerem para se divertirem sozinhos.

AGORA

CAPÍTULO 12

QUE ÓDIO DAQUELE NÚMERO IDIOTA DELE. TINHA CHUTES DEMAIS, giros demais, passinhos de merda elaborados demais.

E essa nem era a pior parte.

Se tudo corresse bem com o workshop e passássemos para as apresentações-teste, faríamos toda aquela maldita coreografia sobre uma esteira rolante em movimento. Porque Cal era um sádico.

Ao menos, eu não era a única passando sufoco.

— Jesus Cristo — Melissa disse.

Estávamos as duas com as mãos nos joelhos, arquejando feito um par de gaitas de foles quebradas.

— Ele é maluco? — ela perguntou.

— Sim — afirmei.

Passamos o dia todo praticando aquele número e ainda não tínhamos conseguido chegar ao fim sem um erro.

— Digo, me avisaram que os padrões dele eram altos, mas sangue de Jesus tem poder — Melissa bufou.

— Ele é um monstro.

— Pois é — ela falou. A expressão com que olhava para ele, no entanto, não era uma que se dá a um monstro. Não havia ódio, só admiração. — Mas vai ficar ótimo.

— Se a gente conseguir — falei.

— Vocês vão conseguir — Cal afirmou.

Eu não tinha notado ele se aproximar por trás de nós duas.

— Podemos começar de novo? — ele perguntou. — Mais devagar, dessa vez?

— Por favor — Melissa respondeu.

— Estamos bem assim — discordei.

— Você pode pedir ajuda a qualquer hora, Kathleen — Cal falou.

— Vou me lembrar disso. Quando precisar de ajuda.

Estava sendo teimosa e ridícula, mas não suportava a ideia de Cal sentir pena de mim. De ele pensar que eu precisava de algum tratamento especial. Porque a verdade era que eu *sabia* que era capaz de fazer aquele número. Ele era complicado e exaustivo, mas não impossível. Fiz coreografias muito mais complexas como Katee Rose, e sob circunstâncias bem menos animadoras.

— Vamos dar uma pausa, então — Cal decidiu.

— Certo.

Fui atrás da água que estava na minha bolsa. Ele me seguiu.

— Se lembra do vídeo de "Vontade de você"? — ele perguntou.

Sua voz estava mais baixa, e ele, apoiado na parede espelhada, mas sem olhar para mim. Em vez disso, observava o restante do elenco e da equipe se alongando, bebendo água, checando os celulares.

— Tá de brincadeira comigo? — falei.

"Vontade de você" tinha sido o meu maior sucesso; o clipe da música venceu um monte de prêmios e foi exibido praticamente sem parar por semanas. *Todo mundo* tinha visto pelo menos uma vez.

Eu gostava de pensar que foi graças à coreografia árdua, mas sabia que, na verdade, era porque eu a realizava do início ao fim debaixo de uma cachoeira, usando um vestido branco. Pratiquei aquele número por dias, determinada a deixá-lo perfeito, só para passar um dia todo ensopada e tremendo de frio, enquanto o diretor mandava que o operador de câmera conseguisse *close-ups* o bastante dos meus peitos e da minha bunda.

Era essa a lembrança que as pessoas tinham do clipe. Todas as requebradas do meu corpo todo molhado.

— Aquela coreografia era duas vezes mais difícil do que a que estamos ensaiando — Cal continuou. — E você pode até dançar com as roupas secas.

— Prefiro recriar "Vontade de você" pelada, no meio da Times Square, do que dançar esse número de novo — retorqui.

Julgando pelo olhar que me lançou, ele estava imaginando a cena. Disse a mim mesma que o arrepio que percorreu meu corpo não tinha nada a ver com isso.

— Ainda se lembra dela? — ele indagou.

— Lembro.

Talvez.

— Acha que tem alguma coisa errada com a minha coreografia, Kathleen?

— Não — respondi.

Eu achava que tinha, sim.

— Que tal, então... — ele continuou — ... se não conseguirmos acertar no ensaio de hoje, vamos dar uma chance àquele número antigo.

— Só por cima do meu cadáver.

— Essa é a minha garota.

Olhei feio para ele.

— O que está tentando provar, Cal?

Ele arqueou uma sobrancelha.

— Você não é o Bob Fosse nem o Jerome Robbins — falei. — Não precisa matar seus atores para poder se sentir um diretor de verdade.

Era um golpe baixo, mas eu estava cansada, dolorida e muito, mas muito irritada.

— Engraçado — ele respondeu. — Porque eu ia dizer agorinha que você não precisa agir como uma diva de merda para se sentir uma atriz de verdade.

Ouvimos um pigarrear.

Cal e eu nos viramos e vimos Harriet parada à nossa frente.

— Sim? — Cal perguntou.

— Ah, sinto muito — ela falou. — Estou interrompendo alguma coisa?

— Na verdade...

— Porque, para o resto do pessoal, o que parece é que vocês dois estão brigando feito dois esquilos bem amargurados.

Dei uma olhada ao meu redor; os olhares de todos — até então, focados em nós — se dispersaram na mesma hora, mostrando que Harriet tinha razão. Todo mundo estava assistindo à nossa discussão.

— Só estávamos conversando sobre a coreografia — Cal explicou.

Harriet cruzou os braços.

— É *verdade* — confirmei.

— E que, aparentemente, é difícil demais para nossa protagonista — ele continuou.

— Porque o Cal pensa que é o Michael Kidd ou algo que o valha — retruquei.

— Talvez você devesse me agradecer por eu não estar te fazendo dançar com um machado.

— Talvez *você* devesse agradecer por eu não ter nenhum objeto afiado nas mãos agora.

— Jesus. — Harriet interrompeu.

Olhamos para ela.

— Vocês estão de brincadeira? — ela perguntou. — Cres-çam, ca-ra-lho. Vocês dois.

Nada se compara a levar uma bronca da sua melhor amiga. Principalmente quando ela tem razão. Brigar com o diretor na frente do elenco passava uma imagem péssima. Me fazia parecer uma diva, e que Cal era incapaz de me controlar. O que não deixava de ser verdade, mas a ilusão era importante para as dinâmicas de poder da situação como um todo.

— Esse lance briguento não é bonitinho como vocês pensam — Harriet continuou. — É constrangedor e bem pouco profissional.

Cal e eu abaixamos a cabeça.

— Sinto muito — pedi.

— Sinto muito — ele repetiu.

— Não precisam sentir muito — Harriet falou. — Basta que se comportem como adultos.

Ela se afastou, pisando duro. Me dei conta, ao olhar de relance para Cal, de que, nesse meio-tempo, tínhamos ficado bem perto um do outro. Se eu me virasse para encará-lo, nossos narizes praticamente se encostariam.

Dei vários passos para trás.

— Beleza! — Cal bateu as mãos, dirigindo-se para toda a sala. — Vamos de novo. Do início.

Ele voltou o olhar para mim.

— Pronta?

Sem pedidos de desculpas. Sem transigência. Tudo bem. Ele queria me ver tendo um bom desempenho? Pois eu mostraria a ele.

Abri o mais largo sorriso à la Katee Rose que consegui.

— Pronta — falei.

CAPÍTULO 13

EU AINDA NÃO CONSEGUIA ACERTAR. SABIA OS PASSOS, MAS NÃO ERA capaz de fazer meu corpo executá-los rápido o suficiente. Era como se pulasse um passo diferente a cada tentativa. Estava ciente de que, vendo de fora, parecia desleixado e pouco profissional, e eu estava dando meu máximo, mas simplesmente não funcionava.

Era vergonhoso em especial porque, justamente naquele dia, os produtores tinham decidido comparecer ao ensaio para assisti-lo. Eu não parava de estragar o número e, agora, precisava encarar os impassíveis Statler e Waldorf e seus topetes grisalhos, e conseguia praticamente vê-los escolhendo mentalmente outra atriz para o meu papel.

— Vamos dar cinco minutos de pausa e começar de novo — Cal anunciou, e veio andando na minha direção.

Em grande parte das situações, eu gostava de ser especial, mas não naquela. Não queria que ele pensasse que eu precisava de atenção individual. Principalmente porque, naquele caso, eu precisava mesmo.

— Como estamos? — ele perguntou.

Estreitei os olhos em sua direção.

— Às mil maravilhas.

Ele fez um som indistinto e acenou com a cabeça.

Eu esperei. Endireitei as costas.

— Cal?

— Hmmm?

— Desembucha — falei. — O que quer que você esteja querendo dizer, só diga de uma vez.

Ele lançou um sorriso torto para o chão. A covinha dele.

Fiquei parada no lugar, as mãos nos quadris, aguardando que ele me falasse a verdade. Que eu estava fazendo cagada e que era o trabalho dele me dizer que não podia aceitar aquilo. Que eu precisava entrar nos trilhos.

— Sei que você está dando o seu máximo — Cal falou.

Eu o encarei.

— Fiquei pensando no que você disse ontem, e você tem razão — ele continuou. — O número está complicado demais.

Choque não era nem de longe a palavra certa.

— Eu pensei em outra coisa — ele disse. — Deixe de lado aquele último giro e o chute em contratempo no meio. Fazendo isso, deve dar tempo de todo mundo alcançar as posições.

Todo mundo, não. Eu.

— Sei que não é o ideal, mudar uma coisa de última hora assim, mas acredito que todo mundo vai conseguir dar conta.

Ele virou o corpo todo na minha direção.

— O que acha? — perguntou.

Levou um momento para eu organizar meus pensamentos.

— Acho que isso é papo-furado.

Cal piscou.

— Como é?

— Não é o número — falei. — Nem os passos. Sou eu. Eu não estou conseguindo. Estou fazendo merda.

As sobrancelhas dele estavam no meio da testa.

— Você deveria estar me dizendo para tomar jeito, estar pronta para ensaiar até meus pés sangrarem — continuei.

Ele ficou em silêncio por um instante.

— Não vou fazer isso — ele falou, a voz baixa. — Não sou a sra. Spiegel, nem a Diana. Não vou te ameaçar.

— Talvez você devesse — retruquei. — Por que está bancando o senhor diretor bonzinho? Não está dando resultado.

Cal cruzou os braços.

— Que tal um combinado? Você não me diz como dirigir, e eu te deixo continuar a passar vergonha com uma sequência que obviamente está além da sua capacidade.

Cerrei os dentes.

— Não quero essa coreografia por pena — falei.

Cal suspirou.

— Jesus, Kathleen. Não estou fazendo isso por pena.

Eu queria acreditar nele.

— Eu consigo fazer o número — insisti. — Do jeito que ele é.

— Não consegue.

— Consigo, sim.

— Não temos tempo.

— Mais uma tentativa — pedi. — Se eu não acertar, desisto.

Cal apertou a ponte do nariz com os dedos.

— Não é questão de desistir. Eu estou tentando te ajudar.

Estreitei os olhos.

— É esse o problema. Eu não quero a sua ajuda. Não quero tratamento diferenciado.

Cal me olhou como se eu fosse louca. Talvez eu fosse mesmo.

— Isso não é tratamento diferenciado.

— É mesmo? — questionei. — Você vai mudar a coreografia de mais alguém?

Ele ficou em silêncio.

— Eu consigo. Mais uma tentativa.

Cal apontou um dedo na minha direção.

— Mais uma tentativa — ele concordou. — Se não funcionar, quem sabe assim você poderia confiar em mim? Me deixar dirigir, pra variar?

Bufei.

— Me poupe. Todos sabemos que é você quem manda aqui.

— Às vezes, tenho minhas dúvidas.

Ele olhou de relance para o outro lado do salão e, aparentemente, atraiu a atenção de Statler. Ou de Waldorf. Eu mal conseguia distinguir um do outro, simplesmente pensava neles como uma coisa intercambiável. Tipo os Muppets da vida real.

Cal soltou um suspiro.

— Um minuto — ele disse. — E, então, vamos desde o início.

— Estarei pronta.

No mesmo instante em que ele se afastou e minha indignação diminuiu, percebi que estava sendo uma completa idiota. O que eu queria provar? Eu não tinha mais vinte anos. Não era mais a máquina que tive orgulho de ser nas minhas primeiras décadas. Por que não conseguia deixar que Cal pegasse leve comigo? Por que não podia aceitar que precisava de ajuda?

Todas perguntas muito boas para a terapia. Tentaria me lembrar de marcar uma sessão.

O intervalo acabou e eu enfiei minha garrafa d'água de volta na bolsa. Fechando os olhos por um breve momento, sacudi as mãos, tentando me concentrar. Repassei a coreografia mentalmente mais uma vez, meus pés marcando o ritmo dela em uma versão rápida e tosca.

Eu sabia que conseguia.

Nos posicionamos em nossos lugares. Sorrimos. A música começou.

E eu errei minha deixa.

Era como se meus pés tivessem se desconectado do meu cérebro. Não apenas *não consegui* acertar os passos problemáticos como também me atrapalhei em mais um punhado de outros. Tentei manter o olhar afastado dos espelhos, mas era impossível ignorar a girafa meio manca tropeçando bem no centro do palco.

Felizmente, cada vez que captava um vislumbre dos produtores, os dois estavam com o rosto abaixado para os celulares.

O número acabou, e eu quis chorar.

Nunca tinha me sentido daquela maneira. Longe disso, eu era a perfeccionista, aquela que sempre dava conta do recado.

Já me apresentei gripada, com a garganta inflamada, com um tornozelo torcido, com dor nas costas e nos joelhos. Me apresentei depois de passar a madrugada no avião, depois de dias na estrada, depois de noites sem dormir.

Aquele era o meu superpoder — era só me colocarem em um palco que eu brilhava.

Não mais, pelo que parecia.

Eu tinha perdido a mágica. A parte de mim que me fazia especial. Que me fazia digna.

Cal se aproximou, mas só conseguia encarar o chão. Não conseguia o olhar nos olhos.

— Você venceu — falei, de cabeça baixa.

— Não é uma competição — ele respondeu. — Estamos no mesmo time.

— Rá.

— Kathleen...

— Está tudo bem. — Afastei o cabelo do rosto e sorri, me concentrando na orelha esquerda dele, para não precisar ver minha própria decepção refletida em seus olhos. — Me dá um momento, e aí podemos fazer a coreografia nova.

Não esperei que ele me respondesse. Fui ao banheiro, derramei uma única lágrima, joguei água no rosto e voltei ao trabalho.

CAPÍTULO 14

CONSEGUI PASSAR PELO RESTANTE DO ENSAIO SEM MAIS ERROS. A COISA toda foi um borrão, já que não demorei para me desconectar do meu corpo; estava como que pairando acima dele, flutuando de vergonha e constrangimento.

Tudo o que queria era ir para casa, tomar um banho de banheira e desmoronar no sofá, para Peixinha poder subir na minha barriga e me olhar de cima, com a devida superioridade. Estava tarde. E eu, exausta e desapontada.

Felizmente, Cal continuava conversando com os produtores, então consegui sair dali com nada além de um meio aceno de cabeça e nenhum contato visual. Não queria falar com ninguém, principalmente com Cal. Já era bem ruim que ele estivesse certo, e eu não precisava conversar a respeito do que tinha acontecido depois.

Com minha bolsa jogada sobre o ombro, segui em direção ao elevador, já repassando mentalmente o percurso de volta, quantos quarteirões, quantas paradas do metrô. Naquela noite, minha impressão era a de que eu morava no Bronx. Que nunca chegaria em casa.

Me apoiei na parede do elevador. Em dias normais, eu pegaria as escadas, porém não estava só fisicamente exausta, mas mentalmente também. Precisava mais que tudo de uma boa sessão de choro, mas também não estava a fim da meleca que viria depois, dos olhos inchados, da garganta doendo.

As portas do elevador soltaram um tinido e se abriram.

— Merda — falei.

Rachel estava ali.

Esse elevador vai direto para o inferno?

— Oi pra você também — ela respondeu.

Saí do elevador, esperando que ela entrasse e fosse embora. Em vez disso, Rachel simplesmente ficou parada e deixou a porta se fechar.

— Como você está? — ela perguntou.

Parecia uma pergunta inocente, mas no fundo eu sabia que não era.

— Não poderia estar melhor — respondi.

Eu provavelmente teria parecido mais convincente se minha voz não tivesse falhado no meio da frase.

O sorriso de Rachel era presunçoso.

— Espero que esteja aproveitando seu momento na produção — ela disse.

Havia um tom agourento naquelas palavras. Não falei nada. Ela evidentemente queria me dizer alguma coisa, e eu é que não atrapalharia.

— Apesar de eu ter ficado sabendo que você está com probleminhas em alguns dos números — ela comentou, olhando para as próprias unhas.

Não sabia onde ela tinha conseguido aquela informação, mas podia imaginar.

— Eu vi a coreografia, na verdade — Rachel continuou. — Não é tão difícil assim. Posso te ajudar, se quiser.

— Não. Obrigada — respondi, os dentes apertados.

Ela deu de ombros.

— Acho que tanto faz, no fim das contas — ela disse. — É só um workshop. Muita coisa pode mudar entre agora e as apresentações-teste.

Cruzei os braços.

— E, bem, a Broadway é outra história — Rachel continuou. — Mas acredito que não teria por que você saber dessas coisas, não é?

— Refresque minha memória — falei. — Quantas peças da Broadway *você* estrelou?

As bochechas de Rachel ficaram vermelhíssimas. Não havia vergonha alguma em ser parte do ensemble, nem em participações especiais — duas coisas que sabia que ela já tinha feito. Mas, ao mesmo tempo, ela estava mirando no meu ponto fraco. Parecia justo retribuir.

O estranho, contudo, é que aquilo não fez com que me sentisse nem um pouco melhor.

Seria amadurecimento? Ou eu simplesmente estava cansada a *esse* nível?

— Tem uma primeira vez para tudo — Rachel disse.

Eu estava de saco cheio daquele joguinho idiota de gato e rato.

— O que você veio fazer aqui, Rachel?

Nova York podia ser uma cidade pequena, mas não era tão pequena assim. Ela, sem dúvidas, estava ali por um motivo. Assim como na audição.

— Ah, só vim buscar meu amoreco para jantarmos — ela respondeu. — Ele que me mantém atualizada da peça... e do elenco.

Eu não gostava nada de surpresas, e aquela foi fenomenal.

— Que ótimo — falei.

O maldito do Cal.

Uma coisa era sair com a Rachel — sem dúvidas, ele tinha mantido segredo porque Harriet ficaria tão decepcionada quanto eu —, mas compartilhar detalhes da produção com ela era outra história.

Eu podia imaginar as conversinhas deles na cama.

— Ele está sempre me dizendo para deixar meus sapatos de dança prontos. — Rachel fez uma pausa e me lançou um olhar falsamente pensativo. — Engraçado. Como o carma funciona.

Inspirei com força pelo nariz.

— É mesmo? — perguntei.

Ela deu de ombros.

— Não achei que precisaria esperar tanto tempo assim, mas *c'est la vie*.

— Você ainda me culpa pelo que aconteceu no acampamento? Quando éramos crianças?

— Ah, me poupe — Rachel falou. — Só admita que foi você.

— Eu admitiria — retruquei. — Se fosse verdade.

— Tsc, tsc. Que triste. Toda essa negação.

— Você quebrou as regras por conta própria.

— Tudo que vai, volta.

Eu já estava farta daquela conversa.

— Vou embora.

— Sempre um prazer — ela falou. — Tchauzinho.

Fazia um friozinho do lado de fora, mas não era o tempo que estava me dando arrepios. Andei até a estação de trem, meu cérebro vibrando com todas as novas informações.

Estamos no mesmo time, Cal havia dito.

Mesmo time, o cacete.

Me sentia uma imbecil. Deveria ter sido mais sensata. Sem dúvidas, agora que eu havia concordado com os passos menos complicados, Cal tinha provas — reais, concretas — de que eu não estava atendendo às expectativas. Ele poderia trazer Rachel — fazer com que ela arrasasse na coreografia — e, simples assim, eu estaria fora e ela, dentro.

Ela saborearia sua vingança torta e Cal conseguiria destruir minha carreira. De novo.

Bem.

Para o inferno com isso.

Para o inferno com as maquinações de Cal nos bastidores. Para o inferno com a conversa-fiada de "não sou como os outros diretores" dele. Para o inferno com a nossa trégua.

Minha mente fervilhava. Durante o jantar. Durante meu banho. Deitei na cama, engoli um comestível canábico e fiquei vendo vídeos de Jinkx Monsoon no YouTube, esperando que eles me acalmassem.

Não funcionou.

Pelo contrário, a combinação da erva com a garrafa de vinho que abri depois me deixou ainda mais furiosa.

Cal nunca teve a intenção de me levar para a Broadway junto da peça. Ele me fez passar pelo processo humilhante da audição — que ele tentou sabotar ao jogar uma música não ensaiada no meu colo — e, agora, estava me boicotando com toda aquela palhaçada da coreografia.

Ele queria me tirar do caminho e me substituir por Rachel James.

No fundo da minha mente, eu conseguia ouvir a voz da razão. Harriet nunca deixaria que ele fizesse uma coisa dessas. Rachel era uma mentirosa em busca de retaliação. Eu só estava tendo um dia ruim; precisava dormir e começar do zero de novo.

Infelizmente, aquela última taça de vinho tinha praticamente sufocado a minha voz da razão. Só o que restou foi a voz da raiva e do desejo de vingança. Era uma voz bem escandalosa. E bem persistente.

Nem sabia que horas eram quando peguei o celular e digitei o número dele.

— Kathleen? — Pela voz sonolenta de Cal, parecia que ele estava dormindo. — São duas da manhã.

— Ah, sinto muito — eu disse, em tom de zombaria. — Acordei você e a Rachel?

A ideia de ela dormindo ao lado dele... seus braços o envolvendo... os dele em torno do corpo dela...

— Do que você tá falando?

— Não importa — eu disse. — Escuta. Vou fazer você ganhar sua noite, o que acha?

— Kathleen...

— Estou fora.

Houve um longo silêncio.

— Como é? — Ele parecia bem acordado agora.

Ótimo.

Eu, por minha vez, me sentia um pouquinho zonza, mas não fazia diferença. Já tinha posto o trem em movimento. Era hora de jogá-lo do penhasco.

— Eu disse que estou fora.

— Você só pode tá brincando — ele falou.

— Não. E disponha, tá bom? Eu sei o que você andou fazendo. Sei qual é seu plano. E vou facilitar pra você. Estou fora. Já chega. Já chega pra mim, cacete. Pode fazer a peça que você quiser, com o elenco que quiser, pode ficar com tudo. Eu vou sair do seu caminho, porque a verdade é que prefiro ensinar dança para crianças com dois pés esquerdos do que passar mais um dia que for sendo criticada por você.

Eu parecia maluca. Sabia que parecia. Mas também não me importava. Não me importava com nada além de machucar Cal.

— Vou desligar — Cal avisou. — Você certamente endoidou, e vou fazer um favor a nós dois e fingir que essa conversa nunca aconteceu.

— Já chega pra mim! — gritei. — Eu não vou para Rhode Island. Não vou para a Broadway. Acorda a Rachel e conta que ela venceu. Ela venceu, inferno.

— Você é maluca. E está bêbada, ou chapada, ou alguma coisa.

— Isso não importa.

Ele grunhiu.

— Boa noite, Kathleen.

— Vai se foder, Cal — falei, mas ele já tinha desligado.

CAPÍTULO 15

ACORDEI COM UMA DOR DE CABEÇA VIOLENTA. E ALGUÉM BATENDO QUE nem um louco na minha porta.

Não precisei olhar pelo olho mágico para saber quem era.

— É bom que você esteja doente, Kathleen. — A voz de Cal soou do outro lado. — É bom que esteja com uma intoxicação alimentar, ou uma virose, que esteja vomitando e delirante, porque esse é o único motivo aceitável pra você ter me ligado no meio da noite dizendo que vai desistir.

Vai, eu disse a mim mesma. *Fala pra ele que você comeu um sanduíche estragado. Fala que nem se lembra da noite passada. Diz o que ele quer ouvir.*

E eu teria feito isso. Mas eu o ouvi dizer:

— Eu sabia. Sabia que isso era um erro, merda.

Abri a porta com um puxão.

Cal me deu um olhar longo e incisivo.

— Você não parece delirante — ele observou. — Nem doente.

— Não vou falar com você.

Porém, antes que eu pudesse bater a porta, ele a abriu à força e entrou sem convite.

— Não vou fazer a peça — falei, me afundando ainda mais no buraco autodestrutivo que já tinha começado a cavar.

— Tá bom que não — ele reagiu. — Você assinou um contrato.

143

— Vá embora.

— Você não pode fazer isso, Kathleen — Cal disse. Lenta e pausadamente. Como se estivesse falando com uma criança.

— Estou fora — falei, fechando a porta com força, mesmo que ele ainda estivesse do lado errado dela, só porque precisava descontar minha raiva em alguma coisa. — Você não pode me obrigar a fazer nada.

Ele suspirou. Um suspiro longo e arrastado.

— Na verdade, eu posso. Você leu o contrato antes de assinar?

Meu rosto — e minha raiva — explodiram em chamas.

— É óbvio que li o contrato. Não sou uma imbecil.

— Então você deve saber que não pode simplesmente desistir.

— O que você vai fazer? Me jogar por cima do ombro e me levar arrastada pro ensaio?

— Não. Me. Dê. Ideias.

Aquilo não deveria ter sido sexy. Estávamos brigando. Eu estava furiosa com ele. Por me forçar a fazer isso. Por Rachel James. Por me fazer pensar que eu era boa o bastante.

E ainda assim...

Aquela maldita colônia dele. Era boa. Muito boa.

Coloquei as mãos no peito dele e o empurrei. Ele cedeu.

— O que houve? — ele perguntou, amaciando a voz. — O que está acontecendo?

Odiei aquele tom piedoso. Aquela entonação cuidadosa, cautelosa, de "pobre garotinha perdida". Tinha ouvido o mesmo tom inúmeras vezes na pele de Katee Rose, em especial naqueles últimos meses, em que ninguém entendia por que eu simplesmente não fazia o que me pediam. Por que eu não conseguia.

Mas tinham sido as mesmas pessoas que acharam que, se eu pedisse desculpas — se implorasse que Ryan me aceitasse de volta —, se me colocasse à mercê da imprensa, as coisas ficariam bem. Em vez disso, fui sacrificada no altar da opinião pública e deixada para morrer por aqueles que disseram que me protegeriam. Que tudo ficaria bem.

Que disseram me amar.

— Encontrei uma velha amiga sua — expliquei.

A expressão de Cal passou de solidariedade para cautela. Depois, compreensão.

— Eu juro por Deus... — ele começou.

Pude vê-lo cerrar os dentes, a mandíbula se tensionando.

— Ah, não — interrompi. — Não é você que tem o direito de ficar indignado aqui.

— Isso é ridículo. Não é possível que você esteja achando...

— Você mentiu para mim, Cal.

Ele ergueu os olhos.

— Eu não fiz isso.

— Você disse que eu fui a única que considerou para o papel.

— E é a verdade.

— Mas ela falou...

— Não me importa o que ela falou! — Cal exclamou. — Não me importa. Ela está com inveja, na defensiva e é uma *atriz*. Você, por outro lado...

— Não sou uma atriz, é isso?

Ele deixou escapar um grunhido.

— Você é uma diva, quanto a isso não há dúvidas.

Eu grunhi.

— Nem começa — ele falou, apontando um dedo para mim. — Você não está sendo profissional e sabe disso. Não pode simplesmente desistir de um workshop desse jeito. Não tem consideração pelos seus colegas de elenco nem por mim?

— Eu sinto muitíssimo, senhor diretor.

— E quanto a Harriet? — Cal perguntou. — Você pensou nela?

Eu não tinha pensado. Mas nem mesmo minha vergonha foi o suficiente para me acalmar.

— Essa é uma atitude baixa para você — ele falou.

— Ouvi dizer que é assim que você gosta das suas atrizes principais — retorqui. — Debaixo de você.

Não consegui me segurar.

— Tá falando sério? — A voz dele estava grave. Perigosa.

Me endireitei até ficar o mais alta que podia.

— Estou errada?

Ele me encarou; pude ver que estava contando até dez em silêncio. Estava tentando se acalmar, mas não era calma o que eu queria. Queria uma briga. Um vale-tudo, sem escrúpulos, sem meias palavras, uma briga violenta e raivosa.

Afinal, nós devíamos uma dessas um ao outro.

— Ela sem dúvidas estava falando de você — continuei.

— Não — Cal respondeu.

— Não, você não transou com ela?

— Não, nós não vamos fazer isso aqui.

Não era um não, mas eu não esperava mesmo que Cal negasse. Ele tentou ir embora, mas eu não aceitaria ser ignorada.

— Adoro essa sua manobra — falei. — Um clássico seu. Fugir quando as coisas ficam difíceis. Complicadas.

Ele estacou, os ombros retesados e erguidos até as orelhas.

— Quer mesmo fazer isso, Kathleen?

— Quero.

— Certo — ele falou, aproximando-se ameaçadoramente de mim, a voz baixa. — Você está agindo feito uma pirralha mimada. Está sendo grossa e desrespeitosa, e está apavorada pra cacete.

— Não estou apavorada.

Mas ele tinha razão. Tinha toda a razão.

— Essa é a nossa chance — ele continuou. — É isso que eu, que *nós*, queríamos fazer desde crianças. A Broadway. *Broadway*. E eu quero que seja com você. Porque acho que você é boa pra caralho nesse papel. Te acho talentosa, esperta e boa. *Muito* boa. — Ele olhou para mim. — Mas você não pode fazer esse tipo de asneira. Me ligar no meio da noite. Ameaçar largar tudo.

Nem mesmo os elogios davam conta de atravessar a minha raiva — de atenuar meu impulso de o continuar contrariando até destruir alguma coisa.

— Quem disse que era uma ameaça?

— Puta que pariu, Kathleen — ele explodiu. — Isso aqui não é um jogo, caralho!

A raiva dele me surpreendeu — me desconcertou —, porque Cal não era do tipo que perde a compostura. Eu o tinha observado nos ensaios, visto ele enfrentar as frustrações diárias de lidar com atores. Nada parecia abalá-lo, em momento algum.

Nada além de mim.

Era gratificante ver um pouco daquela calma sendo despojada. Afinal, mesmo que minha própria fúria fosse uma sensação boa e poderosa, também havia certo mérito em arrastar alguém tão comedido como Cal até o meu nível esculachado e baixo. Mais uma vez.

— Eu sei que não é um jogo — respondi.

— Então por que está agindo dessa maneira? — Ele quis saber. — Eu sei que você não é assim.

— Você não me conhece, Cal.

Ele passou uma mão pelos cabelos e soltou um grunhido de frustração.

— Sabe — ele falou —, eu gostaria de não conhecer.

Um tapa na minha cara teria tido o mesmo efeito.

— Você precisa crescer, caralho — ele continuou. — Você é parte de um time agora e precisa agir de acordo. O foco aqui não é só você. Não são só os *seus* sonhos. Existem outras pessoas junto.

Foi um golpe baixo.

— Vai. Se. Foder. Cal.

— O problema é aquilo que aconteceu? — ele indagou. — Entre nós? Porque, deixa eu te dizer, eu superei aquilo. Eu aceitei. Você deveria fazer o mesmo.

Ele estendeu a mão para a porta, mas eu o interrompi.

— *Você* superou? — perguntei. — Não é possível que você esteja falando do que eu acho que está.

Caralho, era bom que não estivesse.

— Você sabe muito bem do que eu estou falando — ele disse. — Não se faça de idiota.

Inspirei com força.

— Que tal você me explicar? — Me aproximei dele. — Porque eu tenho certeza de que não está falando do que aconteceu há tantos anos. Tenho certeza de que não está dizendo para eu superar aquilo. Não esqueça que você quis. Você praticamente implorou, *Cal, o Intelectual.*

O velho apelido o atingiu. Ele inclinou o tronco, os olhos estreitos, as narinas dilatadas.

— Com certeza não fui *eu* que implorei — ele respondeu.

O desejo varreu meu corpo — quente, intenso, puro. E eu sabia que ele tinha sentido. A eletricidade parecia palpável no ar, a mesma sensação que antecede uma tempestade. Cada pelo do meu corpo se arrepiou, como se meu peso tivesse sido reduzido a zero.

Passei a língua pelos lábios, e Cal me observou.

— Não vou ter essa conversa com você — ele falou.

Eu não estava com medo. Mesmo com o temperamento explosivo, ainda era Cal. E eu sabia exatamente como lidar com ele. Ou como instigá-lo.

— Apareça pronta para fazer o seu trabalho, ou, então, nem dê as caras.

— Achei que você tinha dito que eu não podia sair da peça.

Ele se aproximou, me encurralando contra a porta. Seus olhos não paravam de baixar na direção da minha boca, o peito se erguendo com cada inspiração. Eu sentia meu coração martelando na garganta.

— E não pode mesmo. Mas eu, com certeza, posso te demitir.

Nossos narizes estavam praticamente se tocando. O cheiro da colônia dele — o cheiro dele — era irresistível. Eu queria me jogar naquele perfume. Queria me perder no cheiro dele. Me perder nele.

— Você não ousaria — falei.

— Experimenta.

Não sei quem se mexeu primeiro, mas, com minha mão em torno da nuca dele, seu braço em volta da minha cintura, nossos lábios se encontraram, como se fosse um teste de colisão.

CAPÍTULO 16

FAZIA UM BOM TEMPO DESDE A ÚLTIMA VEZ QUE TINHA BEIJADO CALVIN Kirby.

Muitos anos atrás, tinha sido uma bagunça. Mãos, bocas, línguas. Nenhum de nós havia aprendido muito bem a usar essas partes do corpo da melhor maneira possível, e o resultado foi... bem, foi o que foi.

Mas aquilo ali?

Era completamente diferente. Completamente novo.

Era *tudo*.

Me abri por inteiro para ele, a boca, os braços. Eu o trouxe para perto como se pudesse engoli-lo, o toque das nossas línguas, o calor da nossa respiração. Cada beijo durava tanto quanto a batida de um coração; nos afastávamos só para colidir novamente.

As mãos dele estavam no meu cabelo, amparando meu rosto, e assim era Cal, aquela gentileza sob todo o restante. Eu não tinha dado valor àquilo quando era mais nova, não sabia como era raro. Mas, agora, reconhecia a beleza da ternura e a sensação dela combinada com minha própria necessidade selvagem.

Cravei as unhas nos ombros dele, as arrastei por seu peito antes de agarrar sua bunda e a puxar para mim.

Minhas costas atingiram a porta, Cal me prensando ali, mas eu precisava dele ainda mais perto. Precisava de mais. Mais. *Mais*.

A boca dele encontrou meu pescoço, e me peguei agradecendo quaisquer pessoas que tivessem sido suas parceiras naquele meio--tempo, afinal... aquilo ali? Ele não era um garoto inseguro de si. Desajeitado, estabanado e pronto demais. Ávido demais.

Ele era um homem.

Era Cal, e ele sabia o que queria.

A *mim*.

Trouxe a boca dele de volta para a minha, necessitando provar seu gosto, precisando beijá-lo até que ele entendesse. Até que soubesse.

Mas antes que eu fizesse isso, ele já estava recuando. Se afastando.

Espalmei as mãos na porta enquanto ele continuou parado diante de mim. Estava olhando para o chão, os ombros subindo e descendo com cada respiração pesada, as mãos nos quadris.

O silêncio entre nós pareceu se estender por décadas.

— Merda — Cal falou, levando os cabelos para trás e em seguida os trazendo de volta para a frente, dando a ele uma crista majestosa e levemente ridícula. — Que porra foi essa?

— Não faço ideia — respondi, fazendo todas as ideias do mundo. — Eu detesto você.

— O sentimento é recíproco.

Nós dois mentíamos muito mal.

— Não podemos fazer isso — ele disse.

— Foi *você* que me beijou — retorqui.

Nem sabia se aquilo era verdade, o que sabia era que *nós tínhamos* participado igualmente do que aconteceu. A culpa não era *minha*.

Não dessa vez.

— Merda — Cal falou. — Eu *sei*.

Ele estava deixando o próprio cabelo uma bagunça, e parte de mim queria segurar sua mão, mas não tinha certeza do que ele faria se eu o tocasse naquele momento. Provavelmente, me beijaria de novo.

Quando ergui o braço, ele deu um passo para trás.

— Não — ele alertou.

Olhei feio para ele, tentando não levar para o lado pessoal.

Por pouco não consegui.

— Sinto muito — ele falou.

— Para, por favor. Já está constrangedor o bastante, ok?

— Sinto muito.

— Cal!

Pude ver que ele queria dizer a mesma coisa de novo, mas o fitei brava o bastante para que calasse a boca e, por fim, me desse um sorriso encabulado.

— Certo — Cal disse. — Ok. Bem, eu vou embora.

— Certo.

Me afastei para que ele pudesse chegar à porta, fazendo questão de manter certa distância entre nós. Tinha a sensação de que se resvalasse o cotovelo no braço dele, estaríamos pelados no chão antes que qualquer um dos dois pudesse pensar duas vezes.

Ele abriu a porta e parou.

— Ensaio — falou. — Às dez.

— Estarei lá.

Cal me ofereceu um meio sorriso.

— Ótimo.

Ele tamborilou os dedos na porta, hesitante. Pensei mais uma vez em ajeitar o cabelo dele, não deixar que saísse para o mundo parecendo que tinha apanhado, mas deixei para lá.

— Às dez — repeti.

Ele fez que sim com a cabeça.

— Vai — falei.

Mais um aceno e, dessa vez, ele foi até os degraus da frente do prédio.

— Kathleen?

— Hmm?

— O papel sempre foi seu. Sempre.

CONFRONTO

NÃO CONSEGUI UM SOLO. NÃO CONSEGUI SEQUER UM DUETO.

— Sinto muito — Harriet falou. — A concorrência estava dura esse ano.

Fiquei encarando a lista do elenco, como se meu nome fosse aparecer de repente no topo dela, em vez de na parte de baixo, o coral, na qual o restante de nós se amontoava.

Era difícil não sentir que todos os meus planos estavam desmoronando. Sem um solo ou um dueto, não havia jeito de eu atrair a atenção dos olheiros na exibição. E, se não conseguisse essa atenção, seria meu fim. Meus pais jamais me deixariam voltar no verão seguinte. Para eles, esse experimento por si só já era um desperdício de tempo e dinheiro.

Engoli meus sentimentos de injustiça.

A vida era injusta, mas o showbiz era ainda mais.

É por isso que alguém feito Rachel James, malvada por natureza e com uma voz angelical, não só conseguiu o solo de encerramento como também faria um dueto com Cal Kirby, o barítono dos meus sonhos.

Nossas vozes teriam ficado tão lindas juntas.

Pelo menos, eu estava no coral com Harriet.

Caminhamos de volta para nosso alojamento de braços dados.

Dava para ver que Harriet não estava tão desapontada quanto eu.

— Pelo menos, vamos ter tempo para fazer outras coisas — ela disse. — A Rachel vai ficar presa lá dentro ensaiando todos os dias.

— Pois é — falei, ainda que fosse aquilo que eu queria fazer.

Viramos uma esquina e praticamente demos de cara com Rachel e as garotas mais velhas. Estavam sentadas nos degraus da entrada do alojamento delas, passando uma garrafa d'água umas para as outras.

— Ah, olha só — Rachel disse. — O coral.

A risada dela era um cacarejo desleixado e engasgado.

Senti o braço de Harriet ficar tenso.

— Faz quantos verões que você vem pra cá? — Rachel avançou na nossa direção. Ou melhor, na de Harriet. Ela praticamente agiu como se eu não estivesse ali. — Já conseguiu um solo alguma vez?

Harriet não falou nada, a cabeça baixa.

— Já tá ficando meio patético — Rachel continuou. — Não acha?

Ela deu um longo gole na garrafa d'água enquanto as amigas gargalhavam. Estava perto o suficiente para que eu visse que aquilo não era água. Ela fedia a vodca e estava andando a passos bambos.

Ela tinha dezesseis anos.

— Se eu fosse você — Rachel falou —, desistiria antes que seja tarde demais. Se bem que... — ela deu uma risadinha. — Acho que já é tarde demais, não?

Ela ergueu a garrafa como se estivesse prestes a derramar a vodca na cabeça de Harriet.

— Para! — falei, e estendi a mão.

Esbarrei no braço de Rachel; a garrafa saiu voando, espirrando vodca em todas nós.

Um silêncio mortal se seguiu.

Rachel olhou para nós e, então, para a garrafa, agora jogada na terra, a vodca se esvaindo em uma correntezinha tristonha. Dava para sentir o cheiro de álcool na minha pele, no meu cabelo.

— Mas. Que. Porra — Rachel falou.

— Não acredito que você fez isso — ouvi uma das garotas dizer.

— Acha mesmo que eu ia jogar nela? — Rachel perguntou. Seu sorriso era cruel. — Não desperdiçaria nada com alguém que nem a Harriet.

— Vai se foder — falei.

Eu nunca tinha dito aquelas palavras em voz alta. Foi uma sensação boa. De poder.

Rachel estreitou os olhos e trouxe o rosto para bem perto do meu. O cheiro dela fez meus olhos se encherem de lágrimas.

— Você é igualzinha aos outros — ela falou. — Invejosa.

Ela não estava errada, mas não respondi.

— Vamos, Kathleen. — Harriet puxou meu braço. — Vamos embora.

— É, Kathleen — Rachel zombou. — Pode fugir.

Eu não queria, mas também não sabia o que mais podia fazer. Pelo menos, tinha arruinado a noite dela, da mesma forma que ela arruinou a minha e a de Harriet. A não ser que pescassem aquela garrafa do meio da terra, a bebedeira havia chegado ao fim.

Harriet conseguiu me arrastar para longe, mas não pude deixar de olhar para Rachel e suas amigas — todas gargalhando como hienas — e desejar que ela tivesse o que merecia.

AGORA

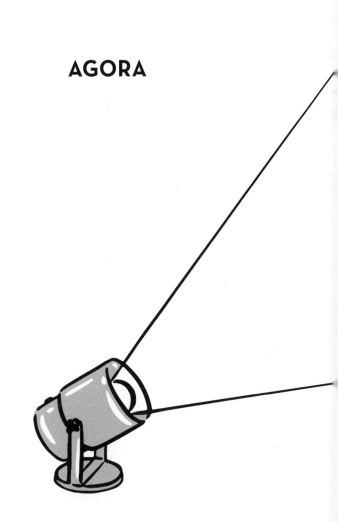

CAPÍTULO 17

SÓ HAVIA UM LUGAR EM NOVA YORK PERFEITO PARA CELEBRAR O SUCESSO da apresentação de um workshop. Um minúsculo bar em um porão, com um teto baixo de madeira, decorado com cordões luminosos e um piano encostado em uma das paredes.

— Como se sente? — perguntei a Harriet, entregando a ela uma vodca de *cranberry* junto de um canudinho.

Ela estava passando o olhar pelo bar, chamado Marie's Crisis.

— Como se estivesse em casa — ela respondeu.

— Todos saúdem a heroína.

Brindamos com nossos copos de plástico.

Antes de me tornar realmente famosa, entre as temporadas do *Só Talentos*, Harriet e eu vínhamos com nossas identidades falsas até aquele piano-bar, dedicar nossas noites de sexta-feira a entoar canções de musicais junto dos outros clientes. Durante e depois da faculdade, ela sentava diante das teclas nos turnos da madrugada, aceitando pedidos e aperfeiçoando suas habilidades com o instrumento.

— Você deveria ir lá tocar — falei. — Pelos velhos tempos.

Harriet sacudiu a cabeça.

— Hoje estou comemorando — ela disse. — Não trabalhando.

Eu não conseguia dizer exatamente o quê, mas alguma coisa estava estranha entre nós duas. Na superfície, parecíamos bem, nosso status de melhores amigas ainda firme no lugar. Mas, em momentos assim, quando ficávamos a sós, eu sentia que não estávamos em sincronia.

Era sutil, mas ainda assim confuso.

As últimas semanas haviam sido tão atribuladas que parecia que o único assunto que tínhamos para conversar era sobre a peça.

— Vocês foram ótimos — Harriet falou. — Todo mundo estava comentando o número do final do primeiro ato.

Aquele com a coreografia retocada.

— Só estou feliz que conseguimos chegar ao fim sem nenhum erro — respondi.

Harriet fez que sim com a cabeça.

Senti uma câimbra esquisita na barriga com a reação dela. Não tinha nada de errado — ao menos à primeira vista —, mas éramos amigas havia mais de duas décadas. Tínhamos acabado de finalizar o primeiro workshop do primeiro musical dela. Em uma semana, viajaríamos para fazer apresentações-teste fora da cidade. Parecia bem possível que nossa vida estivesse prestes a mudar.

E Harriet mal conseguia me olhar nos olhos.

— Vai ser estranho — comentei. — Não ir mais ao estúdio de ensaio.

Ela não estava prestando atenção; em vez disso, acenava para Cal, que tinha acabado de chegar.

— Parabéns — ele disse. — Ótima apresentação.

— Obrigada — eu disse.

Eu queria saborear o elogio, mas estava pensando na frieza de Harriet. O fato de que, desde o beijo, tudo andava extremamente estranho e desconfortável entre mim e Cal também não ajudava em nada.

Um beijo que eu, com certeza, não estava revisitando sem parar na minha mente.

Nós três ficamos parados ali. Era ainda mais desconfortável do que aquele primeiro almoço, no qual eu havia sentido ora vontade de chorar, ora de jogar minha bebida na cara de Cal.

— E o que os donos da grana acharam? — perguntei.

Cal inclinou a cabeça.

— Os produtores — esclareci.

— Ah. Estão satisfeitos. Bem satisfeitos.

— Com tudo?

Cal me olhou.

— Com tudo.

— Não pediram pra mudar nada? — questionei.

Agora, Harriet estava prestando atenção.

— Mudar? — ela perguntou.

Cal sacudiu a cabeça.

— Nada de mudanças — ele respondeu. — *Continuo* sendo o diretor.

— Que conversa é essa? — Harriet insistiu. — O que eu perdi?

— Nada — Cal e eu dissemos ao mesmo tempo.

Ficou óbvio que Harriet não tinha acreditado. Dei um golinho na minha vodca de *cranberry*.

— Vou pegar uma bebida — ela disse.

A que eu trouxe para ela ainda não tinha acabado, mas não falei nada nem tentei detê-la.

— O que você tá fazendo? — Cal perguntou.

— Eu?

Ele suspirou.

— A Harriet já está estressada com a peça — ele falou. — E, agora, você fez parecer que nós dois temos falado disso em segredo, pelas costas dela.

— Ela está estressada com a peça?

Isso era novidade para mim. E a minha surpresa evidentemente também foi inesperada para Cal.

— Achei que vocês duas eram unha e carne.

— E somos.

— Bem, vê se não estressa ela, tá?

Fiquei irritada. Garantir que Harriet estivesse bem era *meu* trabalho, não dele.

A situação também comprovou meu medo de que alguma coisa estava acontecendo com Harriet, alguma coisa da qual ela não estava me falando. Até onde eu sabia, ela estava extremamente feliz com o progresso da peça. O que a estava preocupando?

O pianista começou uma rodada de "Wouldn't It Be Loverly?", do musical *My Fair Lady*, e logo o bar inteiro estava cantando junto. Era difícil escutar qualquer coisa, ou ser ouvida, então precisei me aproximar mais de Cal.

— E quanto a mim? — perguntei.

Hmm. A colônia dele.

— O que tem você?

— Não está preocupado em não me estressar?

Cal ergueu as sobrancelhas.

— Não muito — ele respondeu.

Estávamos bem próximos. Meu queixo praticamente tocando o ombro dele, minha boca a centímetros da sua orelha.

Cal se virou na minha direção; precisei me afastar.

— Você ganha vida no palco — ele falou. — Nunca vi nada igual.

Meu coração estava batendo forte, e eu tinha certeza de que ele estava mais alto do que a música.

— Essa peça vai fazer de você uma estrela — ele continuou. — Se você deixar.

Eu não conseguia me lembrar da última vez que alguém tinha colocado tanta confiança em mim.

— Mas a coreografia...

Eu não conseguia evitar. Qual era o sentido de ser um artista se não fosse para ser também a pior crítica de si mesma?

— Não importa — Cal falou. — É só uma música. Um ou dois passos. A peça é ótima. Você é ótima. Ninguém vai ligar se der duas ou três piruetas. As pessoas vão vir te assistir, e você vai deixar todo mundo de queixo caído.

Minha garganta estava seca.

— Bem — falei. — Obrigada.

Ele me olhou.

— O que foi?

— Nada — ele respondeu. — É só que não lembro qual foi a última vez que você aceitou um elogio meu.

Fiz uma careta para ele.

— Não força a barra.

— Essa é a Kathleen que eu conheço. Te vejo em Rhode Island.

Fiz uma continência.

— Sim, senhor diretor.

NA ÉPOCA

CAPÍTULO 18

— É O MELHOR ANIVERSÁRIO DA HISTÓRIA, CARALHO! — LC GRITOU enquanto Wyatt fazia uma reverência.

Ele tinha acabado de arrasar com uma interpretação de "Somebody to Love", do Queen, encantando todos ao acertar cada uma das notas agudas com desenvoltura.

— Mais um shot! — Ryan ergueu o próprio copo e o entornou.

O restante de nós fez o mesmo. A tequila queimava, mas eu não estava nem aí. De algum jeito, Cal havia encontrado uma sala privativa em um karaokê na Irlanda, onde poderíamos festejar e nos divertir sem os olhos atentos dos fãs ou dos paparazzi.

Era o paraíso, sem tirar nem pôr.

— Quem é o próximo? — LC levantou o imenso livro com a lista de músicas.

Eu já tinha apresentado algumas da lista de Katee Rose — minha voz surgindo do fundo da garganta e saindo totalmente pelo nariz —, mas estava pronta para me soltar. Para cantar do jeito que sempre quis.

Puxei a pasta das mãos de LC e folheei até encontrar a escolha perfeita.

— Minha vez! — Digitei os números e esperei pela reação da sala.

— Eitaaaa — Wyatt falou quando a canção apareceu na tela.

— Ah, não — Ryan grunhiu. — Um musical?

Ele achava musicais chatos e cafonas. Se recusava terminantemente a assisti-los comigo. Eu sempre ria das reclamações dele, como se fosse tudo uma grande piada que compartilhávamos, mas a verdade é que ficava magoada quando ele dizia coisas assim. Quando desdenhava daquilo que eu amava.

E é verdade que *Cats* era esquisito — o tipo de peça a que os detratores das produções da Broadway sempre recorriam para provar que o pessoal do teatro era mesmo um bando de loucos —, mas o que não enxergavam era a pureza do negócio. Alguma coisa em cantar uma música como "Memory" permitia que você sentisse tudo o que precisava sentir.

Eu achava os musicais tão *grandiosos*. Grandiosos, ousados, divertidos e, sim, um pouco doidos também.

E eu amava isso.

Além do mais, aquela música era especial. Se não fosse pela chance de encerrar a apresentação no Curtain Call, quem sabe onde eu estaria naquele momento? Se não fosse por aquela música, provavelmente não teria tido a oportunidade de fazer o teste para o *Só Talentos* e, provavelmente, não teria conhecido Ryan.

Na verdade, ele deveria ser grato por *Cats* existir, cacete.

A música começou; eu fechei os olhos e cantei com toda a força dos meus pulmões.

Acertei todas as notas. Fui impecável.

Quando terminei, a sala estava em silêncio.

Abri os olhos, pronta para aceitar os vivas e os aplausos que se seguiram a todas as outras apresentações. Em vez disso, o que vi foram olhares de choque completo e total em quase todos os rostos.

O único que não parecia surpreso era Cal.

Os outros estavam me olhando como se eu tivesse aberto um zíper na minha pele e um reptiliano tivesse saído dali.

— Uau — LC finalmente falou. — Você tem uma voz *linda*.

— Uma voz maravilhosa mesmo — Mason concordou.

Eles não sabiam.

Virei para Ryan. Ele piscou.

Ele também não sabia.

Foi como levar um soco no coração.

Eu tinha noção de que comentavam que a voz de Katee Rose era ruim. Toda tensa e anasalada, um pouquinho chorosa. Mas era assim que minha equipe queria que eu cantasse. Como se eu fosse a Marilyn Monroe — se ela fosse uma estrela do pop com *auto-tune*.

Meus fãs não ligavam, mas eu me aborrecia toda vez que lia alguma resenha falando da minha voz. Já tinha me acostumado àquela altura — a cantar daquele jeito —, mas isso não significava que era o único jeito que eu sabia cantar. Nem que era fácil. Não significava que qualquer um conseguiria fazer aquilo.

E, até aquele momento, tinha conseguido ignorar as críticas em grande parte porque sabia que não eram verdadeiras.

Tinha imaginado que Ryan também soubesse. Afinal, ele sempre alegou ser a razão de eu ter conseguido a vaga no *Só Talentos*. Porque tinha visto a minha audição. Ou era o que dizia.

No entanto, ele parecia estar mais chocado do que qualquer um.

Perdi o equilíbrio ao descer do palco. Meus pés estavam dormentes. Minhas mãos. Minha boca.

— Canta mais uma! — Wyatt pediu.

Consegui fazer uma reverência exagerada com um floreio de mão, porém foi mais para esconder que eu não estava sorrindo.

— Mais uma! — Wyatt repetiu, e logo fez com que os outros o acompanhassem em um coro. — Mais uma! Mais uma! Mais uma!

Mas eu não queria cantar mais. Queria ir embora.

Em vez disso, me fiz de modesta e pedi licença, dizendo que iria ao banheiro, ou tomar um ar ou qualquer coisa assim. Não fazia muita diferença, porque todos já estavam concentrados em decidir que música cantariam no karaokê.

Saí da sala bem quando Mason começou a entoar "Glory of Love".

O clube era um labirinto, mas encontrei uma porta. Felizmente, ela dava para um beco, e deixei que batesse às minhas costas, enchendo meus pulmões com o ar fresco da noite.

Fechei os olhos, mas não conseguia ver nada além da expressão de completo choque de Ryan.

Ele sabia que eu conseguia cantar. Não é?

Espalmei as mãos na parede de tijolos atrás de mim. Estava fria. Diferente de mim. A salinha pequena e a vergonha tinham me esquentado.

Não sabia explicar por qual motivo eu estava envergonhada. Mas o sentimento estava ali, junto do constrangimento e da decepção.

Eu era *tão diferente assim* como Katee Rose?

Era tão chocante assim que eu fosse capaz de cantar afinado?

A porta se abriu.

— Eles estão bêbados — Cal falou.

Ele se juntou a mim na frente da parede.

— Ainda assim, achavam que eu não sabia cantar.

— São uns idiotas.

Eu sacudi a cabeça.

— Não. Não são.

— Quanto ao Wyatt, a questão está em aberto.

— Justo — concordei. — Mas e o resto deles? — Soltei o ar. — Todos pensavam que eu era uma impostora sem talento nenhum. Famosa por causa dos meus peitos e por saber balançar eles direitinho.

— Para com isso.

— Mas é a verdade. Até o Ryan ficou surpreso.

Cal não falou nada.

— O Ryan não é um idiota — eu disse.

Ainda sem respostas.

— Pensei que ele soubesse.

— O Ryan sabe dele — Cal respondeu. — Não tem espaço para nada além disso.

Voltei o olhar para ele. Sabia que Cal e Ryan não se davam muito bem, mas não tinha me dado conta de que existia uma antipatia nesse nível entre os dois. A amargura na voz de Cal me surpreendeu.

— Ele é meu namorado — falei, sem necessidade.

— Pois é.

Amargo. Amargo. Amargo.

Eu não me importei. Para falar a verdade, até gostei.

O que, eu sabia, fazia de mim uma pessoa ruim.

Mas Cal tinha razão. Ryan se importava com Ryan e, desde o início da CrushZone, ele estava cada vez mais focado em se colocar o máximo possível sob os holofotes. Todo o resto era secundário.

Até mesmo eu.

— É estranho, não é? — Cal perguntou.

— O quê?

Cal fez um gesto indicando o espaço entre nós dois.

— Isto.

Fiquei sem entender.

— Você. Eu — ele falou.

Gelei.

— Katee Rose. CrushZone — ele continuou.

Eu não sabia o que estava esperando que ele dissesse.

— É estranho, não é? — ele insistiu.

— Acho que sim — falei. Ainda não tinha entendido.

— É só que... — Ele franziu a testa. — Tudo isso. É só um monte de fingimento.

Não gostei do tom daquela frase. Dava a impressão de que eu estava sendo desonesta. Mentindo.

Embora, de certa maneira, eu estivesse.

— Nós somos os jovens perfeitinhos em quem todo mundo supostamente deveria se inspirar — ele disse. — E nem somos jovens.

— Não somos exemplo pra ninguém.

Estava cansada de todos presumirem a mesma coisa.

— Eu sei — Cal falou. — E não deveríamos ser. Porque é tudo inventado. — Ele se voltou na minha direção. — A gente tem uma música chamada "Rei da formatura", sabe?

— Você poderia ter sido o rei da formatura.

Cal olhou para mim.

— O que estou dizendo é que Ryan nem sequer fez o colegial, muito menos foi a uma festa de formatura. Nem os outros caras. E, ainda assim, a gente fica lá, todas as noites, cantando músicas como se fôssemos só caras normais, com vidas normais.

— É o que eu faço também — observei, sentindo-me um pouco triste e bastante julgada.

— Não é a mesma coisa.

— Não?

Ele pensou no assunto por um instante.

— Não. Porque você é real.

— A Katee Rose é *literalmente* inventada.

— Mas você, *você* não é.

— Ninguém *me* vê quando estou no palco. Veem uma loira burrinha de peitos grandes, que sacodem quando ela dança. E que não sabe cantar.

— Então faça com que te vejam.

Como se fosse tão simples assim.

— E quanto às músicas de Harriet? — ele perguntou. — Ela não estava compondo, tipo, um montão de músicas pra você?

Harriet já tinha voltado para Nova York e estava vivendo a "vida real" lá, apesar de ter prometido que se juntaria a nós de novo no meu aniversário. As músicas que ela tinha escrito estavam em um CD, no fundo da minha mala.

Tamborilei as unhas na parede de tijolos.

— Eles não querem ouvir elas — falei.

Tentei mostrar as músicas para Diana, mas ela estava sempre ocupada demais para escutar. Demorou um tempinho para que eu entendesse, mas finalmente caiu a ficha de que "ocupada demais" significava "zero interesse".

Até mesmo Ryan estava ocupado demais.

— São boas? — Cal perguntou.

— São. E ficam ótimas na minha voz.

— Então, faça com que escutem.

— Como?

Ele deu de ombros.

— Eles precisam de você, não precisam?

Será que precisavam? Desde o momento em que assinei meu contrato — e até mesmo antes, quando fui basicamente a dançarina reserva de Ryan —, acreditava que era eu que precisava deles. Que precisava fazer tudo o que me diziam, ou nunca alcançaria o que queria.

Mas agora eu tinha o que queria, e não estava certa de que ainda desejava aquilo.

— Você tem mais poder do que imagina — Cal falou.

Soltei uma risada.

— Tenho, é? Digo, eles me fizeram mudar de nome. Disseram que Rosenberg não era *universal* o bastante.

Ele não respondeu.

— Queriam que eu mudasse meu nariz também.

— O quê? Quando?

— Quando entrei para o elenco do *Só Talentos*. E antes do primeiro álbum.

A expressão de repulsa no rosto de Cal foi gratificante. Resolvi não contar a ele que Diana sempre voltava nesse assunto antes do lançamento de cada álbum e do anúncio de cada turnê.

Só um ajustezinho.

Só vão lixar um pedacinho do seu nariz.

Vamos dizer que você tinha um desvio de septo.

Engraçado como não havia nenhum espacinho na minha agenda para uma temporada limitada na Broadway, mas, aparentemente, tempo de sobra para uma cirurgia de grande porte e a recuperação.

— Fico feliz por você ter batido de frente com eles — Cal falou.

Eu quis chorar. Porque a verdade era que eu não resisti por discordar dos meus produtores. Tinha me recusado a fazer o procedimento porque morria de medo de agulhas, sangue e qualquer coisa relacionada a isso.

Não era coragem. Era covardia.

E eu ainda não tinha eliminado completamente a ideia. Todas as vezes que via uma notícia ressaltando como eu ficaria mais bonita se consertasse o nariz, ou quando um blogueiro desenhava várias setas desnecessárias apontando para ele, eu pensava em ir até meus produtores e dizer "tá bom, vamos lá".

Eu sabia que seria bom para minha carreira.

— Eles querem que eu grave um álbum natalino — eu disse.

Cal esperou que eu continuasse.

— Não deveria ser surpresa para mim. Quer dizer, eu já faço todo ano alguma apresentação ou show de Natal. E participei de um monte de especiais natalinos no *Só Talentos*. É óbvio que querem que eu grave um disco de Natal.

— Você quer gravar um?

— Não — respondi. — Sim. Talvez.

Apoiei a cabeça na parede.

— Digo, tem uma coisa muito estranha nisso tudo — falei. — Como se não bastasse eu ter que me livrar do meu sobrenome, agora tenho que fazer um álbum inteiro sobre um feriado que nem sequer comemoro?

— O que você disse a eles?

— Que ia pensar. Eles não gostaram nada.

Eu era sempre solícita. Essa questão e a da rinoplastia eram as únicas a que, de fato, demonstrei resistência.

— Ficaram falando que não seria bem um álbum de Natal, mas um de inverno. Então me mostraram a lista de músicas que querem que eu grave, e são todas natalinas. Querem que eu cante "Ó noite santa", que fala *literalmente* do nascimento de Jesus.

— Essa música não foi escrita por um ateu? — Cal perguntou.

— Como você sabe disso?

Trocamos um olhar.

— Harriet — falamos ao mesmo tempo.

— Parece que o compositor era judeu — eu disse.

— É como se Harriet estivesse aqui com a gente.

— Provavelmente ela diria que a *maioria* das músicas natalinas foram escritas por judeus, de qualquer forma, e que eu sou parte de uma longa tradição cultural, ou outra coisa do tipo.

Olhei de relance e peguei Cal me encarando.

— Isso foi bem específico.

— Eu já falei com ela — expliquei. — Hoje, mais cedo.

— Ah.

Ficamos em silêncio.

— Certo — Cal falou. — Use isso em sua vantagem.

Eu inclinei a cabeça.

— Diga a eles que você faz o álbum de Natal se te deixarem gravar as músicas da Harriet primeiro — ele continuou.

Cacete.

Aquilo era genial.

Senti uma pontada de decepção. Comigo mesma.

Ainda me lembrava de como eu era confiante e corajosa quando mais jovem. De como tinha certeza de que faria sucesso. E agora que tinha conseguido — agora que, de certa maneira, conquistei tudo o que sempre quis — eu era uma pessoa assustada e acanhada. Com medo de perder tudo.

Mas será que era mesmo verdade que eu tinha o que sempre quis? O que realmente queria?

Eu amava meus fãs. Amava estar no palco.

Será que amava ser Katee Rose?

Por que não tinha lutado mais para manter Kathleen Rosenberg viva?

Me sentia envergonhada.

— E quanto a você? — perguntei, sentindo necessidade de evitar o assunto, de falar sobre outra coisa.

— Quanto a mim, o quê?

— O que você quer dessa coisa toda?

Cal levantou os olhos para o céu. Estava cheio de estrelas.

— O Ryan quer virar um ator famoso — falei. — O Wyatt quer uma carreira solo. O LC e o Mason estão sempre cochichando sobre alguma coisa... e você?

— Não sei — ele respondeu. — Acho que não pensei tanto assim no futuro.

Eu não conseguia repreendê-lo, porque estava na mesma situação. E, agora que estávamos pensando nisso, parecia aterrorizante. Aquela vida era intensa, esmagadora e estressante, mas era a única vida que eu conhecia. Talvez fosse daí que vinha uma parte da vergonha. De compreender que eu nem tinha certeza se ainda sabia ser alguém que não fosse Katee.

— Eu só queria alguma coisa pra fazer depois da faculdade — Cal continuou. — E me prometeram que eu ganharia o suficiente para ajudar minha família.

Eu não conhecia a família de Cal, mas sabia que ele tinha nascido exatamente no meio de quatro garotas. Era por isso que tinha começado a se envolver com dança — era simplesmente mais fácil levar todos os cinco filhos para a mesma atividade — e, aí, ele se tornou o melhor do bando.

— E você ajudou? — perguntei.

Ele acenou afirmativamente.

— Paguei o financiamento da faculdade das minhas irmãs mais velhas, abri uma poupança para as mais novas. Quitei a casa dos meus pais.

— Que generoso.

— *Também* gastei um pouquinho comigo mesmo. Não sou tão altruísta assim.

Não tinha certeza se acreditava naquilo.

— Você gosta de se apresentar — afirmei.

— Gosto. Mas acho que não quero fazer isso para sempre.

— Sério?

Eu não conseguia me imaginar fazendo outra coisa.

— É legal agora — Cal falou. — A grana é incrível. Posso conhecer o mundo inteiro. E gosto dos caras. — Uma pausa. — Quer dizer, de quase todos.

— Mas?

Ele deu de ombros.

— Não sei. Eu não preciso dos holofotes como você.

Pareceu um insulto, o que, aparentemente, ficou óbvio no meu rosto, porque Cal voltou atrás na mesma hora.

— O que quis dizer é que você é feliz debaixo dos holofotes — ele explicou. — Você brilha.

— Você também — respondi.

E era verdade — ele era um artista incrível. Eu amava assisti-lo dançar. Era definitivamente o melhor de todos os integrantes. Olhar para qualquer outro quando estavam no palco era uma tarefa difícil.

— Mas você se sente revigorada — ele falou. — Dá pra ver no seu rosto quando você sai do palco, você... você... é como se você virasse uma bola enorme e brilhante de energia.

Eu não sabia como responder.

— O seu lugar é ali — Cal continuou. — Onde todo mundo pode te ver. E te ouvir.

— Eu já te vi ajudando os outros meninos com as coreografias — comentei. — Você é muito bom nisso.

Ele deu de ombros.

— Gosto de ajudar.

— Você faz mais que isso. Você sabe o que fica bonito de ver, sabe ajustar as coisas pra eles não errarem.

— Não é nada de mais.

— Você está fazendo o trabalho de outra pessoa — afirmei. — Sem ganhar créditos por isso. Sem remuneração.

Cal riu com desdém.

— Ninguém vai me pagar pra coreografar a banda de que faço parte. E o Ryan surtaria.

— Talvez — assenti.

Definitivamente surtaria.

Ficamos parados, em silêncio. Eu conseguia ouvir os sons do bar do outro lado da parede de tijolos, mas pareciam muito distantes. Como se fosse outro mundo. Outra vida.

— Se algum fã nos ouvisse tendo essa conversa, riria da nossa cara — falei. — Somos as maiores estrelas pop do mundo e estamos aqui reclamando.

— Não estamos reclamando de nada. Estamos compartilhando dissabores.

— Tá bom, Cal, o Intelectual.

A expressão dele entristeceu.

— Desculpa.

— Tudo bem. É só que...

— O quê?

— Eu odeio essa merda de apelido.

Fiquei surpresa com a raiva dele. Cal nunca ficava bravo. Estava o tempo todo muito tranquilo. Eu invejava isso. Às vezes.

Mas a raiva podia ser uma sensação boa.

— Sinto muito.

— Não é culpa sua — ele respondeu.

É culpa do Ryan, foi o que ele não disse.

— Você podia pedir para ele parar — sugeri.

Cal soltou uma risada pelo nariz.

— Aham. Certo.

Ele tinha razão. Se falasse alguma coisa, Ryan provavelmente só teimaria e empregaria o apelido ainda mais. Esse era o nível de maturidade dele.

— Ele tem inveja — falei. — De você.

— É ele a estrela.

— É, mas você é mais esperto do que ele, e ele sabe disso.

— Porque eu fiz faculdade? Não é nada que faça tanta diferença assim.

— Pode ser que não — falei. — Mas para o Ryan é importante. Isso o faz se sentir menor.

Às vezes, isso fazia com que me sentisse menor também.

— Isso é problema dele, não meu — Cal falou.

— Vou dizer isso a ele.

Cal riu, depois olhou para mim.

— E você? — ele perguntou.

— Eu o quê?

— Sente inveja?

Pensei em mentir.

— Um pouquinho.

Cal apertou os lábios e fez um aceno curto e tenso com a cabeça.

— Só fico pensando, às vezes — completei. — Como teria sido. Fazer o colegial. Cursar uma faculdade.

— Posso te contar. É bem entediante.

Sorri.

— Também fico pensando em como é isso.

— O quê?

— O tédio — expliquei. — Você já viu a vida que eu levo? — Fiz um gesto em torno de mim mesma. — Não é nada entediante.

Cal trocou de posição, os braços cruzados.

— Não sei, não — ele disse. — Viajar de ônibus nas turnês é bem chato às vezes. Tem um limite pra ficar ouvindo o Wyatt cantar "Ninety-Nine Bottles of Beer on the Wall".

— Ele já chegou ao número um alguma vez?

Cal sacudiu a cabeça.

— Sempre se perde por volta da setenta.

Nós dois rimos.

— Ele é um cara legal — Cal falou. — Todos eles são.

— O Ryan, não.

Só metade de mim estava brincando.

Cal não respondeu.

Ficamos parados ali, em silêncio, e desejei ter alguma coisa para fazer com as mãos.

— Ele devia saber — Cal finalmente falou.

— O quê?

— Que você sabe cantar.

— Ah.

— E você deveria fazer com que escutassem as músicas da Harriet.

— Ah, é?

— É.

Me virei para encará-lo.

— Certo — eu disse. — Vou te propor um acordo.

Ele me lançou um olhar de suspeita. Esperto da parte dele.

— Eu faço minha equipe ouvir as músicas, e você pede à sua para dirigir o próximo clipe.

Uma risada de surpresa irrompeu de Cal.

— Eles nunca permitiriam uma coisa dessas — ele respondeu.

— Tudo bem. Então você cuida da coreografia do clipe. Ou de um número novo na próxima turnê.

Ele me olhou com atenção.

— Você está falando sério.

— Você estava falando sério das músicas de Harriet?

— Estava.

— Então eu também estou — falei. — Vamos lá. Promete?

Estiquei o mindinho. Cal olhou para ele. Depois para mim.

— Prometo — ele disse.

Enlaçamos nossos dedos e assopramos nos polegares, do mesmo jeito que havíamos feito na época do acampamento.

— Vamos voltar lá para dentro? — Cal perguntou.

— Vamos. Acho que devo a eles mais uma música de algum musical.

— Com certeza.

Ryan odiaria, mas eu não me importava.

Cal segurou a porta aberta para mim.

— E, só para constar — ele disse —, eu gosto do seu nariz. Muito.

AGORA

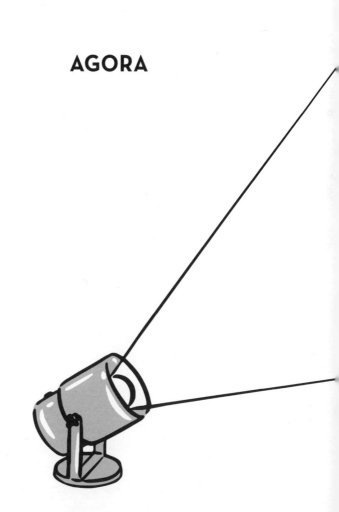

CAPÍTULO 19

— PARE DE OLHAR FEIO PRA MIM — FALEI. — VOCÊ VAI PODER JANTAR quando chegarmos lá.

A única resposta que ganhei foi um *miau* muito desapontado.

— Eu sei — respondi. — Sou uma pessoa horrível. Estou te obrigando a passar uns meses em um apartamento lindo e mobiliado em Rhode Island enquanto vivo um dos meus maiores sonhos. Deveria ter te deixado no Brooklyn pra se virar sozinha.

— *Miau.*

Eu quis aquilo durante tanto tempo, mas estava começando a ter dúvidas. E elas vinham em intervalos curtíssimos, fazendo-me perder o sono à noite, se infiltrando nos músculos da base do meu pescoço, mantendo uma pressão firme na minha lombar.

E se fosse tarde demais para ir atrás de um sonho como aquele? E se eu já tivesse perdido minha chance?

Depois que minha carreira virou cinzas, depois que Diana — que sempre me desencorajou a me arriscar no teatro — me largou, eu tentei atravessar aquela porta por conta própria. Contudo, a minha imagem estava tão suja que ninguém queria encarar nenhum projeto comigo.

As uma ou duas propostas que chegaram até mim davam mais a impressão de serem esquemas para fazer uma graninha rápida, vindas de produtores que esperavam que eu atraísse a atenção — e o dinheiro da venda de ingressos — de pessoas que queriam me ver no fundo do poço.

Pelo menos, na época, eu estava em forma.

Não só física, mas também emocionalmente. O escândalo me atingiu de várias maneiras, mas todos aqueles anos sob o olhar público me deixaram bem calejada — acostumada aos abusos que acompanhavam a fama.

Agora, eu estava mais frágil.

Talvez frágil demais.

— Achei que você e Harriet viajariam juntas.

Ergui os olhos, não totalmente surpresa ao ver Cal de pé no corredor. Afinal, é óbvio que isso aconteceria.

Ele hesitou, e pude ver que não tinha certeza se simplesmente continuaria andando e encontraria outro assento, ou...

— Senta — falei. — A gente consegue dar conta de uma viagem de trem sozinhos.

Ele se sentou. Peixinha miou alto.

— Ah — ele disse, sondando a caixinha de transporte dela. — Você tem mesmo uma gata.

— Eu tenho — respondi, pensando que seria bem estranho ter mentido a respeito daquilo, mas não podia culpar Cal tanto assim por achar que eu estava meio desequilibrada.

Ainda não tínhamos conversado sobre o beijo, tampouco falado da minha ligação para ele às duas da madrugada. De quanto aquilo foi maluco e antiprofissional.

Também não falamos de Rachel. De como — e *se* — os dois estavam envolvidos.

— Como ela se chama?

Ele continuava olhando para Peixinha.

— Peixinha — falei.

Ele ergueu uma sobrancelha.

— Você deu à sua gata o nome de "Peixinha"?

— O nome completo dela é Bolinho de Peixe, inspirado no prato *gefilte fish*.

— Ah. Faz mais sentido.

Cal se acomodou no assento, as pernas longas esticadas na direção oposta à das minhas. Não fazia diferença. Eu continuava dolorosamente ciente da presença dele. E sua colônia — aquele pomar de laranjas dos infernos — parecia preencher todo o ambiente, tornando o vagão ainda menor e mais intimista.

O trem deu um tranco leve e começou a se mover.

— Nada de Harriet? — ele perguntou.

— Ela preferiu pegar um trem mais cedo.

Eu fiquei magoada, mas não insisti.

Suspeitava que tinha alguma coisa a ver com o fato de que era o meu nome que constava em todas as manchetes que falavam da peça, e Harriet só era mencionada bem no fim, parecendo mais uma nota de rodapé. Agora que tínhamos passado da etapa do workshop e estávamos no ponto em que precisávamos vender ingressos, a peça começava a se tornar sinônimo daquilo que estava sendo chamado de meu "retorno".

É óbvio, havia também montes de reportagens mencionando Cal, que davam aos leitores um rápido resumo do nosso "relacionamento". Vi diversos artigos de opinião a respeito do nosso reencontro, dizendo que era algum tipo esquisito de carma ou uma vingança. Não ficava bem evidente quem estava se vingando de quem, mas eu já tinha aprendido havia tempos que, quando se tratava de sites de fofoca, fatos não eram sempre o detalhe mais importante. Tudo que importava era que estávamos trabalhando juntos e que, da última vez que isso aconteceu, um escândalo tinha estourado. Sem dúvidas, todo mundo estava esperando uma reprise.

Infelizmente, ao que tudo indicava, esse era o único aspecto da peça de que queriam falar. Não se encontrava nenhum detalhe sobre a produção, exceto a informação de que eu interpretaria uma personagem loira, uma versão rechonchuda de Katee Rose. As previsões acerca da qualidade da minha performance pareciam variar de artigo para artigo, deixando nítido que as futuras resenhas tendiam a ser igualmente mistas.

Eu só esperava que meu passado não manchasse demais a imagem da peça.

Queria que aquele momento fosse de Harriet.

Ela nunca tinha se importado com fama, atenção ou coisas do tipo, mas, ainda assim, não era justo. Por outro lado, era do showbiz que estávamos falando. Não havia nada de justo nessa indústria.

Aquilo não duraria para sempre. Uma vez que as apresentações de pré-estreia tivessem início, que as pessoas começassem a ouvir falar da peça e das músicas, a atenção se voltaria para Harriet. E se distanciaria de Cal, de mim e do escândalo de mil anos antes.

Ou, talvez, Harriet soubesse do beijo.

No entanto, eu sabia que não podia ser esse o caso, porque Cal não teria dito nada, e eu, com certeza, também não.

Ele havia puxado um livro e estava lendo. Olhei pela janela, observando a folhagem dourada e roxa passar velozmente. Começava a esfriar mais e tudo parecia ter um cheiro vivo e novo em folha. Para mim, não era a primavera que sinalizava um novo começo, mas o outono. Era a estação do aconchego, do conforto. Os ursos é que sabiam o que era bom — aquele era um momento feito para descansar, para se revigorar.

A ideia de encontrar uma caverna bonita e quentinha e passar os próximos meses dentro dela era muito, mas muito tentadora.

Eu amava como toda exuberância se transformava em aridez, o ar e o solo ganhando mais crocância. Me sentia em casa no outono, enrolada em suéteres e cachecóis — é muito mais fácil se esconder toda agasalhada assim. E os paparazzi acampavam com menos frequência ao lado da minha casa nos meses de frio, então era quando eu tinha mais privacidade depois que me mudei permanentemente para Nova York.

Peixinha soltou um miado choroso, fazendo com que Cal erguesse os olhos do livro.

— Ela está bem — falei. — Só irritada.

— Ela já andou de trem antes?

Sacudi a cabeça.

— A não ser que se aventurasse por aí antes de eu encontrar ela. Desde então, ela fica sempre dentro de casa.

— Vai ser bom tê-la com você em Rhode Island — comentou.

— Eu estava para te perguntar a respeito disso, aliás.

Ele ergueu uma sobrancelha.

— Rhode Island? Sério? — questionei.

— O que você tem contra?

Foi minha vez de arquear a sobrancelha.

— É um teatro ótimo — Cal falou. — Não fazem muitas apresentações-teste lá. É mais barato do que os lugares de sempre, dá um estímulo para a cidade e para o teatro também. Vai criar bastante expectativa para a peça, e eu sempre gosto de obrigar os críticos de teatro de Nova York a saírem da ilha. Só coisas boas.

— E não passa de uma coincidência que seja exatamente o mesmo teatro onde o acampamento Curtain Call faz as exibições de verão?

Cal deu de ombros.

— Ah, faça-me o favor — falei. — De novo. Dessa vez, com *emoção*.

Era isso que nossa antiga instrutora, a sra. Spiegel, dizia depois de quase todos os ensaios.

— Ela era péssima — Cal disse.

— Do que você tá falando? Ela era ótima.

— Ela era horrível.

— Ela tinha discernimento.

— Ela era muito cri-cri.

— Honesta.

— Abusiva.

Olhei para ele.

— Você acha que a sra. Spiegel era abusiva?

Ele me olhou com espanto.

— Você, não? Ela te batia atrás das pernas com uma vareta.

— Eu que não alcançava a nota — respondi.

Cal não falou nada por um longo tempo.

— O quê? — finalmente exigi.

— Nada. Isso... explica muita coisa.

Não gostei de como ele disse aquilo. Como se tivesse entendido alguma coisa a respeito de mim que eu mesma ainda não tinha decifrado.

— Ela fez de mim uma ótima artista — afirmei. — Sem ela, eu não conseguiria a carreira que tive.

— Não acredito nisso. Quem tem talento, sempre alcança o topo.

— Ah, me poupe — falei. — Você é um homem crescido. Sabe que isso não é verdade.

— Para mim, é — ele respondeu. — Com os meus projetos. As minhas peças.

— Que ingenuidade mais fofa a sua.

— Obrigado.

Ele não pareceu se incomodar muito com meu comentário. Mas, pensando bem, pouquíssima coisa parecia incomodá-lo. Era irritante.

— Só para constar — Cal completou —, eu tenho uma conexão com esse teatro há muitos anos. Começou com o Curtain Call, mas eles sempre me apoiaram, e quis retribuir o favor. Me pareceu o lugar certo para a peça.

— O fechamento de um ciclo.

— Tipo isso.

Peixinha miou; Cal se inclinou para a frente a fim de oferecer a ela uma coçadinha pela porta da caixa de transporte.

— Você não tem nenhum bichinho? — perguntei.

Ele balançou a cabeça.

— Eu viajo demais. Não seria justo.

Fiz que sim com a cabeça. Aquela, um dia, já tinha sido a minha situação. Poder ficar em um único lugar por um período longo foi uma coisa que aprendi a valorizar. A habilidade de criar raízes. De construir um lar para si.

Percebi de que não sabia mais qual lugar Cal chamava de lar.

A família dele era do Texas, seus anos de faculdade foram passados em Nova York. A CrushZone viajou pelo mundo todo, mas eu tinha presumido que, quando tudo terminasse, ele acabaria indo para Los Angeles.

— Se formos para a Broadway, você vai poder ficar em Nova York — comentei.

— É mesmo.

Pensei em Rachel. Podia apostar que ela estava animadíssima com a perspectiva de Cal ficar parado em um lugar só por um tempo.

Era um pouco esquisito que não tivesse dito nada a respeito dela — que, depois do beijo, Rachel não tivesse sido um dos motivos de aquilo ser uma má ideia. Continuava sendo uma má ideia, mas, em alguns momentos, eu esquecia o porquê.

Como naquele momento. E naquela ocasião no Marie's Crisis.

Você ganha vida no palco, ele havia dito.

Hora de mudar de assunto.

— Como vão as vendas de ingressos? — perguntei.

— Bem — Cal respondeu. — Mas você não precisa se preocupar com isso.

— Não preciso me preocupar com o sucesso da peça que estou estrelando?

Ele suspirou.

— Não quero brigar com você — ele falou.

Ergui as mãos. Um sinal de trégua.

— Tem gente comprando os ingressos — ele respondeu. — Vamos ter a casa cheia. Na maioria dos dias.

O trem seguia em frente. Estava evidente que Cal ficava muito mais à vontade com o silêncio do que eu, então parei de tentar puxar assunto com ele. Procurei aceitar a quietude. Não era tão difícil, como descobri. Eu não estava com nenhum livro, mas tinha meu celular, e já passava da hora de fazer umas comprinhas terapêuticas. Em certo ponto, saímos de Nova York, mas não percebi quando. O caminho até Rhode Island era só folhas de outono e céu cinzento. Quando chegamos, eu já havia comprado um par de botas, um hidratante superfaturado, uns brinquedos para Peixinha e uma boina bonitinha que com certeza nunca usaria, mas de que minha vida dependia.

Cal, sempre um cavalheiro, tirou minha mala do bagageiro superior e esperou, pacientemente, que eu pegasse meus pertences. Descemos do trem juntos, sem trocar uma palavra — sem contar os miados de Peixinha, cujo volume aumentava a cada esbarrada e a cada vez que achava que a estávamos menosprezando.

— Topa dividir um táxi? — Cal perguntou.

Apesar de termos acabado de passar horas lado a lado no trem, o percurso de táxi foi muito, muito mais intimista. Peixinha, em sua caixinha de transporte, ficou no meu colo e, de algum jeito, minha coxa acabou forçada contra a de Cal.

Era uma bela coxa. Bem firme.

Me perguntei se ele estava pensando o mesmo sobre a minha.

Uma vez dançarino, sempre dançarino.

Eu desci do táxi primeiro. Tinha escolhido um lugar de onde pudesse ir caminhando até o teatro, como lembrete do que estava fazendo ali. Eu precisava de foco. Precisava fazer tudo certo.

Cal ajudou a descer minha mala até a calçada. Eu tinha quase certeza de que tinha trazido ou despachado mais coisas para Peixinha — caixinha de areia, brinquedos, cama — do que para mim mesma. Afinal, do que eu precisaria? Estaria no teatro todos os dias, o dia todo. Não ia sair, não ia explorar a cidade — ia trabalhar.

— Eu me viro daqui em diante — falei, quase certa de que ele, sem pensar muito, se ofereceria para ajudar a levar minhas coisas para dentro.

Não era uma boa ideia.

— Certo — ele respondeu. — Te vejo amanhã no teatro.

O taxista esperou que eu terminasse de me atrapalhar com as chaves e destrancasse a porta, sem dúvidas a pedido de Cal. Usando o quadril para manter a porta aberta, dei um pequeno aceno.

O táxi não se mexeu. Não foi embora até que tudo estivesse do lado de dentro e a porta, fechada atrás de mim. Observei, da janela da frente, eles, enfim, dando partida.

Lembrei a mim mesma que era pura educação da parte de Cal aguardar até eu ter entrado. Que não era um sinal da excepcional bondade dele, ou uma coisa merecedora de elogios. Na verdade, todo ser humano deveria fazer isso para mostrar que se importava com a segurança alheia.

Cal era só um homem.

E eu não colocaria minha carreira em risco — de novo — para me aventurar com ele. Existem ditados a respeito de cometer o mesmo erro duas vezes. Cuja ideia principal é que aqueles que fazem isso são burros.

Além do mais, Cal não era *tão* gostoso assim.

Parecia bobagem tentar mentir para mim mesma.

Cal *era* bem gostoso, mas eu já tinha trabalhado com outros caras bonitos. Gravei clipes com homens seminus, todo mundo ensopado de água, e consegui manter a compostura. Até mesmo me agarrei com alguns deles em frente às câmeras e continuei profissional.

Vários deles eram gays, mas a ideia ainda valia.

Eu só precisava parar de pensar naquele beijo. Nas mãos dele. No cheiro dele.

Existiam outros homens que sabiam beijar. Que tinham mãos incríveis. Que também tomavam banho. Cal não era especial. Nem excepcional.

Ele não valia a dor. Nenhum tipo de dor.

E eu era capaz de me controlar. Era uma mulher-feita, dotada de autocontrole. Não era?

Não era?

CAPÍTULO 20

— COMO SE SENTE? — HARRIET PERGUNTOU.

Ela não estava olhando para mim — em vez disso, encarava os assentos vazios.

— Estranha — respondi. — E você?

— Bem estranha.

O cheiro era o mesmo. Uma mistura de cera para piso, ar estagnado e poeira. Era um teatro lindo, mas também parecia uma máquina do tempo. Foi ali que eu estive em pé, tantos anos atrás, cantando em nome do meu futuro.

O que eu diria para o meu eu de catorze anos, se pudesse? Que nós faríamos alguns desvios, mas em algum momento chegaríamos aonde era o nosso lugar. Exatamente onde tudo começou.

Ciclos se fechando, essa coisa toda.

Será que também era assim que Cal se sentia? Como se estivesse realizando o sonho daquela época?

Virei para Harriet, me perguntando se todos nós compartilhávamos da sensação de ter voltado para casa.

Mas minha amiga não parava de evitar meus olhos.

Todas aquelas promessas que fiz a mim mesma, de ver como ela estava, foram rapidamente esquecidas. No lugar disso, foquei em mim mesma. Em Cal. Naquilo que estava acontecendo entre nós, o que quer que fosse.

Eu era igualmente — se não mais — responsável por aquele distanciamento. Havia prometido ser uma amiga melhor e não fiz absolutamente nada para consertar um problema que só piorava.

— Parece minúsculo — comentei.

Nada como recorrer a uma conversinha-fiada com a pessoa que é sua melhor amiga há mais de vinte anos quando as duas estão se aproximando juntas do sonho de uma vida inteira.

— É — Harriet concordou. — Mas nós também estamos maiores.

Na minha memória, o palco, a plateia, o lugar todo, era imenso. Os bastidores eram um labirinto formado por milhares de trajetórias possíveis, com infinitos camarins e corredores lotados de materiais cênicos.

Agora, com Harriet e eu nos dirigindo para lá, para o cerne do teatro, seu tamanho parecia normal, talvez até um pouquinho apertado. Seguimos por um longo corredor, onde encontrei meu nome em uma porta.

Depois de dar alguns passos para o interior do meu camarim, me detive.

— Nossa — falei.

— Bem bonito — Harriet comentou, entrando logo atrás de mim.

Sem ver que eu tinha parado de andar, ela esbarrou nas minhas costas.

— Vamos olhar o resto do teatro — falei.

Mas ela já estava do lado de dentro.

— Olha só — ela falou.

Sobre a penteadeira, estavam um pote de varinhas de alcaçuz Red Vines e uma tigela cheia de balas de gelatina Swedish Fish. A tampa do Red Vines havia sido deixada levemente inclinada.

Ficamos paradas por um momento.

— Bem — Harriet disse —, de fato ele sempre teve uma boa memória.

Não falei nada. Não sabia o que dizer.

— É só uma gentileza — falei. — Aposto que ele deixou algo no camarim de cada um. Aposto que tem alguma coisa pra você... em algum lugar...

Ela me olhou.

— Não significa nada — insisti.

A expressão dela não melhorou.

— O que está acontecendo aqui? — Cal perguntou. — Alguém enfiou um pônei aí ou alguma coisa assim?

Ele tinha surgido no corredor, a cabeça inclinada para dentro do camarim.

— Estávamos só admirando as comodidades — respondi.

Gesticulei na direção da penteadeira.

— Ah — Cal falou. — Bem, tudo pela minha atriz principal...

Harriet pigarreou.

— Obrigada — eu disse. — Muito atencioso da sua parte.

— Disponha.

Por um instante, ficamos todos imóveis. Para fazer alguma coisa, estendi a mão e peguei um Swedish Fish.

— Perfeito — falei. E era mesmo.

Cal *realmente* tinha uma boa memória.

— Apertei cada um dos peixes, só por precaução — ele disse.

Pausei com o peixe de gelatina a meio caminho da boca.

— Não se preocupe — ele falou. — Eu não tenho micróbios.

Encaramos um ao outro. Eu comi o Swedish Fish. E, então, ele foi embora.

— Merda — Harriet disse, uma vez que Cal tinha se afastado.

— Xiiu — falei.

Eu sabia exatamente o que estava se passando pela cabeça dela.

— Kathleen — seu rosto estava alvoroçado —, você não pode transar com ele.

Maldito Cal. No que ele estava pensando?

— Harriet! — Fechei a porta do camarim. — Que tal não falar isso em um lugar conhecido pelas paredes finas e fofoqueiros?

Uma notícia nunca corria mais rápido do que nos bastidores.

— Desculpe. Mas você não pode. Sabe disso, não sabe?

Pelo menos, ela estava falando comigo de novo. Não era o tipo de conversa que eu queria ter, mas não era mais uma conversa-fiada, e ela não estava evitando meus olhos. Na verdade, me encarava com intensidade até demais.

Podia jurar que ela estava assistindo aos meus pensamentos em toda a sua exatidão, que, infelizmente, consistiam em uma reprise em câmera lenta *daquele beijo*.

Tentei me fazer de despreocupada.

— Ele me deu doces — falei —, não um bilhete safado com uma cueca.

A ideia fez Harriet torcer o nariz.

— Não são só doces.

— Você está sendo exagerada.

— Ah, é mesmo? — ela perguntou. — Não ouviu o que ele disse? Não foi uma coisa que ele pediu para a assistente fazer, foi *ele* que organizou isso aqui.

— Ele encostou na minha comida — falei. — Que nojo.

— Nojenta é a sua obsessão com doces amanhecidos — Harriet retorquiu. — O que o Cal fez foi atencioso.

— Ele é um cara atencioso.

Aquilo, ao menos, era verdade. E fez com que Harriet parasse para pensar.

— Além do mais — emendei —, ele sabe que eu sou uma diva que precisa ser paparicada.

Ainda assim, a expressão da minha amiga era de preocupação. E eu fazia uma boa ideia de em que ela estava pensando. Só não conseguiria ouvi-la falar em voz alta.

— Por favor, Kathleen — ela pediu. — Nós duas nos esforçamos demais...

Merda.

— Eu. Não. Vou. Transar. Com. Ele.

Harriet não parecia convencida, e eu realmente não tinha direito algum de me sentir indignada, mas isso não me impediu.

Mesmo que ela tivesse bons motivos para se preocupar, eu odiava o fato de esses motivos existirem. O fato de ela não confiar em mim.

Mas, pensando bem, eu não estava havia pouco me perguntando se podia confiar em mim mesma?

— Eu sei quanto essa peça é importante — falei. — E o Cal também. Nós nunca faríamos uma coisa que colocasse tudo isso em risco.

— Não de propósito — Harriet respondeu.

Sempre suspeitei que ela me julgava pelo que aconteceu tantos anos antes com Cal. Que, mesmo que tivesse ficado do meu lado e me apoiado, ainda pensava menos de mim por conta daquilo. Eu não podia culpá-la, mas ainda doía. Bastante.

— Nada vai acontecer — insisti. — São só doces.

Mas não eram só doces. Esse era o problema. Era história, intimidade, afeto.

Harriet balançou a cabeça, mas continuou mordendo o lábio. Eu não a tinha convencido nem um pouquinho. De repente, não consegui mais dividir aquele espaço apertado. Teria pagado para voltarmos à conversinha-fiada artificial, no lugar de encarar aquele julgamento.

— Acho que preciso de um momento — falei. — Sozinha.

— Ok — Harriet respondeu.

Ela não me olhou nos olhos; pude sentir o abismo entre nós duas se alargando. A desconfiança crescendo. Aquela sempre tinha sido a minha única constante — Harriet e a confiança que ela tinha em mim. Mas, agora, eu via que até mesmo isso era frágil. Até mesmo isso poderia se quebrar.

Me joguei no assento atrás de Cal. Todo o restante do pessoal se preparava para o primeiro ensaio no novo espaço. Mas eu precisava resolver um assunto. Imediatamente.

— O que está fazendo? — perguntei.

Ele não ergueu os olhos do roteiro nas suas mãos.

— Meu trabalho. Dirigindo a peça — ele respondeu. — Falando nisso, você não deveria estar nos bastidores, esperando a sua deixa?

— Os doces, Cal — falei. — Que porra foi aquela?

— Que jeito interessante de agradecer.

— A Harriet acha que estamos transando — informei. — Ou que vamos transar a qualquer momento.

Ele baixou o roteiro no mesmo instante e se virou para mim.

— Qual o seu problema? — ele sibilou. — Fale baixo.

Joguei as mãos para o alto, frustrada.

— Ah, *agora* você se importa com discrição.

Pude ver uma veia pulsando na têmpora dele.

— Deixar doces no seu camarim não é a mesma coisa que gritar em um teatro com uma boa acústica.

— Eu não estava gritando — falei. — Não invente uma situação em que eu sou a histérica e você, o normal.

Cal não disse nada, mas sua expressão traía que era exatamente naquilo que ele estava pensando.

— Nós *nos detestamos* — falei.

— Não é verdade.

Ele baixou os olhos para a minha boca. Meus joelhos ficaram trêmulos. Quis dar um tapa nele.

— Bem, *eu* detesto você.

— Não detesta, não — Cal falou. — Acho que você, na verdade, gosta de mim.

— Não seja ridículo.

Mesmo depois do beijo, nós ainda conseguimos manter certa distância um do outro durante os ensaios, conversando apenas o necessário e trocando o mínimo de palavras possível. Eu segurei minha língua. Muito.

Ele deu de ombros.

— As coisas mudam.

— Porque você me beijou — eu disse.

— Acho que foi *você* que *me* beijou — ele retorquiu.

Estava quase pulando a fileira de assentos para enforcá-lo. Ele não estava levando o assunto a sério.

— Não importa — falei, entre dentes. Importava muito, na verdade; ele estava errado, mas eu não tinha tempo para lidar com aquilo no momento. — Você está me tratando diferente por causa daquilo.

— Kathleen — Cal disse —, nós não fomos profissionais. O *beijo* não foi profissional.

— Eu sei.

Não gostei daquele tom de voz. Não precisava que falassem comigo como se eu fosse uma criança malcriada. Na verdade, o comportamento dele tinha sido tão inapropriado quanto o meu — talvez até mais.

— A minha esperança era começar do zero — ele continuou. — Tratar essa nova fase como um reinício.

Como se fosse tão fácil assim. Como se umas merdas de docinhos fossem o necessário para que tudo ficasse bem.

— Tudo que você conseguiu foi deixar a Harriet desconfiada.

— Você não contou pra ela do beijo?

— Não! É lógico que não. Não contei pra ninguém. — Olhei para ele. — Você contou?

— Não. Mas você e Harriet são... próximas.

— Ela é minha melhor amiga. E, caso você não se lembre, a única pessoa que ficou do meu lado depois que tudo aconteceu.

Pude ver a mandíbula de Cal ficar tensa. Era óbvio que ele não gostava de ser lembrado daquilo. Sem dúvidas, contrariava a ideia de um "cara legal" que tinha de si mesmo. Eu não ligava muito, no momento.

— Exato — ele disse. — Imaginei que você contasse tudo pra ela.

— Bem, acontece que não conto — falei. — E fico feliz de não ter contado, porque os doces por si só foram suficientes pra fazer ela surtar pensando que eu... que nós vamos colocar a peça em risco.

Deus. Dizer aquilo em voz alta fazia tudo doer ainda mais.

— Isso não vai acontecer — Cal afirmou. — Foi só um beijo. Não vai acontecer de novo.

Ele parecia confiante, mas continuava encarando minha boca.

— Nada de doces — falei. — Nada de tratamento especial.

— Eu só estava tentando ser legal.

— Bem, pode parar com isso — retorqui. — Você não é legal.

— Sou, sim — ele insistiu.

— Não comigo.

Ele considerou a questão.

— Tudo bem. Nada de doces.

Tudo que eu podia fazer era torcer para que fosse simples assim.

NA ÉPOCA

CAPÍTULO 21

— TEM CERTEZA DE QUE É ASSIM QUE VOCÊ QUER PASSAR SEU ANIVER-sário? — Harriet perguntou.

— Pela última vez — falei —, sim. É exatamente o que eu quero fazer hoje à noite.

Ela deu de ombros e subiu na cama, sobre a qual eu tinha distribuído uma infinidade de doces e pipoca. Estávamos em Edimburgo, fazia um frio maravilhoso lá fora, Harriet tinha vindo de Nova York, eu tinha aquela noite de folga e planos muitíssimo específicos para o que fazer com ela. Que envolviam, principalmente, comer muito e não sair da suíte de luxo onde haviam me posto.

— Pelo visto, os garotos não vão vir? — Harriet perguntou.

— Eu convidei todos — falei. — O LC disse que talvez desse um pulinho aqui.

Eu estava tentando fazer com que Harriet e LC passassem mais tempo juntos. Quanto melhor o conhecia, mais me convencia de que os dois dariam um ótimo casal. Ele era bonito e inteligente — e também adorava história — e, além de Cal, o único dos meninos que não revirava os olhos e fingia vomitar toda vez que eu falava de musical.

— Kathleen — Harriet sacudiu a cabeça —, eu não preciso de um namorado. Especialmente um namorado que fica em turnê o ano inteiro.

Sabia que ela tinha razão nesse ponto, mas também esperava no fundo que, se ela começasse a namorar LC, suspenderia os planos de Nova York e viajaria com a gente pelo restante da turnê. Eu sentia falta dela. Muita.

Tudo era mais fácil quando ela estava por perto.

Com Harriet comigo, Ryan não reclamava por eu ficar junto de Cal. Quando éramos nós três, as coisas eram simples. Divertidas. E não ficavam tão esquisitas quando Ryan queria se juntar a nós — conseguíamos transicionar para um quarteto com certa facilidade.

Mas, com Harriet de volta a Nova York, Ryan começou a se mostrar irritado com a frequência com que eu andava com Cal. A situação se tornou "ou um ou outro". Eu podia estar com Ryan, ou podia estar com Cal — mas com os dois ao mesmo tempo, não.

Ouvi uma batida na porta.

— Talvez seja o LC — falei.

Harriet estava recostada na cama gigante do hotel, lendo uma *Cosmo*.

Minha foto estampava a capa.

Não era LC na porta. Era Cal.

— A noite de filmes ainda tá de pé? — ele perguntou.

— Você sabe que só vamos assistir a um monte de musicais, né?

— Foi o que me prometeram.

Ryan tinha se recusado a ir.

Não vou passar horas assistindo a um monte de gente cantando, ele havia dito. *Mas talvez a gente possa fazer alguma coisa especial, só nós dois, pra comemorar seu aniversário.*

No entanto, ele não deu nenhuma sugestão, e imaginei que, provavelmente, me compraria um cupcake ou algo assim no dia seguinte. Ele não era muito bom em se lembrar de coisas desse tipo.

— Eba! — Harriet exclamou quando viu Cal.

— Ao que vamos assistir primeiro?

Me virei para ele, que estava colocando a tampa de um pote de alcaçuz de volta.

— Ei, ei, ei! — falei. — O que você tá fazendo?

Ele se afastou, as mãos erguidas.

— Só tentando impedir que o doce fique murcho.

Estalei os lábios em desaprovação, abraçando o pote de Red Vines.

— Coitadinho do Cal — eu disse. — Ninguém te ensinou que o melhor jeito de comer Red Vines é depois de ficarem um pouquinho murchos?

— Err, não — ele respondeu. — Minha família prefere coisas fresquinhas.

Desenrosquei a tampa e segurei o pote aberto na direção dele.

— Experimenta — falei. — Mude sua vida.

Cal puxou um tubinho vermelho do meio da porção e o comeu.

— Bem — ele disse. — Acho que você tem razão.

— Isso aí! — Ergui o punho no ar. — Digo... é óbvio que tenho razão.

— Ele tá mentindo — Harriet disse.

— Não tá, não — falei.

Olhei para Cal, mas ele estava analisando o restante dos doces na cama.

— O que é isso? — ele perguntou.

— Swedish Fish.

— É o doce preferido da Kathleen — Harriet falou.

— É mesmo — concordei. — Mas tem que ser dos firmes, não dos molengos.

— Ela aperta um por um — Harriet completou.

Cal recolheu a mão, que ia na direção de um peixinho colorido de gelatina.

— Ah, deixa disso, vai — falei. — Não é como se eu tivesse micróbios.

Peguei um da parte de cima da tigela e entreguei a ele.

— É bom.

— Tão bom quanto Red Vines levemente murcho? — Cal perguntou, e percebi que Harriet tinha razão; ele estava falando para me agradar.

— Acredite ou não — falei —, é melhor.

— O que me lembra... — Cal pôs a mão no bolso. — Trouxe um presente de aniversário para você. Que talvez deixe esses doces com um sabor ainda mais incrível.

Ele puxou um baseado.

— Puta merda — Harriet falou, deixando a revista de lado e pulando da cama. — Você é um gênio.

O elogio o fez sorrir.

— Que tal começarmos essa festa? Qual filme vamos ver primeiro?

Eu esperava que ele fosse reclamar e voltar atrás quando soubesse que o plano era assistir a um punhado de coisas nostálgicas e nerds. Minha ideia era começar com *Extra! Extra!*, passar para *Grease 2* e encerrar com *Into the Woods*. Eu realmente não podia culpar Ryan por não querer ficar uma noite vendo os três de uma vez.

Mas Cal nem sequer piscou. Em vez disso, acendeu o baseado, puxou uma cadeira para o lado da cama e se acomodou.

Não demorou para a erva fazer efeito.

E ele tinha razão — *realmente* o baseado deixou os doces mil vezes melhor. Era como se eu os estivesse experimentando pela primeira vez. Não conseguia parar.

Além disso, eu tinha evitado guloseimas durante quase toda a turnê; em geral, elas me enchiam de acne, mas, naquela noite, não me importava. Se eu acordasse no dia seguinte com o rosto cheio de espinhas, teria valido a pena.

— Por que os homens ficam tão gostosos de suspensório e com as mangas da camisa arregaçadas?

— Acho que é só o Christian Bale — Harriet comentou.

Sacudi a cabeça.

— Sem chance. — Apontei para a tela. — Eles todos são gostosos. — Me virei, olhando na direção de Cal. Minha cabeça parecia muito pesada. — Vocês deviam fazer um número inspirado em *Extra! Extra!*. As fãs ficariam ma-lu-cas.

A verdade era que a CrushZone não precisava de ajuda alguma naquele aspecto. A popularidade do grupo havia catapultado e o público deles aparecia cada vez mais nos shows, quase dividindo a plateia em metade de fãs meus e metade de fãs deles.

Parecia bem provável que, quando a turnê estivesse chegando ao fim, seria eu quem estaria abrindo os shows para eles. Isso me deixava animada por Ryan, Cal e os outros e, ao mesmo tempo, preocupada comigo mesma. Aquela indústria era volúvel, e a fama, passageira. Pelo menos era o que me diziam. Era difícil acreditar quando eu estava cercada de gente aonde quer que fosse e me apresentando para estádios lotados, mas sentia que as coisas estavam mudando.

Só não sabia bem o que fazer a respeito disso. Eu tinha ideias. Tinha planos. Mas nenhuma pista de como eles aconteceriam.

— Quem sabe, quando você pedir para coreografar o próximo clipe, pode incluir umas requebradas à la *Extra! Extra!* — sugeri.

Cal soltou uma risada pelo nariz.

— Pode apostar — ele respondeu. — Como anda a sua parte do combinado?

Sorri para ele.

— Na verdade...

Rolando da cama, fui até a cômoda e puxei uma caixa embrulhada, com o nome de Harriet escrito nela.

— O quê? — Harriet virou o pacote nas mãos. — É seu aniversário. Por que sou eu que estou ganhando presente?

Eu sabia que ela não se importava de verdade.

— É um presente para nós duas — expliquei. — Abre!

Eu quase não conseguia ficar parada enquanto ela rasgava o embrulho, pulando de joelhos na cama de hotel extra macia.

— É um CD — ela constatou, e olhou do outro lado. Seus olhos se arregalaram. — Ei. É a gravação que a gente fez das minhas músicas.

Não era profissional, de maneira alguma — éramos Harriet, eu e um piano —, mas tinha sido o bastante para usar como trunfo.

— Esse é o meu próximo álbum — anunciei. — Bem, meu próximo-próximo álbum.

Harriet olhou fixamente para mim.

— Você tá brincando.

— Você conseguiu? — Cal perguntou.

Me sentia exultante e onipotente.

E extremamente chapada.

Era incrível.

— Disse a eles que gravaria o álbum de Natal se este viesse em seguida.

— Isso aí! — Cal ergueu o punho.

— Você sabia disso? — Harriet não parava de virar a caixa do CD de um lado para o outro nas mãos, como se ela fosse revelar mais informações.

— Foi ideia dele — falei.

— Ai, meu Deus — Harriet disse. — Ai, meu Deus.

Ela apertou o CD contra o peito, os olhos brilhando.

Eu estava *tão* feliz.

— Vamos ouvir — Cal sugeriu.

— Sim! — Harriet pulou da cama. — Cadê o tocador?

De repente, fiquei inibida.

— A gente não precisa fazer isso — falei.

— Ah, precisamos, sim — Cal respondeu. — Você tem uma dívida comigo.

— Uma dívida com você? — perguntei. — E quanto à sua parte do combinado?

— Do que vocês estão falando? — Harriet questionou.

Ela tinha encontrado o tocador.

— Só uma promessa que fizemos um ao outro — expliquei. — Eu faria pressão para gravar um álbum do jeito que queria se o Cal pedisse para coreografar o próximo clipe da CrushZone.

— Ou o próximo show — ele acrescentou.

— E então? — perguntei.

Ele baixou os olhos para o chão.

— Cal! — Dei um tapa no braço dele. — Você prometeu. Nós fizemos um juramento de mindinho! Não dá pra confiar em ninguém hoje em dia.

— Só que... — Cal disse. — Vocês estão olhando para o coreógrafo do clipe do *single* "Permissão para desembarcar".

Soltei um grito.

— Tá brincando?

— Eu levo juramentos de mindinho *muito* a sério — ele respondeu, não conseguindo manter o rosto sério.

Pulei da cama e nos braços dele, quase nos derrubando no chão. Eu o abracei com força.

— Estou muito orgulhosa de você.

— Também estou orgulhoso de você — ele disse, o queixo apoiado no topo da minha cabeça.

Seus braços estavam me envolvendo e traziam uma sensação tão boa. Eram tão fortes.

— Não dá pra acreditar! — Harriet falou.

Ela ainda estava concentrada no tocador, mexendo com o volume até que minha voz — baixa e vibrante, acompanhada apenas pelo piano dela — cresceu e preencheu o quarto.

Ficamos sentados, escutando. Diferente da ocasião em que mostrei o CD para Diana e a fiquei observando com toda a atenção, tentando prever a resposta em seu rosto antes que ela a vocalizasse, dessa vez fechei os olhos e fingi que não estava ouvindo a mim mesma.

As músicas eram bonitas, e minha voz estava bonita.

Só não era a voz de Katee Rose.

Tínhamos gravado as faixas em um espaço para ensaios com uma acústica mais ou menos, mas a música se sobrepunha à qualidade não tão extraordinária da gravação. Minha voz era proeminente, e eu conduzia cada canção com confiança e habilidade. O som era lindo. Denso, intrincado e firme.

— Uau — Cal falou depois de termos ouvido o álbum inteiro.

— Incrível.

Harriet sorriu de orelha a orelha antes de assumir uma expressão de surpresa ao se voltar para nós dois.

Foi então que percebi que ainda estávamos sentados com os braços em torno um do outro, meu corpo praticamente aconchegado no colo dele. Era estranho como não parecia nadica estranho. Como era normal ser abraçada daquele jeito. Por Cal.

Contra minha vontade, me desenrosquei e fiquei em pé.

— Acha que as pessoas vão gostar? — indaguei.

— Vão *amar* — Cal disse.

Ele se colocou de pé desajeitadamente, arrumando a calça jeans. Eu fazia uma boa ideia do que ele estava arrumando. Tinha sentido contra minha perna.

— Com licença — ele falou.

Harriet agarrou meu braço no instante em que ele saiu do quarto.

— Ai, meu Deus.

— Bom, não é? — perguntei.

— Estou falando de você e do Cal!

Fiz um sinal para que ela ficasse quieta.

— Acho que dá pra ele te ouvir.

Ela não parecia se importar, as mãos apertando meus braços com força.

— O que você vai fazer?

— Em relação a quê?

Ela me olhou, embasbacada.

— Em relação ao fato de que o Cal está perdidinho por você.

O mundo pareceu desacelerar até parar, tudo subitamente se movendo em câmera lenta.

— O quê? — perguntei, mas, no meu cérebro, a questão soou mais perto de *ooooo quêêêêê?*.

Harriet me lançou um olhar que era tanto de pena como de euforia.

— Ah, fala sério — ela disse. — Você sabe que ele sempre foi apaixonado por você, não é? Tipo, desde o acampamento de verão.

Eu balancei a cabeça.

— Nada a ver — falei. — Isso não é... verdade...

Mas eu não podia negar. Nunca tinha contado a Harriet o que aconteceu entre nós dois no telhado, naquela última noite do acampamento, e não sabia bem dizer o motivo. Ela era minha melhor amiga, e eu falava tudo para ela, especialmente naquela época. Mas, por alguma razão, guardei segredo.

— Ele não está apaixonado por mim — concluí.

Harriet me olhou.

— Além do mais, eu namoro Ryan — acrescentei, apesar de já fazerem horas que nem sequer pensava nele.

— Ah, é mesmo — ela falou. — Ryan.

Dei um tapa no braço dela. Sabia que Harriet não gostava muito de Ryan, mas ele *ainda era* meu namorado.

É verdade que ele não quis passar meu aniversário comigo, porque não suportava os filmes de que eu mais gostava. Tá, ele andava mesmo distraído ultimamente e sem muito tempo para mim. E, *de fato*, tinha me abandonado na festa de Halloween para puxar o saco daquele executivo, que nem sequer ofereceu a ele a chance de fazer uma audição, mas aquele era só o jeito de Ryan. Ele era focado. Motivado. E eu admirava aquilo.

— Você mostrou o CD para ele? — Harriet perguntou.

— Estava esperando para te contar primeiro — falei, mas era uma desculpa esfarrapada.

Não tinha nem mencionado o álbum para Ryan, muito menos dito que queria fazer as coisas de outra maneira. Até onde ele sabia, eu amava ser Katee Rose e estava pronta para continuar assim — cantando e me apresentando como ela, — pelo resto da vida.

— Eu vou contar para ele — afirmei.

Mas Harriet não parecia convencida.

— O Cal é um cara legal — ela disse, a expressão se tornando séria.

— Eu sei.

— Não o machuque.

Coloquei a mão no peito, como se fosse ela que tivesse me machucado.

— Eu nunca faria isso.

— Não de propósito — Harriet respondeu. — Mas acho que você não tem noção do seu poder. Especialmente em relação a ele.

Só que, sim, eu tinha noção.

Sabia que Cal me olhava quando achava que eu não perceberia. Sabia que ele passava mais tempo ao meu lado do que o aceitável. E que ele não saía com ninguém havia meses.

Era legal ser admirada. Dava uma sensação boa. Especialmente por alguém como Cal.

— Vou tomar cuidado — falei.

— Tomar cuidado com o quê? — Cal perguntou.

Ele tinha se aproximado praticamente de fininho.

— Nada, não — Harriet e eu dissemos juntas.

Não tinha ideia de quanto tempo fazia que ele estava ali — a erva parecia ter deixado tudo turvo e absurdo, incluindo o espaço e o tempo.

— Vamos ver mais um filme! — exclamei. — *Grease 2*?

Cal voltou para a cadeira, e Harriet e eu nos amontoamos na cama. O baseado foi aceso mais uma vez e o passamos entre nós enquanto o número de abertura começava.

— Uma das raras vezes que a continuação é melhor do que o original — falei.

Cal tossiu.

— Tá brincando? — ele perguntou. — Não é possível que você esteja dizendo que *Grease 2* é melhor do que *Grease*.

— Ah, estou, sim — respondi. — Muito melhor.

— Sem chance — ele discordou. — Travolta. Olivia. Stockard Channing! Quem poderia superar isso?

— As músicas são melhores. "Cool Rider"? "Score Tonight"? "Reproduction"?

— Acho que você ficou biruta — Cal falou. — Harriet?

— Foi mal — ela respondeu. — Estou do lado da Kathleen. E, já que estamos falando de continuações, acho que todos podemos concordar que *Mudança de hábito 2* é melhor do que o primeiro.

Cal jogou as mãos para o alto.

— Vocês duas ficaram malucas. Não sei se consigo ficar aqui ouvindo essa blasfêmia.

Foi divertido. Nós três discutindo sobre filmes e musicais. O aniversário perfeito.

Mas eu não conseguia tirar o aviso de Harriet da cabeça. A última coisa que queria era machucar alguém. Cal era meu amigo.

Só precisava parar com as olhadinhas secretas e passar menos tempo a sós com ele. O que quer que eu estivesse sentindo, provavelmente era apenas um afago no ego — ter um cara como Cal gostando de mim —, e Harriet estava certa, eu precisava ter cuidado.

Não seria tão difícil, certo?

AGORA

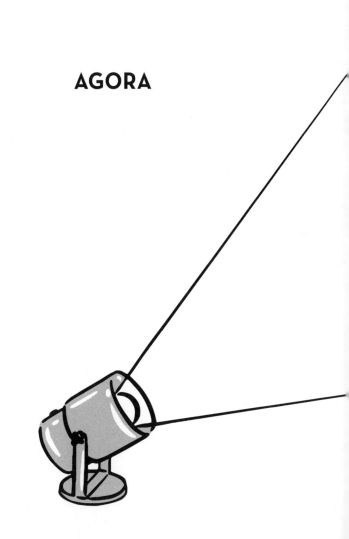

CAPÍTULO 22

— COMO ESTÁ O CAIMENTO?

Estiquei os braços, testando os ombros do meu figurino.

— Bom — falei para Morgan, a figurinista. — Um pouquinho largo aqui atrás, mas o resto está perfeito.

O que era um feito por si só, considerando que meus peitos geralmente exigiam tratamento especial para caber na maioria das roupas.

Tinham tirado minhas medidas, e o vestido abraçava minhas curvas, mas não as comprimia.

— E a peruca? — ela perguntou, fazendo anotações em sua prancheta.

— Coçando pra caramba.

— Então está ótima.

Trocamos sorrisos.

— Você está ótima — Morgan falou.

— O figurino é lindo — respondi.

Era para o último número de Peggy. Exceto na abertura e no encerramento, o elenco passava boa parte da peça usando macacões azuis como uniformes, os cabelos presos para trás com aquela bandana icônica de Rosie, a Rebitadora. Aquele era um momento "uh-lá-lá" para minha personagem — no qual sua sexualidade estava à mostra, e os temores de todos a respeito disso vinham à tona.

Peggy era perigosa e selvagem, e assustava as outras mulheres ao mostrar o que estava disposta a fazer para conseguir o que queria. Até que elas percebiam qual, na verdade, era esse objetivo. Porque Peggy não era a destruidora de corações e a ladra de maridos que suspeitavam que fosse. Era uma mulher que fingia não ser judia, saindo toda noite com um homem diferente para guardar dinheiro e conseguir tirar a família da Europa ocupada pelos nazistas.

Ela era mercenária e implacável, tudo isso embrulhada em um casaco de pele falsa e um vestido justíssimo, além de cachos loiros perfeitos e pernas até não poder mais.

Eu conseguia me identificar com ela. De certa forma.

Fazia um bom tempo que havia deixado de ser loira — mesmo que o branco brilhante da peruca lembrasse mais Marilyn, eu ainda tinha a sensação de estar olhando para a minha versão mais jovem.

— Olá, senhorita Rose.

Aparentemente, eu não era a única que pensava assim.

— O que acha? — Morgan perguntou ao Cal.

Dei a voltinha de praxe, a saia do vestido se esvoaçando ao meu redor. Estava ciente de que, combinado com meus sapatos de dança, aquilo deixava minhas pernas incríveis.

E, como era de esperar, Cal deu uma boa olhada nelas.

— Está ótimo — ele disse. — Um trabalho fantástico, Morgan.

Ela abriu um sorriso enorme e orgulhoso.

— Estão todos prontos? — perguntei.

Cal assentiu.

Aquela não era apenas a primeira prova dos nossos figurinos, mas também a primeira oportunidade de vê-los sob a iluminação de palco.

Enquanto seguia Cal até lá, notei que ele estava com olheiras. Olhando rápido uma segunda vez, vi que, no todo, ele parecia exausto pra caramba.

— Tudo bem por aí? — perguntei.

Ele me olhou de lado.

— Tudo certo.

Estávamos sendo dolorosamente educados um com o outro desde a chegada a Rhode Island. Vários "bom dia" e "como você está?" e "que legal, não é?" e "espero que tenha uma ótima noite". A conversa mais banal era também a mais segura. Nos impedia de torcermos o pescoço um do outro. Ou de tentarmos mordê-lo.

E ele tinha um pescoço incrível. *Muito* mordível.

— Você está com uma cara péssima.

— Obrigado — ele respondeu, esfregando os olhos. — Não tenho dormido muito bem. Que bom que dá pra notar.

— Algum problema?

— Não — ele falou e, em seguida, se corrigiu. — Nada com que você precise se preocupar.

Estávamos nas coxias, mas o agarrei antes que ele pudesse pisar no palco.

— O que isso quer dizer?

Ele abaixou os olhos para o ponto em que minhas mãos estavam segurando o braço dele. Eu o soltei.

— Eu não devia ter dito nada.

— Bem, agora é tarde demais.

Ele suspirou, olhou ao redor e abaixou a voz.

— A venda dos ingressos estagnou. Esgotamos a primeira semana, mas o restante da temporada...

Ele fez um gesto de frustração.

— Bem, ainda temos tempo, não é? — questionei, mas pude sentir a mordida afiada do pânico na base da minha espinha.

— Temos. E vai ficar tudo bem. É só que... — Ele passou a mão pelos cabelos. — Eu realmente não devia ter falado nada.

— Não vou abrir a boca pra ninguém.

Havia mais um milhão de perguntas que eu queria fazer, mas ele já estava no palco, então só o segui.

— Certo — Cal falou. — O número da Peggy. Vamos ver como fica.

Ele pulou do palco e subiu o corredor para assistir da plateia. As luzes mudaram, indo do branco neutro para um brilho amarelo suave. O número acontece de manhã cedo, quando as outras trabalhadoras flagram Peggy voltando para casa depois de um de seus "encontros". Elas fazem as suposições já esperadas e voltam para dentro, deixando-a sozinha.

Cal queria que passasse a impressão de que o sol estava nascendo, o que exigia que a iluminação mudasse em momentos específicos durante a interpretação. Nós repassamos o número, definindo a sincronização das luzes. Era um processo lento, cheio de paradas e retomadas, mas eu sabia que valeria a pena quando tudo estivesse arrematado.

— Ok — ele disse, uma vez que os ajustes estavam feitos. — Vamos mais uma vez do começo ao fim e ver como fica tudo junto.

— Eu posso só cantar a música — rebati.

Era uma música maravilhosa. Eu amava cantá-la. E parte de mim queria ouvir como ela ficaria no teatro pela primeira vez. Com a iluminação. Com o figurino.

— Eu posso tocar — Harriet acrescentou.

Ela estava sentada na plateia junto de Taylor e Mae, mas se dirigiu até o fosso da orquestra para se sentar ao piano.

Talvez aquilo significasse que quaisquer tensões entre nós duas finalmente estavam desaparecendo.

— Se não te preocupar forçar demais a voz — Cal falou —, tenho certeza de que ninguém vai dizer não.

— Nem mesmo você? — perguntei.

— Nem mesmo eu.

Sua resposta não tinha o mesmo peso das nossas "discordâncias" anteriores.

— Bom, senhor diretor — falei. — Me dirija.

INTERVALO

AS NOTÍCIAS SE ESPALHARAM PELO ACAMPAMENTO COMO UM incêndio. *Não havia segredos entre campistas.*

— Você ficou sabendo? — *Harriet parecia radiante de alegria.*

— *A Rachel foi expulsa!*

— *O quê?* — *Olhei ao redor na cantina, esperando vê-la ali, no canto em que costumava ficar junto das amigas populares.*

Em vez disso, apenas as garotas estavam ali, e pareciam desoladas e impotentes sem sua líder. Embora continuassem me lançando olhares mortais.

— Como? Por quê? — *perguntei.*

Harriet deu de ombros.

— Bom, ela estava bebendo e é menor de idade.

— *Você contou para os orientadores sobre a vodca que ela estava bebendo?*

— Não! — *Harriet respondeu.* — Você contou?

— Não.

Pensei em contar, mas imaginei que Rachel pensaria que tinha sido Harriet, e não queria deixá-la em apuros.

— Bom, eles descobriram — *ela apontou com o polegar na direção da porta* —, e ela caiu fora.

— *Minha nossa* — *falei.* — *Então sonhos podem mesmo se realizar.*

Harriet deu uma risadinha, e não pude evitar de me juntar a ela.

— Kathleen Rosenberg. — A sra. Spiegel, uma das instrutoras, apareceu de repente ao lado da nossa mesa. — Me acompanhe.

Harriet e eu nos encaramos, os olhos arregalados. Será que ela tinha nos ouvido? Eu estava prestes a ser expulsa por não ter denunciado Rachel?

Eu a segui para fora da cantina e em direção às salas de ensaio. Não queria alimentar esperanças, mas imaginei que, se fossem me expulsar, me levariam para a secretaria. A sra. Spiegel não falou nada, então também me mantive em silêncio, conseguindo, de alguma maneira, conter um arquejo de emoção quando ela empurrou uma das portas, revelando...

Cal. Kirby.

Ele estava de pé na sala de ensaio, ao lado do piano. Seu cabelo parecia muito bagunçado e cheio de brilho, as maçãs de seu rosto queimadas de sol e cobertas de sardas. Suas mãos estavam espalmadas sobre as partituras, e eram mãos muito, mas muito bonitas.

— Com certeza, você já soube das notícias lamentáveis — a sra. Spiegel falou.

— Hã?

— Sobre Rachel James.

— Aham — respondi.

Ainda estava encarando Cal.

Ele tinha erguido os olhos quando entramos, mas agora já tinha voltado a examinar uma partitura.

— Foi decidido que você vai assumir o lugar dela na apresentação — a sra. Spiegel continuou. — Um solo e um dueto com Cal.

Levou um momento para que eu absorvesse aquelas palavras.

— Senhorita Rosenberg? — a instrutora perguntou quando não reagi. — Quer as músicas ou não?

— Quero — respondi. — Quero, sim. Com certeza.

— Ótimo — ela falou. — Você está atrasada, mas, se tivermos alguns ensaios extras, deve se sair bem.

— Certo.

— Vou deixar que vocês se conheçam um pouco — a sra. *Spiegel* continuou. — *Repassem a música algumas vezes e, então, voltarei para dirigi-los.*

Cal tinha finalmente me concedido sua atenção, mas era impossível ler sua expressão. *Ele estava feliz por eu substituir Rachel? Estava irritado por agora precisar ensaiar mais? Estava com sono? Com fome? Eu não sabia dizer.*

— Oi — ele disse, enquanto me aproximava do piano. — Sou o Cal.

— Kathleen.

Demos um aperto de mãos. A pele dele era bem quente. Um pouquinho áspera, mas não muito. Como se brincasse com galhos, madeira e coisas do tipo, mas ainda lavasse as mãos depois. Gostei daquilo.

Foi então que me dei conta de que eu nem sequer sabia qual dueto Cal e Rachel haviam sido escolhidos para apresentar. Baixei os olhos para a partitura.

— Ah — falei. — Eu gosto dessa música.

Era "Easy Street", do musical Annie.

— É — Cal disse. — Eu também. Já assistiu à peça?

— Só o filme — respondi. — E você?

Ele deu de ombros.

— Vi uma companhia itinerante apresentar. Foi bem legal.

— Pois é — falei, como se eu soubesse.

— Me lembro da sua audição — ele disse. — Você foi muito bem.

— Obrigada. Você cantou um pouquinho abaixo do tom.

Não acreditava no que tinha acabado de dizer. Qual era o meu problema? Ele tinha mesmo cantado abaixo do tom — mas que tipo de otária fala uma coisa dessas em voz alta?

— Me desculpe.

Cal estava me encarando fixamente. Então, explodiu em gargalhadas logo em seguida.

— Não tem problema.

— Não tive intenção de falar assim.

— Eu cantei um pouco abaixo do tom mesmo — ele respondeu. — Mas também sou um dos cinco caras aqui, então acho que não fez muita diferença.

Havia mais de cinco caras no acampamento, mas era verdade que a relação de homens e mulheres era bem desproporcional. E ele estava certo — nenhum dos garotos impressionou tanto quanto as garotas, mas Cal se saiu melhor do que a maioria. A despeito de algumas falhas.

— Prometo que vou fazer melhor na apresentação — ele disse.

— Ótimo — respondi, antes de perceber como tinha soado rude. — Digo... com certeza nós dois vamos fazer melhor.

Mas Cal estava balançando a cabeça, felizmente ainda sorrindo.

— Você não tem papas na língua, não é?

— Isso aqui é muito importante para mim — falei. — Eu preciso impressionar os olheiros.

Cal me olhou e, então, acenou com a cabeça.

— Certo — ele disse. — Acho que a gente consegue fazer isso.

AGORA

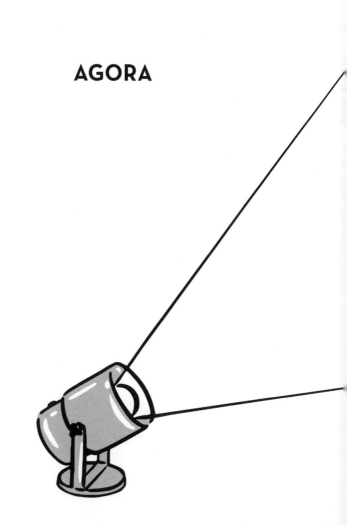

CAPÍTULO 23

PUXEI MEU AGASALHO COM MAIS FORÇA EM TORNO DO CORPO, parada na porta do prédio onde Harriet havia alugado um espaço em Rhode Island, esperando que ela atendesse à porta. No reflexo nas janelas, conseguia ver a neve caindo. O céu tinha estado cinza durante toda a manhã, lotado de nuvens, mas só começou a ficar com jeito de inverno quando eu já estava na metade do caminho.

Se as coisas não estivessem tão esquisitas nos últimos tempos, conseguiria facilmente imaginar eu e Harriet dividindo um apartamento durante as apresentações-teste, ou no mínimo ficando no mesmo prédio ou no mesmo quarteirão. Em vez disso, ela estava a uns bons vinte minutos de caminhada de mim, o que só fui descobrir naquele dia, já que ainda não a tinha visitado.

A porta se abriu.

— Caramba — Harriet falou. — Tá começando a nevar pra valer, não é?

Ela se afastou para que eu tirasse minhas botas no capacho e arrancasse o casaco e o gorro. Ainda que a casa estivesse aquecida, senti um arrepio, e meu cabelo levemente úmido devido à caminhada.

— Estou sentindo que o ensaio vai ser cancelado amanhã.

— Nem me lembro da última vez que tive um "dia de neve" de respeito — ela respondeu.

— Sua casa é bem bonita.

Era mesmo. Bem a cara da Harriet. Ou ela tinha trazido junto uma boa parte de seus álbuns, ou tinha encontrado um lugar que podia ser alugado por curto prazo e contava com uma coleção própria impressionante. O toca-discos, no entanto, era o dela, o que não me surpreendia nem um pouco. Seu amor pela música vinha do pai; e o amor pela história, da mãe. Motivo pelo qual as pilhas gigantescas de livros espalhadas pelo chão também não eram uma surpresa.

— Fazendo pesquisas para o próximo projeto?

Ela deu de ombros.

— Talvez. Estou mais procurando inspiração.

Tudo ainda parecia muito forçado entre nós duas, mas não era mais completamente unilateral. Estaria mentindo se não admitisse que também tinha fugido um pouquinho dela nos últimos tempos. Depois de todo o negócio dos doces no camarim, eu havia enxergado uma versão de mim mesma nos olhos dela, e não gostei nada daquele reflexo.

Se era minha culpa ou dela, ainda estava em aberto.

Mas estávamos tentando. Aquela noite, ao menos, era uma tentativa. Um jantar e um filme, só nós duas. Como nos velhos tempos.

Na época em que vivi em Nova York por causa do *Só Talentos*, Harriet era uma das minhas únicas amigas. A família dela morava no Harlem, então, depois de um longo dia de filmagens, eu ia até a casa deles e filava um prato de comida caseira e uma vida em família de faz de conta.

Meus próprios pais, que nunca entenderam por completo por que eu fazia o que fazia, estavam do outro lado do país, no norte da Califórnia. Também estavam "extremamente decepcionados" com as minhas escolhas, começando com ir ao acampamento Curtain Call, seguido por aceitar o trabalho como dançarina no *Só Talentos* e, por fim, ter me emancipado, por recomendação de Diana.

Eu não estava sozinha, mas, ao mesmo tempo, meio que estava.

Exceto por Harriet e a família dela.

— Que cheiro maravilhoso — falei, seguindo o aroma até a cozinha. — É *gumbo*?

— Só podia ser.

Durante os meses de inverno, nós costumávamos comer uma tigela depois da outra daquilo. Sentir aquele cheiro era como voltar à adolescência. Só que sem a parte dos hormônios irritantes criando problemas.

— Vinho? — Harriet ofereceu.

Ela já tinha servido uma taça para si mesma e, julgando quanto restava na garrafa, eu podia inferir que aquele era a segunda taça dela. Não me importava. Harriet era uma bêbada acolhedora e sonolenta.

— Aceito.

— Estava pensando que poderíamos assistir a um clássico hoje — ela disse ao encher nossas tigelas com o ensopado, repleto de camarão e quiabo. — *Vem dançar comigo*, que tal?

— Faz anos que não vejo — respondi. — Por mim, está ótimo.

Ela podia ter dito que queria assistir a vídeos de cachorros caindo da cama no YouTube, e eu teria respondido que sim. Queria que deixássemos aquela briga, ou o que quer que fosse aquilo, para trás, e estava preparada para concordar com praticamente qualquer coisa.

Mas assistir a *Vem dançar comigo* não era nada difícil de fazer. Foi um filme a que assistimos juntas diversas vezes, e era legal que tivesse sido a escolha de Harriet naquela noite. Se ela estava se sentindo nostálgica, era um bom sinal.

Levamos nossas tigelas para a sala de estar e, sem trocar uma palavra, nos sentamos no chão em frente à mesinha de centro, as costas apoiadas no sofá. Era assim que sempre comíamos nas noites de filme, porque a mãe de Harriet teria nos matado se derrubássemos comida no sofá dela.

— Com todo o respeito a *Moulin Rouge* e *Romeu + Julieta* — ela falou —, mas esse é o melhor filme do Baz Luhrmann.

— Concordo plenamente — eu disse. — E o Scott girando nos joelhos e se levantando devagarzinho na frente da Fran na última dança? Um tesão.

— Nada mau pra um cara hétero — Harriet concordou.

Eu estava na metade do meu segundo prato de *gumbo* quando a campainha tocou. Harriet estava na cozinha pegando outra garrafa de vinho, então me ergui e fui até a porta.

— Você está esperando alguém? — eu gritei para ela, olhando pela janela.

Cal.

Abri a porta.

— O que você está fazendo aqui? — perguntei.

Ele parecia tão confuso quanto eu. Olhou para o próprio celular, depois para o número acima da porta e, por fim, de volta para o celular.

— Pensei que aqui fosse a casa da Harriet — ele disse.

— Cacete — Harriet falou, atrás de nós. — Eu me esqueci completamente.

— Posso voltar outra hora.

Foi então que vi quanta neve estava caindo, e também que os ombros do casaco dele estavam molhados. Assim como o cabelo. Suas orelhas e seu nariz estavam vermelhos, e ele tremia de leve. *De fato*, estava congelando do lado de fora.

— Venha pra dentro — falei.

— Sim, senhora.

Podia ter jurado que os dentes dele estavam batendo.

— *Gumbo*? — ofereci.

— Está quente?

— Está, sim — respondi. — Fervendo, eu diria.

— Então pode derramar tudo em cima de mim.

Tentei não imaginar aquilo. Na vida real, provavelmente seria bem esquisito, talvez grudento, e nada sexy. E doeria. Na minha fantasia, contudo...

— Sinto muito — Harriet repetiu. — Esqueci completamente.

A boca dela estava vermelha de vinho, seus olhos levemente desfocados. Mais uma taça e ela estaria nos contando curiosidades esquecidas da história, acompanhadas de gestos descontrolados, antes de desmaiar. Eu conhecia bem seus estágios de embriaguez.

— Está tudo bem — Cal disse. — Eu posso voltar depois.

— Sem chance — respondi. — Está nevando forte demais para qualquer um sair daqui.

Todos olhamos pela janela da frente, para a neve que não parava de cair. Já havia pelo menos cinco centímetros acumulados na cerca.

— Você acertou — falei para Harriet. — Dia de neve.

Pegamos uma tigela de *gumbo* para Cal, que tirou as meias e o suéter úmidos e foi pendurá-los no banheiro de Harriet. Seus jeans também estavam molhados, mas eu é que não ia falar que ele os tirasse.

— O que está fazendo aqui? — perguntei.

— A gente ia trabalhar numas alternativas para a abertura do segundo ato — Harriet explicou. — Mas eu me esqueci totalmente.

— Não se preocupe — Cal falou. — Não acho que tenha nada de errado com a atual.

— Não está forte o suficiente — ela respondeu. — Tá meio *mé.*

— Bem, quando você coloca nesses termos... — Cal considerou. — Ao que estão assistindo?

Eu sabia que nenhuma de nós precisava responder àquela pergunta. Se tinha uma coisa que Cal conhecia, eram filmes com cenas de dança.

— Estamos quase chegando na melhor parte — falei.

— Quando ele gira de joelhos?

— Exato.

— Passinho complicado esse — Cal comentou. — Maneiro demais.

— Maneiro demais — Harriet ecoou.

Ela tinha se deitado no sofá atrás de mim e Cal, a mão brincando com meu cabelo. Era uma sensação boa, aquele toque reconfortante e macio, enquanto ela começava a adormecer. Eu sabia que seria complicado colocá-la na cama, mas Cal estar ali tornaria as coisas um pouquinho mais fáceis.

Assistimos até que os créditos terminassem e, quando a TV ficou em silêncio, o único som na sala eram os roncos suaves de Harriet.

— Acho que é melhor levarmos ela para o quarto — falei.

Cal estava olhando pela janela de novo.

— Como estão as coisas aí? — perguntei.

— Tudo bem — ele disse. — Acho que consigo voltar andando agora.

Mas não estava tudo bem. Só se via branco do lado de fora.

— Nem pensar. Vamos ficar aqui. A Harriet com certeza nos mataria se alguém tentasse ir andando para casa nesse caos.

Estava na cara que Cal queria discordar, mas eu também sabia que ele era esperto o bastante para reconhecer quando tinha perdido uma discussão.

— Posso dormir na cama da Harriet com ela — falei. — Já fizemos isso um monte de vezes. Você fica com o sofá.

Cal deu uma olhada para o sofá, em que ele mal caberia, mas novamente não abusou da sorte.

— Vou ver se consigo encontrar uns cobertores extras ou algo assim — falei.

— Eu levo a Harriet para o quarto. — Cal a ajudou a ficar de pé, vacilantemente.

Harriet murmurou alguma coisa e pôs os braços em torno do pescoço dele.

— Vou perguntar — Cal disse a ela.

Olhei para ele.

— Ela quer confirmar que você não a odeia — ele falou.

Senti uma pontadinha no coração. Eu sabia que Harriet estava bêbada e que, provavelmente, se referia a ter caído no sono durante o filme, mas... ainda assim, significava alguma coisa.

— Eu nunca a odiaria — respondi.

Cal acenou com a cabeça e saiu da sala, meio andando e meio carregando Harriet. Guardei o restante do *gumbo* e lavei a louça, observando a neve pela janela da cozinha. Era uma cena bonita, pacífica. Tudo silencioso e intocado, como um mundo novo em folha, ou o processo de criação dele.

A casa de Harriet estava quentinha e confortável e, embora eu quisesse me aninhar com Peixinha naquela noite, sabia que ela ficaria bem no apartamento aquecido, com minha cama supermacia toda para ela.

— Achei uns cobertores — Cal falou.

Ele os estava carregando empilhados nos braços.

— Ótimo — respondi, os pratos já lavados.

Ficamos parados no globo de neve que a cozinha tinha se tornado, olhando um para o outro. Eu não sentia um pingo de cansaço.

— Você precisa usar o banheiro ou algo assim? — perguntei.

Cal sacudiu a cabeça.

— Tudo em ordem — ele falou. — Eu vou só... — Ele indicou a sala de estar com o polegar.

— Uhum — concordei. — E eu vou... — Gesticulei para a direção de que ele tinha vindo, onde presumi que Harriet estaria.

Ela estava dormindo por cima das colchas, mas dei um jeito de rolá-la para um lado, puxar os cobertores para baixo, virá-la de volta e cobri-la. Em outros tempos, talvez eu também tivesse tirado seus jeans ou seu suéter, mas as coisas ainda não estavam tranquilas o bastante para aquele tipo de intimidade. O que tínhamos era uma paz indefinida, e eu não ia a colocar em risco.

Tirei uma parte das minhas próprias roupas e me deitei ao lado dela. Estava com minha camiseta e um shorts que peguei emprestado de uma gaveta. Passamos muitas noites assim no decorrer dos anos, não só quando adolescentes, no quarto da casa dela, mas também durante as turnês. As camas dos hotéis eram enormes e, às vezes, era legal ter alguém ali comigo, em vez de ficar completamente sozinha naquelas suítes imensas.

O fato de Harriet ser meio que um forno quando se tratava de calor corporal também ajudava. Era como ter um aquecedor portátil, o que se mostrava incrivelmente reconfortante no inverno.

Naquela noite, no entanto, eu não conseguia dormir. Fiquei deitada de barriga para cima, encarando o teto, no qual a luz dos postes do lado de fora criavam uma forma suave, quase ondulante, ao atravessar as cortinas. Era como estar debaixo d'água. Silencioso. Pacífico.

Até mesmo os roncos de Harriet tinham um ritmo calmante.

Minha mente não parava de pensar em Cal, no cômodo ao lado. O sofá era bem pequeno, mas ele também parecia cansado pra caramba, então eu esperava que tivesse conseguido cair no sono.

Devo ter feito o mesmo, porque, em algum momento, acordei sentindo uma sede inacreditável. Olhei para o relógio e vi que já passava bastante das quatro, mas eu sabia que jamais conseguiria voltar a dormir se não bebesse alguma coisa.

O chão estava frio quando andei até a cozinha sem fazer barulho. Encontrei um copo e o enchi na pia, bebendo tudo em um gole rápido e ávido.

Ao colocar o copo de volta na pia, ouvi o sofá ranger e alguém se mexer nele.

— Kathleen? — A cabeça de Cal apareceu, iluminada pelas janelas nevadas às costas dele. Seu cabelo estava uma bagunça.

— Estou só pegando água — falei. — Volte a dormir.

— Rá — ele respondeu. — Como se eu tivesse dormido.

Sua voz estava rouca e falha.

Eu sabia que deveria simplesmente retornar para o quarto de Harriet, mas, em vez disso, me aproximei do sofá.

— Não conseguiu pegar no sono?

— Pode ser surpreendente, mas é que sofás deixaram de ser uma acomodação aceitável há muitos anos — ele falou.

— Você podia só ter recusado.

Ele deu de ombros.

Fui até a lateral do sofá. Ele não tinha nem sequer desdobrado os cobertores, mas tinha tirado a calça. Estava sentado ali, de cueca boxer e uma camiseta. Eu não estava muito mais encoberta, e tinha tirado o sutiã. Ele não parecia estar com frio, o que, com certeza, não era o meu caso; envolvi meu corpo com os braços, tanto para me aquecer como para impedir que meus mamilos arrancassem os olhos de alguém.

— Parece que a neve deu uma acalmada — Cal observou.

Ele tinha razão. A neve continuava caindo, mas não no mesmo ritmo de algumas horas antes.

— Você não está pensando em sair de fininho no meio da noite, está? — perguntei.

Não conseguia ver o rosto dele por completo à meia-luz, mas tinha quase certeza de que havia uma expressão de culpa ali.

— Não — ele respondeu.

Uma mentira deslavada.

— A Harriet acorda cedo — falei. — E acho que o ensaio de amanhã vai ser cancelado. De hoje, quer dizer.

Cal olhou para seu relógio.

— Pois é — ele assentiu. — Vou mandar uma mensagem daqui a umas horas avisando, mas provavelmente estarei no teatro de qualquer forma.

Faltava menos de uma semana para a nossa primeira apresentação.

— Para os maus não há paz, hein?

Era uma brincadeira, mas Cal franziu a testa.

— Tem muita coisa a ser feita.

— Eu sei. E você está fazendo um bom trabalho.

Por que eu estava massageando o ego dele naquele momento, não sabia dizer. Alguma coisa relacionada a estarmos no meio da noite, com tudo silencioso e sereno. Como se tivéssemos saído da realidade e ido para uma dimensão diferente, na qual éramos amigos.

Ele suspirou e apoiou o rosto nas mãos. Só por um instante.

—A venda dos ingressos ainda não engatou. Não estão ruins, mas também não estão ótimas. E, se queremos ir para a Broadway, precisamos que elas sejam ótimas.

Refleti sobre aquilo por um momento, sabendo que Cal preferia *não* ter me dito nada.

— Estou tentando conseguir um pouco de publicidade para ajudar — ele completou.

— Não deve ser tão complicado — falei. — Ouvi dizer que eu sou um grande atrativo.

Abri as mãos ao lado do rosto, balançando os dedos, e exibi um sorriso. O sorriso que ele me ofereceu de volta era pouco entusiasmado.

— Você é — ele concordou, mas estava evidente que havia mais alguma coisa.

— Mas...?

Ele fechou os olhos, apertou-os com força. Parecia muito cansado.

— Todo mundo quer te entrevistar — ele falou. — Mas querem falar sobre... — Sua voz foi ficando mais baixa.

— Ah.

— Pois é. E querem uma ou duas declarações minhas também.

— Nossa.

— Exato — ele disse. — E agora estou percebendo que devia ter te perguntado, mas achei que você não queria falar a respeito disso, especialmente com a imprensa, então só respondi que esse tópico é proibido e, de repente, ninguém mais tem disponibilidade.

Eu não sabia o que dizer.

— Devia ter verificado com você primeiro, mas não é como se eu quisesse falar sobre o assunto também — ele concluiu, a voz branda.

Ficamos os dois imóveis. Precisaríamos achar outra maneira de divulgar a peça.

— Que tal se eu criasse uma conta nas redes sociais? — sugeri.

— Meu Deus, não. Não faça isso.

Era a única ideia que eu tinha, mas fiquei aliviada por ele não concordar. Realmente não queria ter redes sociais.

Mas também não queria que a peça fracassasse antes que a levássemos à Broadway.

— Me prometa uma coisa — falei, depois de um momento de silêncio pensativo.

— Fala.

— Se a situação ficar catastrófica demais, me diga.

Ele hesitou.

— Cal!

— Eu prometo.

— Promete de mindinho?

Estendi o dedo e esperei.

— Prometo — ele disse.

Assopramos nossos polegares. Do mesmo jeito que tínhamos feito no acampamento.

Tentei não reparar em como as mãos dele eram quentes.

— Por que fazemos isso? — Cal perguntou.

Eu não sabia dizer se aquela pergunta era retórica.

— Fazemos o quê?

— Isso. — Ele gesticulou ao redor de si mesmo.

— Ainda não entendi.

Cal soltou um suspiro pesado e inclinou o corpo para trás.

— Teatro — ele explicou. — Atuação. Arte.

— Ah — falei. — Questões simples.

Ele sorriu.

Aquelas covinhas.

Eu as ignorei e pensei a respeito da pergunta.

— Porque é divertido — respondi.

Por um bom tempo, Cal não disse nada.

— Divertido. — Ele pronunciou a palavra tão baixinho que quase não a ouvi.

— É — repeti. — Divertido.

Mas era essa a verdade. A razão pela qual nos forçávamos a passar por tudo isso. Porque, no fim das contas, era divertido. Era extasiante. Era uma injeção de adrenalina. Era imponente, vasto e audacioso.

— Eu não deveria ter te contado dos ingressos — Cal falou. — Vai ficar tudo bem. Nós vamos dar um jeito. *Eu* vou dar um jeito.

— Cadê os seus produtores? — perguntei. — Isso não faz parte do trabalho deles?

— Eu consigo dar conta.

Ele não daria o braço a torcer.

— Tudo bem — assenti.

Mas as engrenagens na minha cabeça já estavam girando. Fazendo planos.

NA ÉPOCA

CAPÍTULO 24

ESTAVA ODIANDO MEU FIGURINO. A SAIA ERA CURTA DEMAIS, LEVANDO em conta que eu estaria posicionada acima de todo mundo, e o que quer que tivessem usado para fazer as partes brancas e fofinhas da minha roupa de "Mamãe Noel sexy" fazia parecer que minha pele estava sendo cutucada por milhares de alfinetes minúsculos.

Pelo menos, eu os tinha convencido a me deixar escolher a música que cantaria no show de um dos feriados mais importantes do ano — leia-se: do Natal. Diana não ficou feliz com eu ter escolhido "You're a Mean One, Mr. Grinch", mas estava ficando cada vez melhor quando o assunto era me impor.

Um par de braços envolveu minha cintura; me recostei no abraço.

— Você engordou? — Ryan perguntou.

— Ei! — Estapeei as mãos dele. — Que porra é essa?

— Foi mal, amor — ele disse, as mãos ainda nos meus quadris.

— É que você tá um pouco fofinha aqui.

Ele não era o primeiro a fazer esse comentário — Diana já tinha demonstrado preocupação que eu estivesse ganhando peso —, mas isso me magoava mais vindo de Ryan.

— Esse figurino é apertado — falei.

— Pode crer. — Ele se inclinou para me dar um beijo.

Ofereci minha bochecha, mas, se Ryan notou, não disse nada.

— Isso é tão maneiro — ele falou, erguendo os olhos para o carro alegórico no qual andaríamos.

O evento começaria com um desfile, cada artista em seu próprio carro alegórico, exceto por mim e a CrushZone. Além de termos gravado uma compilação de músicas de Natal, estávamos sendo anunciados juntos nos shows dos últimos meses, e parecia que o público estava se acostumando a nos ver como um conjunto.

Eu tinha a impressão de que a questão ia além disso, mas não perguntei. A verdade é que não queria saber a resposta, o que não era nada bom, mas estava me concentrando no álbum que faria junto de Harriet — aquele cujo lançamento havia acabado de ser divulgado.

— Esse é o figurino de vocês? — perguntei.

— Maneiro, não é? — Ryan ergueu os braços e se virou para me mostrar o conjunto completo.

Era legal. Jeans brancos, camisa branca, jaqueta branca, chapéu branco. Eu definitivamente me destacaria entre eles, mas também estava vestindo setenta por cento menos roupas, e fazia um frio de rachar.

— É, sim.

Andava evitando Ryan ultimamente. Meu aniversário já tinha passado havia semanas, mas eu não conseguia parar de pensar no que Harriet tinha dito. Sobre Cal. Sobre ele estar apaixonado por mim.

Não tinha a menor ideia do que fazer.

Sabia que o fato de eu e Ryan estarmos juntos agradava Diana imensamente. Era bom para ambas as carreiras, e corriam alguns rumores — na imprensa, nos tabloides — de que nosso relacionamento era coisa séria. Séria no nível *casamento*. Eu nunca comentei nada a respeito disso, mas, quando coisas assim vazavam para o público, costumava ser porque alguém as plantou. E, em geral, havia um motivo.

Romper o namoro com Ryan causaria problemas. Exigiria inúmeras conversas — não somente entre mim e ele, mas também com nossa equipe de produtores, de publicidade etc. Teria de haver uma declaração. *Todo mundo* ficaria sabendo.

Era só mais um assunto no qual eu não queria pensar.

O show de Natal aconteceria quase no fim da turnê. Em algumas semanas, eu poderia ir para casa, dormir na minha própria cama e, então, ter dois meses maravilhosos na cidade enquanto trabalhava no meu álbum seguinte. Com todas as músicas da Harriet.

Só precisava passar por essa parte, até o nosso último show no Madison Square Garden. Queria saborear aqueles momentos, mas a verdade era que estava tão exausta que tudo que conseguia fazer era colocar um pé na frente do outro.

— Ok. — Diana, minha agente, se aproximou de nós. — Katee, você vai ficar ali.

Ergui os olhos. Mais um pouco. E ainda mais.

Na parte de trás do carro alegórico, havia uma extensão que lembrava uma pequena gávea de navio. Eu tinha certeza de que era seguro, mas não era essa a impressão que passava. Lembrava aquelas estruturas de metal que usavam em exibições para escorar bonecas.

— Vou ficar lá sozinha? — perguntei.

Eu não tinha medo de altura, mas também não adorava a ideia de estar seminua e suspensa sobre uma multidão no frio congelante. Além de tudo, sozinha.

— Os garotos vão estar logo ali — Diana disse, aparentemente alheia às minhas preocupações. Ela indicou a parte da frente do carro, onde havia um espaço amplo e nivelado.

— Não quero ficar lá em cima sem ninguém — protestei.

— Deixa disso, amor — Ryan falou. — Você vai ficar ótima.

Os outros garotos tinham aparecido para olhar o carro alegórico. Evitei os olhos de Cal, o que me pareceu cruel, mas eu também não fazia ideia de que outra forma agir. Sabia que não deveria nem sequer estar pensando nele, e era muito mais fácil evitar esses pensamentos quando não olhava tanto assim para ele. Não era minha culpa que a equipe da CrushZone tivesse feito um trabalho bom daqueles, deixando todos os integrantes bonitos pra caramba.

Não que eu tivesse algum tipo de pensamento com Wyatt. Ou LC. Ou até Mason.

Não importava. Só precisava manter distância até decidir o que faria. Até decidir como me sentia.

— Vocês vão ficar na parte da frente do carro — Diana falou. — E é o último carro do desfile, então todo mundo vai estar animado e pronto para vê-los.

Era evidente que Ryan gostava da ideia.

— Nós precisamos ficar todos juntos? — Cal perguntou. — Não podemos nos espalhar um pouco?

— Err... — Diana deu uma olhada em sua prancheta — É. Acho que queremos todos juntos.

Mas eu podia ver as engrenagens girando na cabeça dele.

— Katee — ela falou —, vamos retocar sua maquiagem. Você está um pouco oleosa. E precisamos cobrir melhor aquela espinha.

Minha mão voou para meu rosto. Não era a primeira vez que tinha minhas imperfeições enfatizadas na frente de outras pessoas, mas isso nunca ficava mais fácil nem mais divertido.

Quando voltei, as coisas haviam mudado. Os garotos — por sugestão de Cal — estavam mais distantes na superfície do carro alegórico. Wyatt ficaria na base da minha plataforma elevada, enquanto LC e Mason estariam juntos no meio. Ryan ficaria sozinho, na frente.

— Foi mal — Cal falou.

Eu não tinha notado ele se aproximar por trás de mim.

— Pelo quê?

— Pensei que colocariam o Ryan na gávea com você.

Nós dois olhamos para ele, que estava posando e se arrumando sobre o carro parado.

— Posso trocar com um dos outros, se quiser — ele disse.

— Por que eu iria querer isso? — perguntei, embora nas últimas semanas não estivesse sendo muito sutil ao evitá-lo.

Felizmente, Cal nem sequer se deu o trabalho de responder.

— Está tudo bem — falei. — É só por uma meia hora, ou algo assim, certo?

— Certo.

— Ok — o diretor de palco disse. — Todos em seus lugares.

Olhei para as escadas — se é que aquilo podia ser chamado assim, já que pareciam mais fendas despontando sob neve falsa — e me senti muito, mas muito feliz por não precisar ficar lá em cima sozinha.

Agarrei o corrimão e, com cuidado, lentamente, subi até o topo do carro alegórico, usando mais a ponta dos pés para me equilibrar, já que não confiava que os saltos estreitos caberiam ali. Sentia Cal atrás de mim, o calor e a força dele me fornecendo o apoio de que precisava para chegar à plataforma.

— Jesus — ele disse quando alcançamos o topo.

Era mais alto do que eu tinha imaginado. Ou, talvez, só parecesse assim devido ao espaço pequeno e ao fato de estar suspenso a tamanha altura. Cal e eu quase não cabíamos juntos ali, nossos traseiros se encostando quando tentamos os dois ficar de frente para o lado certo.

— Isso é ridículo — falei.

— Bem-vinda ao showbiz — ele disse.

Ficamos em silêncio, observando e escutando o resto do pessoal se preparar.

— Tudo bem com vocês dois aí em cima? — Wyatt perguntou.

Espiei por cima do gradil e me arrependi no mesmo instante.

— Tudo — falei, muito embora minha voz tenha saído parecendo mais um arquejo.

— *Não faz isso* — Cal falou.

— Foi mal.

Será que ele tem medo de altura?

Olhei de relance para trás, tentando enxergá-lo, mas seu rosto estava virado para o outro lado.

— Nem consigo ver vocês daqui — ouvi Wyatt falar.

— Ótimo — Cal disse.

Eu não podia ver o rosto dele, mas via uma das mãos, que agarrava o gradil como se a vida dele dependesse disso. Os nós dos dedos de Cal estavam completamente brancos.

— Ei — falei, pondo minha mão sobre a dele. — Não vai acontecer nada.

Ele puxou a mão para longe.

— Estou bem.

A reação dele me chateou.

— Certo — respondi.

Estávamos rígidos de frio — e, pelo que pude entender, de irritação um com o outro — esperando que aquele negócio terminasse logo. A pior parte era que ainda precisaríamos nos apresentar após o desfile. Depois que tivéssemos descongelado.

De repente, o carro alegórico deu uma arrancada, e eu deixei escapar um guincho involuntário.

— Porra! — Cal exclamou; senti as costas dele se tensionarem contra as minhas. — Você tá bem?

— Acho que sim.

Não pude evitar. Apoiei meu corpo no dele. Era tão quente e sólido, e eu estava com medo de cair.

— Kathleen.

Sua voz estava baixa. Rouca.

— Hmm?

— Eu ouvi vocês — ele disse.

Gelei.

— Não sei do que você está falando — respondi.

Mas eu sabia. É lógico que sabia.

Cal ficou em silêncio. Eu também. E então...

— A Harriet estava certa? — perguntei.

O carro deu mais uma guinada e, por fim, começou a se mover para frente com mais firmeza. Mas eu praticamente não percebi dessa vez. Toda a minha atenção estava focada em Cal e na resposta que ele ia dar. Se é que daria.

244

— Está — ele finalmente disse.

Meu coração começou a bater em um ritmo completamente diferente. Como se tivesse acabado de aprender uma canção nova.

— Eita — falei.

— É.

Conseguia ouvir música à nossa frente à medida que nos aproximávamos da entrada do desfile. Em pouco tempo, estaríamos completamente à vista de todos. Eu teria de sorrir, acenar e fingir que não estava preocupada com as pessoas olhando por baixo da minha saia, ou que minha bunda congelasse, ou com processar o fato de que Cal tinha acabado de confessar que estava apaixonado por mim.

Coloquei a mão sobre a dele.

— Kathleen — ele disse. — Não faz isso.

Ouvia a súplica na voz dele, mas não recuei. Em vez disso, apertei a mão dele. Cal deixou escapar uma expiração.

— Você tem que terminar com o Ryan — ele falou.

— Certo — respondi.

Cal colocou a outra mão sobre a minha. Eu estava segura. Protegida.

— Certo — ele disse.

E o desfile seguiu em frente.

AGORA

CAPÍTULO 25

FALTAVAM ALGUNS DIAS PARA NOSSA PRIMEIRA APRESENTAÇÃO. CAL e eu não tínhamos conversado sobre a venda dos ingressos desde aquela madrugada silenciosa na cozinha de Harriet, mas, julgando pelas linhas profundas e cansadas no rosto dele, além das olheiras, eu sabia que as coisas não estavam melhorando.

Mas não havia problema. Porque eu tinha uma ideia.

Depois do ensaio, quando todos estavam prestes a se arrumar para ir embora, fui até o centro do palco e fiz um anúncio.

— Só quero avisar que vou para o Loudmouth hoje, se alguém quiser se juntar a mim. A bebida é por minha conta!

Ouvi vozes animadas reverberarem por todo o teatro. Pude ver Cal de pé na plateia, os braços cruzados, uma sobrancelha arqueada.

— Não é um bar com karaokê? — alguém perguntou.

A sobrancelha de Cal se ergueu ainda mais quando ele encontrou meu olhar. *O que você está fazendo?*, sua expressão perguntava.

— Por acaso, sim — respondi.

Que tal vir descobrir?, perguntei a ele com *minha* sobrancelha.

— Vou estar lá às seis — completei. — Vai ser divertido.

Harriet me encontrou quando eu estava de saída.

— Karaokê? — ela perguntou. — Em público?

Não estávamos mais em turnê, e eu não era Katee Rose. Bem, não exatamente.

— Confia em mim — pedi.

Dava para ver que ela estava confusa, porém, por outro lado, nunca tinha visto Harriet recusar uma cantoria. Parte de mim se perguntava se ela estava por dentro dos problemas com a venda de ingressos. Se Cal tinha contado para mim, certamente tinha contado para a compositora também. Talvez essa fosse parte da razão para ela ter estado tão distante. Todos nós guardando segredos uns dos outros.

O Loudmouth estava lotado quando cheguei — praticamente todo o elenco e toda a equipe tinham chegado mais cedo. Era um bom sinal; ao analisar a multidão, no entanto, torci para também ter alguns moradores da região, de preferência com celulares com câmeras boas e um número aceitável de seguidores nas redes sociais.

Talvez aquela fosse uma péssima ideia. Também era possível que fosse completamente genial.

O karaokê começava às seis e meia, então pedi uma bebida e coloquei meu nome na lista. Havia um punhado de outros acima do meu, mas percebi que todo mundo de *Encantamos!* estava esperando que eu me inscrevesse.

Eu não parava de olhar para a porta, esperando que Cal chegasse. Quando o karaokê já tinha começado, e ele ainda não estava lá, foi que comecei a me preocupar de verdade com a possibilidade de ele não aparecer. Sua presença não era essencial para o meu plano, mas nem tinha me passado pela cabeça que ele simplesmente *não* viria.

— A próxima é Kathleen Rosenberg — o atendente chamou.

A clientela — ainda composta principalmente do pessoal do elenco — aplaudiu quando subi no palco.

— Olá, Rhode Island! — cumprimentei.

Ganhei alguns berros e vivas.

— Antes de eu levar todo mundo aqui à loucura — falei —, quero contar um segredinho pra vocês.

Podia quase sentir as pessoas se inclinando na minha direção.

— Meu nome é Kathleen Rosenberg — continuei. — Mas acredito que alguns de vocês me conheçam por outra alcunha. — Contei até cinco. A duração perfeita para um efeito dramático. — Alguém se lembra de Katee Rose?

Pude sentir a empolgação correr por todo o público, todos aqueles sussurros de "meu Deus", ou "eu sabia" ou "o que ela tá fazendo aqui?". Eles estavam comendo na palma da minha mão.

— Bem, caso tenham se esquecido dela, estou aqui para refrescar a memória de vocês — completei. — Vamos lá!

A música começou, e a multidão berrou.

Não conseguia me lembrar da última vez que eu tinha apresentado uma das minhas canções ao vivo. Passei tanto tempo fazendo playback delas que me perguntei, por um breve e terrível momento, se ainda me lembrava mesmo da letra.

Então, a porta do bar foi aberta e Cal entrou.

Meus olhos se fixaram nos dele e eu comecei a cantar.

— *Me beija, baby. Me beija sem parar. Me beija de novo, meu amor. Até você perder o ar.*

A expressão de Cal foi de surpresa para choque, até — pelo visto — ele finalmente entender. Ele cruzou os braços e sacudiu a cabeça, o sorriso em seu rosto encorajador e incrédulo ao mesmo tempo.

Me deixei cantar para valer. Não fiz a versão de Katee Rose, com a música toda saindo pelo meu nariz. Em vez disso, soltei toda a minha voz, toda minha garganta para jogo, e uma canção bobinha que falava de dar uns pegas em alguém se tornou um apelo profundo por amor.

Finalizei segurando aquela última nota por muito mais tempo do que jamais tinha feito em qualquer um dos meus álbuns, e o bar en-lou-que-ceu.

— Obrigada! — falei, fazendo uma reverência. — Se gostaram do que acabaram de ouvir, vocês não podem perder o show que eu e meus incríveis colegas vamos dar no musical *Encantamos!*. Os ingressos estão à venda!

Pulei do palco, aceitando elogios e cumprimentos ao me dirigir de volta para o bar, onde Cal estava de pé.

— Inacreditável.

— Eu sei — falei. — Meu talento é incrível.

Ele riu e deu um gole em sua cerveja.

— Alguém gravou? — perguntei.

— Só metade do bar.

— Excelente — respondi. — Vamos torcer para terem pego a parte em que falei da peça.

Ele se virou para me encarar.

— Você não precisava ter feito isso. Nós... eu teria dado um jeito. As apresentações começariam a criar um boca a boca, daí venderíamos os ingressos. Estava tudo ajeitado.

Revirei os olhos.

— Só me agradeça.

Eu conseguia ver que, provavelmente, havia todo um monte de outras palavras que ele teria preferido dizer, mas no fim das contas Cal se limitou a balançar a cabeça.

— Obrigado.

— Disponha.

Ficamos sentados no bar enquanto o restante do elenco subia ao palco e arrasava. Continuei pagando as bebidas e até dei alguns autógrafos para aqueles no estabelecimento que não eram parte de *Encantamos!*.

— Falem para seus amigos da peça! — eu dizia a eles.

Era uma atitude bem cara de pau, mas eu não estava nem aí. Queria vender ingressos. Queria ir para a Broadway.

A verdade era que, se aquilo não funcionasse, eu entraria em contato com a imprensa por conta própria e soltaria a história — a verdadeira história — do que aconteceu tantos anos antes.

Ainda assim, estava torcendo para que isso não fosse necessário.

As performances foram incríveis. Houve um dueto maravilhoso de "I'll Cover You", de *Rent*, e Taylor levou todos às lágrimas com uma versão hilária de "I Cain't Say No", de *Oklahoma!*. Não consegui me segurar e subi mais umas vezes, cantando "Joey" do Concrete Blonde e algumas de Linda Ronstadt, enquanto Harriet fez uma interpretação terrível de "Hold On". Até uma das integrantes mais reservadas da equipe, Morgan, a figurinista, decidiu se arriscar e nos surpreendeu com "Hard Candy Christmas", de *A melhor casa suspeita do Texas*, cantada com muita doçura.

Cal ficou o tempo todo nos fundos, assistindo, aplaudindo, mas sem sair do lugar.

Conforme a noite passava, o bar ficava cada vez mais cheio. Eu me inscrevi de novo para cantar, disposta, mais uma vez, a me pôr à mostra pelo bem da peça.

Mas, dessa vez, não pretendia cantar sozinha.

Peguei o microfone.

— *Disponha* — cantei quando a música começou.

— Ah, meu Deus — Cal gemeu.

— Ah, meu Deus! — o restante dos presentes comemorou.

"Permissão para desembarcar" não era a música mais conhecida da CrushZone, mas era a que tinha o clipe mais icônico e a coreografia mais memorável. Coreografia de que eu ainda me lembrava. E podia apostar que Cal também.

— *Baby, baby, baby* — cantei. — *É minha última chance de amar.*

Cal estava com o rosto nas mãos, mas todas as outras pessoas estavam de pé, dando vivas. Os ombros dele tremiam e, quando Harriet o arrancou da cadeira, pude ver que ele gargalhava, o rosto vermelho. Ela o arrastou até a frente do bar. Na minha direção.

— *Não me deixe* — o bar inteiro cantava junto —, *como as ondas que abandonam a orla. Volta pra mim, volta pra mim.*

Quando o momento da dança estava para começar, fui até a beirada do palco e estendi a mão.

— Uma mãozinha aqui seria bom — falei. — Vamos dar as boas-vindas a um dos membros originais da CrushZone: Calvin Tyler Kirby!

O bar explodiu em aplausos, e me segurei a respiração, me perguntando o que Cal faria.

— Você é terrível — ele gritou para mim.

— Diversão, lembra? — gritei de volta. — Vamos lá, Kirby, mostra seu gingado pra gente.

Balançando a cabeça, Cal subiu os degraus aos pulos, se juntando a mim no exato momento em que o ritmo acelerou.

— Ainda não perdeu o jeito? — perguntei.

— Fica olhando.

A dança era divertida *demais*. Toda feita de pulos, jogadas de quadril e oportunidades para os garotos se exibirem. Cal tinha um destaque especial no clipe da música, por ser o melhor dançarino entre eles — aquela tinha sido uma das poucas ocasiões em que ele roubou os holofotes de Ryan.

Era uma das minhas músicas preferidas da CrushZone.

E Cal ainda se lembrava de todos... os... passos.

Àquela altura, ninguém mais estava prestando atenção em mim. Todos assistiam a Cal enquanto ele executava a coreografia como se fosse uma coisa totalmente natural. Ele era um dançarino maravilhoso. Confiante, intenso e sexy pra cacete.

Deveria saber que ele não deixaria essas habilidades enferrujarem. Vê-lo dançando tirou meu fôlego. Eu tinha parado para observar, bem como o resto da plateia.

— Vamos lá, Rosenberg — Cal falou. — Não fica pra trás.

Nunca fui capaz de resistir a um desafio, então o acompanhei em cada passo enquanto a plateia inteira ia à loucura. Terminamos com um floreio, e ouvimos aclamações do bar inteiro.

Eu estava suada e sem fôlego, mas não conseguia tirar o sorriso do rosto.

— Venham assistir a *Encantamos!* — Cal gritou, e pegou minha mão, nos levando a uma reverência. — Obrigado, e tenham uma boa noite!

Ficamos até o bar fechar.

Foi só quando Cal tropeçou na saída, que percebi que ele tinha bebido mais cerveja do que eu pensava. Definitivamente, estava um pouco bêbado.

Mas, assim como Harriet, ele era um bêbado amigável.

— Vamos lá. — Me posicionei sob o braço dele, o segurando de pé. — Vou te deixar no seu apartamento.

— Estou bem. — Ele se soltou de mim.

— U-hum — falei. — Só colabora comigo, tá bem? Onde você mora?

Ele apontou a direção e começamos a andar.

Não nevava desde aquela noite na casa de Harriet, mas estava frio o bastante para o chão ainda estar crepitante e congelado em alguns pontos, além de um pouco perigoso. Mantive o olhar atento em Cal, que parecia até que estável, apesar do rosto levemente rosado. Ficava bem nele. Parecia mais afável assim, um pouco menos reservado.

E ele havia se divertido. Mais do que nos últimos tempos, disso eu tinha bastante certeza.

— Fiquei surpresa de você se lembrar — comentei.

Cal inclinou a cabeça, à guisa de uma pergunta.

— A coreografia.

— Ah — ele disse. — Memória muscular. Um negócio incrível.

— Entendi.

Porém, no caso de Cal, não era só isso. Imaginei que era parte do que fazia dele um bom coreógrafo. Um bom diretor.

Eu estava com o zíper da jaqueta fechado até o pescoço, mas o de Cal estava aberto, deixando à mostra seu suéter e um cachecol pendurado meio frouxo. Ele parecia tão confortável; parte de mim imaginou como seria me acomodar no peito dele, escutando as batidas do coração dele enquanto ele colocava o próprio casaco em torno de nós dois.

— É legal saber que nosso legado continua vivo — falei.

Não fomos os únicos a cantar músicas de nossa discografia. Uma vez que a noite pegou no tranco, recebemos serenatas tanto do elenco como de moradores de Rhode Island — uma verdadeira compilação dos nossos maiores sucessos.

E alguns até tinham vindo armados com coreografias.

— Fiquei impressionado com os passos de dança do resto do pessoal — Cal disse. — Podia jurar que a gente já era *démodé*.

— Acho que estamos exatamente no limiar entre a apreciação irônica e a nostalgia.

O que, honestamente, já não me parecia tão ruim. Havia certo conforto em encarar o passado dessa forma. O tempo e a distância tinham eliminado um pouco da angústia, mas a experiência também me deu uma segurança que eu não sentia havia muito tempo.

Talvez fosse porque eu estava no controle.

Sim, vídeos daquela noite possivelmente estavam se espalhando pela internet, mas aquele era o objetivo. Em grande parte.

Eu estava usando minha notoriedade para o bem. Assim esperava.

Ficaria desapontada pra cacete se não desse em nada. Mas, mesmo se isso acontecesse, eu não me arrependia.

— Me lembro da primeira vez que vocês tocaram "Permissão para desembarcar" ao vivo — falei. — As pessoas quase ficaram malucas.

O que não comentei foi quanto Ryan ficou irritado por Cal tê-lo ofuscado. Tive de o ouvir reclamar e resmungar a respeito disso por semanas.

Eu danço melhor do que ele, Ryan tinha dito. *E com certeza canto melhor.*

Uma das afirmações era verdadeira. A outra... nem tanto.

Eu passei horas o tranquilizando, dizendo que ele era a estrela do grupo. Que era o melhor. Que ninguém o superava. Nem nunca superaria.

Tinha sido exaustivo.

Ryan era exaustivo.

Não era uma desculpa.

Mas...

— Lembra quando o Wyatt rasgou as calças no palco? — Cal perguntou.

Voltei o olhar para ele. Os postes de luz emitiam um brilho suave. Ele parecia mais relaxado, menos exausto.

— Você ficava falando que ele se esfregava no chão com empolgação demais na coreografia — falei. — Seu erro foi usar "esfregar" e "empolgação" na mesma frase.

— Ficou sabendo que ele tem cinco filhos agora?

Tentei imaginar o tarado do Wyatt como pai. Mas, talvez, ele tivesse mudado. Afinal, todos nós mudamos. É o que eu esperava.

— Estamos idosos — observei.

— Acho que estamos muito bem conservados.

— E o Mason e o LC? — perguntei.

Não mantive contato com nenhum deles. Não sentia muita falta de Ryan e Wyatt, mas LC era bonzinho e gentil. Já Mason, bem, ele era misterioso, mas era um cara legal. Em alguns momentos, eu tinha saudades dos dois.

— Estão bem — Cal falou. — Morando em Palm Springs.

— São proprietários de uma hospedaria, né?

Ele balançou a cabeça e, então, seu rosto se abriu em um sorriso enorme.

— Lembra quando você tentou bancar o cupido? — ele perguntou.

Dei um tapa no seu braço.

— Foi um erro honesto — falei. — Afinal, nenhum deles tinha se assumido na época. A Harriet, com certeza, não tinha.

— Ah, fala sério. — Cal me lançou um olhar incrédulo. — Tá me dizendo que você não sabia?

Nos dias de hoje parecia óbvio. Mas naqueles tempos?

— Se eu sabia que Mason e LC estavam furunfando entre as entrevistas em que falavam da solteirice convicta dos dois? — perguntei. — Não. Não fazia ideia.

Cal riu.

— Furunfando?

Tentei fazer uma expressão ofendida, mas não consegui segurar um sorriso.

— Ok, ok — admiti. — Pensando bem agora, o LC e a Harriet não eram o casal perfeito que eu imaginava que seriam.

No fim das contas, eu não tinha ligado que meu frila de cupido não tivesse dado certo, mas fiquei preocupada com o fato da minha melhor amiga não se sentir segura o bastante para me contar que era lésbica. As coisas, no entanto, eram diferentes na época, e eu estava envolvida demais nas minhas próprias bobagens de garota hétero para prestar atenção direito em todo o resto.

Será que estava cometendo o mesmo erro naquele momento?

— Você se esforçou tanto — Cal falou. — Era uma gracinha.

Eu não me lembrava da última vez que alguém tinha me chamado de "gracinha". Nem da última vez que fiquei vermelha.

— Eu era jovem, inocente e cheia de esperanças.

Cal soltou uma risada pelo nariz.

— Tá bem — falei. — Eu era jovem.

— Todos éramos — ele disse. — A gente era mesmo jovem.

— E imbecis também.

— Falando nisso...

Inspirei com força, preocupada com a possibilidade daquilo derrubar nossa paz vacilante, nos levar de volta ao estágio de raiva, ressentimento e amargura.

Mas também estava me perguntando o que infernos ele queria falar em relação àquilo. Será que se arrependia do que tinha dito? Ou do que não tinha dito? Em certos aspectos, era essa parte que mais havia me machucado. O silêncio dele depois do acontecido.

Bem... não. A humilhação pública doeu mais. Especialmente quando precisei encará-la completamente sozinha.

— Eu te devo um pedido de desculpas — Cal falou.

Parei abruptamente. Tão abruptamente que ele precisou recuar alguns passos, depois de ver que eu não estava o seguindo.

— O quê? — ele perguntou.

— Nada.

Continuamos andando. Até que parei mais uma vez.

— O quê? — ele perguntou de novo.

— Estou pronta — falei.

— Para?

— Esse pedido de desculpas.

Não disse a ele que, de certa forma, estava esperando havia mais de uma década por aquilo. Não tinha me dado conta disso até então, mas era a verdade. A necessidade — o desejo — de ouvir *ele* admitir que não havia sido tudo culpa minha.

— Me desculpe — Cal disse. — Eu não devia ter deixado aquilo acontecer.

— Deixado o que acontecer? O sexo ou todo o resto?

— As duas coisas? — Ele sacudiu a cabeça. — Não. Todo o resto.

Continuamos a andar. Fazia frio, mas de um jeito agradável. Eu tinha as mãos nos bolsos e a friagem fazia cócegas nas maçãs do meu rosto e na ponta do meu nariz.

— Eu estava com raiva — Cal confessou. — Muita raiva.

— Eu sei — respondi. — Sinto muito por isso.

E sentia mesmo. Sempre tinha sentido.

Ele chacoalhou a cabeça.

— Você não me deve nada.

Aquela era a última coisa que eu esperava que ele dissesse.

— Durante anos acreditei que a gente machucou um o outro no mesmo nível — ele falou. — Que minha reação foi equivalente à sua, que meus sentimentos feridos significavam que estava tudo dentro das regras. Se você não me queria, então também não precisava de mim. Para nada.

— Eu não...

Ele ergueu uma mão.

— Eu sei.

Será que sabia mesmo? Será que sabia o que eu estava prestes a dizer? Será que eu mesma sabia?

— Eu não imaginava o quanto a coisa ia ficar feia — ele disse.

— Não pensei que explodiria daquele jeito. E quando explodiu...

— Ele deixou escapar uma risada que não tinha nenhum traço de humor. — Para ser honesto, acho que não levei o Ryan a sério o suficiente. Nem podia imaginar que ele se aproveitaria da situação toda, como aconteceu.

— Ele sempre foi uma caixinha de surpresas.

Cal parou, se virou na minha direção.

— Kathleen — ele falou —, eu sinto muito. Por não dizer nada. Por não fazer nada. Por te abandonar.

Eu estava com um nó na garganta.

Aquele era um ótimo pedido de desculpas.

— E sinto muito pelo que eu disse naquele dia.

— Eu também — falei.

Voltamos a andar.

— Obrigada.

— Disponha.

Eu me sentia estranha. Como se alguma coisa tivesse mudado, mas não sabia dizer o quê. Nem como tudo estaria no dia seguinte. Na semana seguinte. No mês seguinte.

— Chegamos — Cal avisou.

Eu o acompanhei até a porta. Até estarmos colados nela.

O último degrau era pequeno e estreito, mas nenhum de nós reparou nisso até nos vermos apertados ali. Cal se afastou um pouquinho e se desequilibrou. Nos esticamos para segurar um ao outro, a mão dele pousando no meu braço, a minha agarrando o antebraço dele. Aquela tentativa de nos estabilizarmos acabou nos deixando mais próximos ainda, e nos demos conta disso exatamente no mesmo instante. Estávamos próximos demais.

Seria tão fácil erguer a cabeça. Me inclinar só um pouquinho para a frente. Puxá-lo na minha direção. Beijá-lo até dizer chega.

Soltamos um ao outro e nos distanciamos. Quase caí do degrau, meus braços se agitando. Ele estendeu as mãos, mas consegui me endireitar sem ajuda. Nossa respiração estava carregada. Meu peito parecia quente.

— Então tá — Cal disse.

— É.

— Te vejo amanhã.

— U-hum.

Ele ficou parado ali por um momento, nós dois hesitantes.

— Kathleen — ele falou.

— Hm?

— Entre logo, por favor.

— Não posso.

Ele inspirou com força.

— Eu não moro aqui — lembrei.

Cal olhou de volta para a porta *dele*. Para as chaves na mão *dele*.

— Ah — ele disse. — É mesmo.

Ele mexeu desajeitadamente com as chaves enquanto eu tentava ignorar a carga magnética me estimulando a agarrá-lo pela gola da camisa e jogá-lo contra a porta. Ele tentou três vezes até que conseguisse acertar a fechadura. Hitchcock e seu trem atravessando o túnel em *Intriga internacional* foram bem mais sutis.

A porta se abriu. Cal continuou parado no último degrau.

— Bem — falei.

— Bem — ele respondeu.

Seria preciso um, dois, três passos para entrar no apartamento. Quatro ou cinco para fechar a porta. Eu não sabia onde ficava o quarto, mas provavelmente o chão do hall de entrada bastasse.

Mas, então, me lembrei de Harriet. Me lembrei da peça. Me lembrei das dinâmicas de poder complicadas que estavam envolvidas. Me lembrei de todas as razões pelas quais não podíamos fazer aquilo. Não devíamos.

Um pedido de desculpas era legal, mas não apagava o passado.

— Boa noite — Cal falou.

— Boa noite — respondi.

Ele não se mexeu. Eu não me mexi.

Três passos.

— Entre logo, Cal.

Ele me olhou.

— Certo.

Fui embora antes de ouvir a chave virar.

BALLET DOS SONHOS

PAFT!

— *De novo!* — a sra. Spiegel ordenou.

Paft!

— *Do início.*

Paft!

— *Dessa vez, com emoção!*

Flagrei Cal olhando feio para ela, mas ele não disse nada ao recomeçarmos mais uma vez. A música começou, o ritmo quente, no estilo do jazz, que instigava a dançar. Infelizmente, não importava o que fizéssemos, nunca parecia bom para a sra. Spiegel. Mal estávamos no terceiro verso quando ela apertou o pause e bateu seu bastão na mesa.

— Não. Não. Não — ela disse.

Cal e eu ficamos parados no lugar, esperando que ela falasse mais alguma coisa.

— Eu deveria cortar esse número de uma vez.

— Não! — protestei.

Eu ainda tinha o solo, em que estava trabalhando com outro instrutor, mas, quanto mais tempo ficasse de frente para os olheiros durante a apresentação, maiores eram minhas chances de impressioná-los. E "Memory" não tinha nenhuma coreografia, enquanto "Easy Street" se dividia de modo mais ou menos equivalente entre a dança e o canto.

A sra. Spiegel me olhou, uma expressão descontente no rosto.

— Então, façam direito.

Praticamos por mais uma hora e nada pareceu melhorar.

— Se eu fosse vocês, dedicaria todo o meu tempo livre a ensaiar esse número — a sra. Spiegel falou antes de se retirar.

Olhei para Cal.

— O que estamos fazendo de errado?

— Nada — ele respondeu. — Esse é só o jeito dela.

— O quê?

— Ela diz que todo mundo é horrível — ele explicou. — Teoricamente, deveria servir de incentivo pra gente querer se esforçar mais, ou alguma coisa assim, mas é burrice. Nós estamos mandando bem. O número está bom.

— Mas "bom" não é o suficiente — falei, minha voz ficando mais aguda. — Eu preciso ser incrível.

Cal me olhou.

— Você é incrível — ele disse. — Você é ótima.

— Sério?

Foi o primeiro elogio de verdade que ganhei dele — na verdade, de qualquer pessoa — desde que havia assumido os papéis de Rachel. Fiquei feliz.

— É um dos meus números preferidos — falei. — Meus pais não me deixavam fazer teatro quando eu era nova e podia interpretar um dos órfãos ou a Annie, e isso sempre me deixou muito desapontada, então comecei a memorizar os papéis dos adultos, para estar pronta.

Cal piscou na minha direção.

— Uau — ele falou. — Você é mesmo determinada.

— Tenho que chegar à Broadway.

— E se não conseguir chegar?

— Mas eu vou — insisti. — Eu preciso.

Ele me deu um olhar demorado.

— Quer ensaiar de novo?

— Sempre.

Ele riu.

— Você não para nunca, não é?

Balancei a cabeça em negativa.

— Um dia, talvez. Mas agora? Não. Agora não posso.

— Certo — ele falou. — Vamos do início.

— Mas com emoção.

Cal fez uma careta e apertou o play. Dei uma sacudida para aquecer e tomei minha posição. A coreografia envolvia bastante movimento de ombros e passos elaborados com os pés, mas ele era bom. Ótimo, na verdade. Não havia uma combinação sequer que ele não fosse capaz de realizar, e parecia que nunca estava fazendo esforço algum.

Isso mais do que compensava a tendência de cantar abaixo do tom.

Formávamos um bom time — minha voz podia dar cobertura para quaisquer percalços da dele, e ele conseguia ajustar a coreografia para melhorá-la para mim.

— Tenta isso aqui — ele disse, na metade do número. — Esquerda primeiro, daí você gira.

Fiz uma tentativa.

Cal observou, a mão enfiada sob o cotovelo, o queixo apoiado na palma. Parecia um coreógrafo de verdade.

— Acho que funciona — ele falou. — Além do mais, seu lado esquerdo tem mais força do que o direito.

— Não tem, não!

— Tá, tá.

Olhei feio para ele, que ergueu os ombros.

— Tem, sim, mas não vou discutir com você.

Eu, de fato, tinha dito que ele cantava abaixo do tom. Pensando bem, era mesmo possível que meu lado esquerdo fosse mais forte.

— A sra. Spiegel não vai se importar se mudarmos a coreografia dela? — perguntei.

— Ela nunca reparou antes.

Ergui as sobrancelhas.

— Antes?

— Não é a primeira vez que estou treinando com ela — ele disse.

Fiquei escandalizada — a sra. Spiegel era um ícone do acampamento Curtain Call. Era famosa por seu olhar astuto e por sua capacidade de transformar joias brutas de talento em competência polida.

Cal flagrou meu olhar.

— Ela não é uma coreógrafa tão boa assim.

Eu não acreditava no que estava ouvindo.

— Mas... mas... mas... ela fez A Chorus Line!

Ela nos lembrava disso o tempo todo. Tinha feito o papel de Cassie.

— Ela era parte de uma companhia itinerante e começou como substituta — Cal disse. — Não que tenha alguma coisa de errado nisso, mas, se ela fosse tão talentosa, por que estaria atormentando um bando de crianças em vez de estar na Broadway?

Eu nunca tinha pensado por esse lado. Na minha concepção, os orientadores no Curtain Call eram deuses; e nós, sortudos por treinar junto deles.

— Não é fácil entrar na Broadway — respondi.

Cal me lançou um olhar.

— E, ainda assim, você tem certeza de que vai conseguir.

— Bem, tenho — falei. — Eu preciso.

— Você não para de falar isso — ele disse. — Por quê?

— Porque sim.

Ninguém nunca tinha me perguntado aquilo. Por que eu queria estar na Broadway? Por que precisava atuar?

Simplesmente porque era assim.

— Ok — Cal falou.

— Eu gosto do palco — expliquei. — E sou boa nisso.

— Ok — ele repetiu.

— E eu deveria estar na Broadway.

— Ok.

— Eu deveria mesmo!

— Tá bom.

— E quanto a você? — perguntei.

— Eu não vou para a Broadway — ele respondeu. — Minha voz não é forte o bastante.

Bem, pelo menos ele tinha noção disso.

— Você poderia fazer participações especiais como dançarino.

Ele riu.

— E passar o resto da vida trabalhando com gente como a sra. Spiegel? Não, obrigado.

— Então, por que se dá ao trabalho de estar aqui?

Por algum tempo, ele não disse nada.

— Porque eu gosto — ele falou. — De me apresentar. De estar no palco. É divertido.

Divertido.

— Minhas irmãs e eu fazíamos apresentações para meus pais quando eu era mais novo — Cal continuou. — Nada de mais, mas no Dia de Ação de Graças e em datas assim a gente criava uma dança, ou algum esquete curtinho, e era sempre muito divertido. — Ele deu de ombros. — Gosto de dançar. É meio que quase um superpoder, conseguir controlar o corpo fazer ele se mexer do jeito que quiser.

Eu nunca tinha pensado daquele jeito, mas ele tinha razão. Não só a dança, mas o canto também. Tudo aquilo.

— Mas tem que ser divertido — ele falou. — Senão qual o propósito?

Eu não tinha uma resposta para aquilo. Em vez de falar alguma coisa, apenas deixei que as palavras dele me atingissem.

— Quer tentar de novo? — ele perguntou. — Tenho mais umas ideias pra melhorar a coreografia.

— Quanto você vai mudar?

Cal deu de ombros de novo.

— Quanto você deixar.

— E ela não vai perceber mesmo?

— Contanto que a gente pareça saber o que estamos fazendo, ela não se importa.

Eu não tinha certeza se podia acreditar naquilo, levando em conta que a sra. Spiegel estava gritando havia dias com a gente por não acertar o número. No ensaio seguinte, contudo, quando mostramos todo o nosso "treino", ela nos deixou ir até o final. Quando terminamos, ficou sentada, olhando para nós, a expressão azeda como sempre.

— Nada mau — ela falou. — Mas, da próxima vez, com emoção.

AGORA

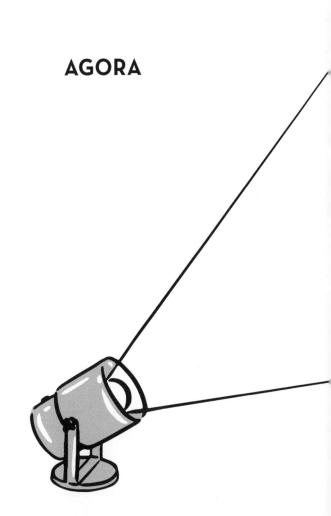

CAPÍTULO 26

ENTREI NA CARÍSSIMA COBERTURA EM MIDTOWN, E A PRIMEIRA PESSOA que vi foi Rachel.

A festa tinha sido organizada por um dos produtores — ou Statler ou Waldorf — para celebrar a notícia de que *Encantamos!* seria, oficialmente, levada para a Broadway.

Eu deveria estar me sentindo um pouquinho orgulhosa, dado que, mesmo depois de toda interferência e manipulação, Rachel não havia conseguido tirar o papel de Peggy de mim; contudo, depois de oito apresentações por semana, incluindo alguns dias com apresentações duplas em Rhode Island e um novo cronograma noturno, estava um pouco exausta demais para ficar me achando.

Também estava lutando contra o medo que tinha se estabelecido dentro de mim da iminente estreia na Broadway.

Esse sempre — sempre — foi o meu sonho, mas, agora que eu o tinha no meu alcance, estava começando a surtar.

E não conseguia parar de pensar em Cal. No pedido de desculpas dele. No que tinha acontecido naquela época. No que estava acontecendo naquele momento. Entre nós.

É óbvio, não existia um *nós*.

Bebi um gole de vinho e olhei feio para Rachel por cima da borda da minha taça.

— Ei, eu te conheço!

Me virei e vi Whitney ali.

— Oi — eu disse.

Cal tinha trazido *duas* acompanhantes?

Eu não trouxe ninguém.

Tecnicamente, Harriet e eu fomos juntas, mas aquilo não contava. Já era esperado que nós duas estivéssemos lá. Especialmente Harriet. Se alguém deveria comemorar naquela noite, era ela.

Passei a tentar ser uma amiga mais presente e solícita, mas estava começando a me preocupar que já fosse tarde demais. Que Harriet estivesse meramente me tolerando, já pronta para seguir em frente e arranjar amigas melhores e mais gentis.

— Como está o Sammy? — perguntei a Whitney.

— Um encanto, como sempre — ela respondeu. — Começou a perguntar de onde vêm os bebês.

— Mas já? — falei. — E o que você diz a ele?

— Digamos que estamos ouvindo ele cantar "pêêênis" e "vagiiina" faz mais ou menos uma semana — ela disse. — Além de dedos apontando para a minha virilha e a do meu marido para acompanhar.

— Seria pior se ele gritasse "pererreca" ou "pingulim".

Whitney levou uma mão ao peito, horrorizada.

— Eu nunca usaria a palavra "pingulim" — ela falou. — "Monstro de um olho só", talvez. Ou, como uma das minhas professoras da faculdade chamou certa vez, "o badulaque varonil".

— Badulaque. Varonil — repeti.

— Pois é — Whitney continuou. — Uma mulher à frente de seu tempo. E foi completamente apropriado, no contexto da conversa.

— Imagino.

— Estou animada para ver a peça — ela disse. — Queria ter ido assistir a vocês em Rhode Island, mas o Cal me disse para esperar até a Broadway.

Me lembrei de como ele estava estressado com a venda dos ingressos fora da cidade; ainda assim, teve confiança o suficiente para pedir à melhor amiga que esperasse. Ele era um enigma, de muitas maneiras. Ou apenas muito bom em blefar com a cara séria. Toda uma existência feita de blefes.

— Ouvi dizer que os ingressos esgotaram.

— Foi mesmo — respondi, me sentindo orgulhosa ao extremo.

A estratégia do karaokê tinha dado certo; a internet não ficou comentando apenas sobre a peça, como também falando de mim e do meu "legado". Ao que parecia, algumas pessoas estavam reavaliando o que tinha acontecido tantos anos antes — a maneira como fui tratada pela imprensa — e começando a sair em minha defesa.

Em muitos aspectos, não fazia diferença — aquele momento já tinha passado havia tempos, e não havia nada que alguém pudesse fazer para mudá-lo —, mas, assim como o pedido de desculpas de Cal, significava *alguma coisa* que o escândalo fosse contextualizado. Que parecessem compreender o que eu tinha passado na pele de Katee. O lado bom e o ruim.

— Cal está se escondendo na varanda — Whitney informou, embora eu não tivesse perguntado por ele.

— Por quê?

Whitney apontou para Rachel.

— Pelo que entendi, aquela ali fica bem atiradinha quando ele está por perto.

Fiquei confusa.

— Eu sou o para-choque — Whitney continuou. — Geralmente, ela mantém distância se estou na área, mas se tiver bebido o bastante, já aconteceu de ela encurralar Cal no banheiro.

— Eles não estão namorando? — perguntei.

Whitney me olhou e explodiu em gargalhadas. Quando viu que minha dúvida era verdadeira, ela parou.

— Ah. Você tá falando sério — ela constatou.

Fiz que sim com a cabeça.

— Não sei de onde tirou essa ideia, mas, não, eles não estão namorando — Whitney respondeu. — Mas *aqueles dois* estão.

Ela indicou com a cabeça o outro lado do salão, onde Rachel interrompia a conversa de Harriet com Statler/Waldorf para dar um beijo na bochecha dele.

— Ah, meu Deus — falei.

— Digo, gosto não se discute — Whitney disse, erguendo a própria taça. — Mas... sim.

Deixei que aquela informação fosse absorvida.

Maldita Rachel. Ela era mesmo astuta. Se não tivesse me causado uma dor de cabeça tão grande, eu poderia até ter admirado seu empenho.

Whitney tinha razão. Cal estava *mesmo* se escondendo na varanda.

Era um lugar bonito, com uma vista incrível da cidade, mas também estava congelando. Fiquei ali um momento o observando em silêncio, os cotovelos dele apoiados no parapeito, toda sua silhueta forte, sólida e reconfortante olhando para Manhattan de cima.

Me aproximei por trás, abaixando a voz até fazer uma imitação quase passável de Rachel.

— Oi, querido — murmurei.

Cal deu um pulo de quase um metro e meio, e eu não consegui segurar o riso. Ele virou a cabeça de supetão; sua expressão de ansiedade se transformou em irritação.

— Kathleen — ele disse. — Eu deveria saber.

— Whitney contou que você estava aqui — falei. — Brincando de esconde-esconde com Rachel.

Cal soltou um gemido.

— Aquela mulher é implacável — ele disse. — Sempre que o namorado dá um jantar, parece que a mão dela gruda na minha coxa.

Eu não deveria achar aquilo engraçado. Porque não era.

Mas até mesmo Cal tinha um sorrisinho no rosto.

— E você me deixou acreditar que estava transando com ela! — lembrei. — Filho da mãe!

— Eu não fiz isso — Cal retorquiu. — Só não te corrigi quando você chegou a essa conclusão.

— Uau — falei. — Tá aí uma manipulação de qualidade.

— Não era da sua conta.

— Ah, não? — Ergui uma sobrancelha. — Rachel, sem dúvidas, tentou fazer com que fosse.

— E você mordeu a isca.

— Eu... — Abri a boca. Fechei. Abri de novo. — Bem... merda.

Cal se virou na minha direção.

— O que Rachel tem contra você, afinal? — ele perguntou.

Dei de ombros.

— Ela acha que fui eu que causei a expulsão dela do acampamento Curtain Call. Porque a Harriet e eu a flagramos bebendo, ela calculou que fomos nós que contamos para os orientadores.

— Hmmm.

Havia alguma coisa naquele "hmmm" que me fez olhar para ele com mais atenção.

— O quê? — exigi. — Eu *não contei* pra ninguém. Nem a Harriet.

— Eu acredito em você.

— Bem, a Rachel não acredita — falei. — E parece que ela ainda não desistiu de se vingar.

— Hmmm — ele disse mais uma vez.

— Tá bom, isso tá me irritando. O que você tá escondendo?

Cal me olhou de soslaio.

— Eu sei que você não causou a expulsão dela, porque fui eu que fiz isso.

Eu o encarei.

— O que você disse?

— Eu contei para os orientadores que ela estava bebendo — ele continuou. — Mas eles já sabiam. Digo, ela chegava nos ensaios fedendo a vodca. A sra. Spiegel estava fazendo vista grossa de propósito.

Meus olhos estavam arregalados.

— É sério?

— É — Cal disse. — Ameacei contar para os meus pais e, aí, finalmente fizeram alguma coisa a respeito.

— Puta merda — falei. — Esse tempo todo, Rachel estava *me* culpando por ter sido expulsa quando, na verdade, foi por causa de você, justo com quem ela fica tentando brincar de afogar o ganso?

Cal se encolheu.

— Afogar o ganso?

— Foi mal. Você entendeu.

— Infelizmente — ele disse.

— O Statler e o Waldorf não se importam? — perguntei. — De ela ficar te perseguindo?

— Quem? — O olhar que Cal me deu era de um bom humor incrédulo. — Você, por acaso, acabou de chamar nossos produtores de Muppets?

Dei de ombros.

— Se a carapuça serve...

Cal gargalhou.

— Ah, meu Deus — ele disse. — Nunca mais vou conseguir pensar neles de outro jeito. — Ele balançou a cabeça. — Você me arruinou, Rosenberg.

— Disponha — falei.

Apoiei os cotovelos no parapeito ao lado dos de Cal. O silêncio entre nós dois era confortável. Calmo.

— Posso te perguntar uma coisa?

— Vá em frente.

— Por que "Memory"? — questionei. — Na audição. Por que o pedido de última hora, e por que aquela música?

— Ah. — Cal voltou o olhar para a festa. — Bem, imagino que você tenha deduzido que a Rachel anda fazendo tudo o que pode para conseguir um papel nessa peça.

— Então era uma ameaça *real* — eu disse, sentindo-me inocentada de certa maneira.

Cal deu de ombros.

— Eu não estava levando muito a sério. Especialmente a ideia de ela ir atrás do *seu* papel — ele falou. — Mas houve... cochichos a respeito de encontrar alguma coisa para ela.

— Então, em vez de me dar um alerta, você simplesmente resolveu fazer uma surpresa?

— Em primeiro lugar — Cal começou —, você não estava exatamente confiando em mim na época.

— Nem imagino o porquê — murmurei.

Ele me ignorou.

— E, em segundo lugar, a última coisa que eu queria era fazer parecer que estava te tratando diferente dos outros. Queria que você conseguisse aquele papel sem nenhuma ajuda da minha parte.

— Ah.

— E eu sabia que era provável que você ainda se lembrasse daquela música, que, por acaso, é uma das preferidas do... — ele pigarreou — dos Muppets.

— Ah — repeti.

— Sinto muito — Cal disse. — Pareceu uma ideia boa na hora. Acho que eu deveria só ter sido mais direto.

— Não — respondi. — Eu entendo.

E entendia mesmo. Nós tínhamos evoluído muito nos últimos meses, passando de uma hostilidade tensa e espinhosa para uma cooperação relutante, até... o que quer que fosse aquilo. Amizade, talvez?

Olhei de relance para ele. Para seu perfil sob a luz da lua.

Era amizade o que eu realmente queria de Cal?

— Caramba — ouvi Harriet falar. — Está congelando aqui fora.

Cal e eu nos viramos. Harriet estava parada na porta, um sorriso exageradamente amigável no rosto sendo ofuscado pelo olhar dela, que não parava de alternar entre mim e Cal, procurando por alguma coisa. Me afastei para um lado, me distanciando de Cal.

— Nós estávamos nos escondendo — falei.

— *Nós?* — Cal questionou.

— Não é como se eu quisesse ficar perto da Rachel.

— Bem — Harriet falou —, está todo mundo procurando por vocês dois. Cal, estava combinado de você fazer um discurso, ou alguma coisa assim?

Ele deu um tapinha no bolso do paletó.

— Está todo mundo pronto?

— Está — Harriet disse.

— Beleza. — Ele estendeu um cotovelo para mim e, então, um para ela. — Vamos voltar para dentro.

NA ÉPOCA

CAPÍTULO 27

TENTEI MUITO TERMINAR COM RYAN. TENTEI *MESMO,* MAS ELE ESTAVA dificultando as coisas. Era quase como se soubesse das minhas intenções, porque, de repente, passou a agir como um ótimo namorado. Óbvio, era mais na frente da imprensa — falando nas entrevistas do quanto me amava, fazendo questão de segurar minha mão sempre que havia paparazzi por perto, chegando a me dar um ou dois beijos até que eu lhe pedisse para parar. E, o mais irritante de tudo, tinha começado a dedicar músicas a mim nos nossos shows.

— É porque eu amo você — ele dizia quando eu pedia que parasse com aquilo também.

Era tudo bem dramático, ridículo e superirritante.

E eu sabia que Cal estava odiando aquilo.

— Também amo você — eu respondia, porque não era exatamente uma mentira. Não queria mais que fôssemos namorados, mas isso não apagava todos os sentimentos que eu tinha por ele. Estávamos juntos havia um bom tempo. Ele era meu primeiro namorado. Meu primeiro... tudo. Quase tudo.

— Só quero que a nossa vida pessoal seja pessoal — eu dizia.

Ele parecia não compreender.

— Todo mundo sabe que a gente está junto — ele falava. — E é bom para nós dois.

Quando ele falava esse tipo de coisa, por outro lado, ficava um pouquinho mais fácil imaginar o término. Às vezes, eu me perguntava quanto do nosso relacionamento era baseado em afeto mútuo e quanto vinha do fato de ser uma coisa positiva para a carreira de Ryan.

A turnê estava chegando ao fim. Todos estavam exaustos. LC e Mason haviam pegado a mesma gripe, que estava circulando pela equipe nas últimas semanas. Wyatt tinha torcido o pé pulando da janela do seu quarto de hotel. Era no primeiro andar, então não foi uma contusão grave, mas ainda foi preciso que os garotos reorganizassem o show para possibilitar que ele se apresentasse.

Eu conseguia enxergar a luz no fim do túnel, e prometi a mim mesma que, quando a turnê tivesse terminado, quando eu estivesse de volta aos estúdios gravando, quando eu tivesse voltado para casa, em Nova York, terminaria com Ryan, e Cal e eu poderíamos ficar juntos.

O futuro parecia longe demais e ao mesmo tempo muito perto.

Agora, era Cal que estava me evitando. Eu não podia muito bem culpá-lo, mas não estava gostando nada daquilo. Estar na estrada já era solitário por si só, e a sensação de solidão parecia só aumentar.

Não podia ser tão difícil assim terminar com alguém.

Só precisava dizer a Ryan...

O quê? Que eu queria ficar com Cal?

Aquela era a verdade, e eu conhecia Ryan o bastante para saber que, se falasse apenas que queria romper, ele exigiria um motivo. Iria perguntar e perguntar e perguntar e perguntar até que eu ficasse tão cansada de ouvi-lo choramingar que entregaria a verdade.

Não queria magoá-lo. Não queria magoar ninguém.

Mas tinha praticamente certeza de que seria inevitável.

Eu tinha ido ao restaurante do hotel para pedir que mandassem um pouco de sopa para os quartos de LC e Mason — estava tarde, e o restaurante, prestes a fechar, mas eu tinha aprendido havia um bom tempo que, sendo famoso, dava para conseguir quase qualquer coisa. Ser educado e generoso com notas de vinte dólares também ajudava. Além dos autógrafos.

Era esquisito o poder que meu garrancho detinha.

Fui voltando em direção aos elevadores, despreparada para retornar ao meu quarto vazio, mas sem ter outro lugar para onde ir.

Quando as portas se abriram, Cal estava parado ali.

Afinal, por que isso não aconteceria, não é mesmo?

— Oi — ele disse.

— Oi — falei, entrando no elevador.

Como ele não olhava para mim, conferi por conta própria se o botão do meu andar estava pressionado, e estava, porque nós dois estávamos hospedados no mesmo andar. O último.

Ele estava com cheiro de cloro e com o cabelo molhado. Sem dúvidas, estava até então nadando na piscina coberta do térreo.

Passamos pelos primeiros andares em silêncio, mas a tensão vibrava no ar ao nosso redor.

Finalmente, me virei para ele.

— Eu sinto muito.

— É — ele respondeu. — Eu também.

O elevador alcançou nosso andar, e ele saiu. Fui atrás dele.

— O que quer dizer com isso? — perguntei, seguindo-o até a porta de seu quarto.

Cal se virou e olhou para mim. Ele parecia cansado. Exausto.

— Olha — ele disse —, eu entendo. Você e Ryan. É... o que é.

— Não — respondi. — Eu só preciso de mais tempo.

Cal sacudiu a cabeça.

— Não precisa, não.

— Preciso, sim — insisti, ciente de que estava parecendo uma criancinha discutindo para não comer salada ou alguma coisa do tipo.

Ele abriu a porta.

— Não quero brigar com você por causa disso.

— Nem eu.

— Vá pro seu quarto, Kathleen — ele pediu e, então, bateu a porta na minha cara.

Fiquei parada por um momento, de boca aberta, sem acreditar no que tinha acabado de acontecer. Ele. Tinha. Fechado. A. Porta. Antes de eu terminar de falar.

Aquele *maldito*.

Cerrando a mão, comecei a esmurrar a porta. De repente, ela se abriu com um solavanco, e eu praticamente caí para dentro do quarto de Cal.

— O que você tá fazendo, cacete? — ele perguntou. — Quer que o andar inteiro te escute, inclusive Ryan?

— Você foi grosso!

Cal jogou as mãos para cima, exasperado, e voltou para o interior do quarto. Eu sabia que era uma ideia ruim, mas o segui, deixando que a porta se fechasse atrás de nós.

Eu o observei inspecionar o minibar, se erguendo com um punhado de garrafinhas minúsculas de álcool. Ele abriu uma e tomou um longo gole.

— Me dá isso aí — falei.

Ele me estendeu outra garrafa. Vodca. Eca. Bebi mesmo assim.

— Pode ir embora, agora? — Cal perguntou quando terminei.

Minha garganta estava queimando. Meu rosto, também.

— Você não está sendo justo.

— Justo? — Ele parecia incrédulo. — Você tá de brincadeira comigo, porra? Justo?

Não. Não era incredulidade. Ele estava bravo. Bravo de verdade.

Eu nunca tinha visto Cal bravo.

Ele veio na minha direção, uma torre raivosa. Mas eu não tinha medo.

— Quer falar de justiça? — ele perguntou. — Você acha justo eu ter que ficar no palco, todo inferno de noite, ouvindo o imbecil do seu namorado dedicar *as nossas músicas* pra você? Me faz sentir um completo idiota. Porque você nunca vai terminar com ele. E o otário sou eu, por pensar que vai. Por abrir o meu coração. E pra quê? Pra alimentar o seu ego? Pra te fazer sentir melhor com você mesma no intervalo das brigas com o Ryan? — As narinas dele estavam dilatadas. — Você não tem o direito de me dizer o que é justo, *Katee*.

Eu o encarei. Não conseguia me lembrar da última vez que o tinha ouvido falar tanta coisa de uma só vez. O fato de tudo aquilo ser doloroso e de a maior parte ser verdade não ajudava em nada, mas o pior foi ouvi-lo me chamar de Katee.

Eu sempre fui Kathleen para Cal. Sempre fui eu mesma.

Mas naquele momento?

— Você não entende — eu disse, mas era uma resposta fraca.

— Eu entendo. Acho que quem está confusa aqui é *você*.

— Não estou!

Ele chegou muito perto de mim. Sua presença parecia ameaçadora. Eu tinha quase certeza de que conseguia sentir seu coração batendo no espaço entre nós dois.

— É mesmo? — ele perguntou. — Então, o que é que você quer? Quem você quer?

Ergui os olhos para ele e sabia que era aquele o momento. A decisão.

Não hesitei.

— Você — falei. — Eu quero você.

A boca dele encontrou a minha, suas mãos segurando meu rosto ao me beijar. Ou fui eu que o beijei, meus dedos apertando seus ombros, puxando-o para mais perto, e mais perto, e mais perto. Ainda assim, não era o bastante. Ele me empurrou contra a porta, seus lábios descendo para o meu pescoço, uma sensação tão boa que soltei um grito. Tão eletrizante, tão quente, tão perigoso e tão perfeito.

Comecei a arrancar a camisa dele ao mesmo tempo que ele tirava a minha, parando só para continuarmos a nos beijar. Eu não me importava com quanto tempo ia demorar. Não me importava se o beijo durasse para sempre, se cada peça de roupa levasse uma hora para ser tirada.

Contanto que eu estivesse nos braços dele. Contanto que ele não parasse de me tocar. Contanto que me beijasse, me beijasse e me beijasse.

Tudo que importava era eu e Cal.

AGORA

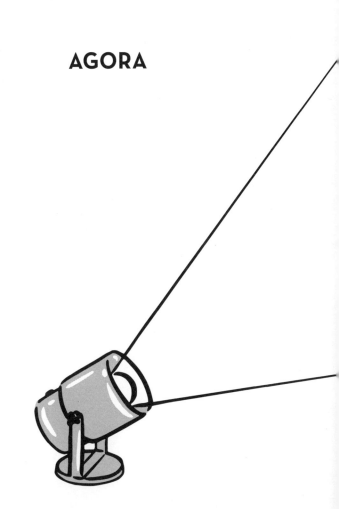

CAPÍTULO 28

NÃO ENTENDI DE IMEDIATO O QUE HAVIA ACONTECIDO. EM UM momento, eu estava em pé nas coxias, conversando com a figurinista; no seguinte, o lugar inteiro tinha sido tomado por um alvoroço de pânico, um berro de dor ecoando pelo teatro.

Correndo para o palco, encontrei minha substituta contorcida no chão, ao lado da esteira rolante cenográfica, que continuava ligada.

— Desliguem isso! — gritei, mas o foco estava em Jennifer.

A pobrezinha estava caída de rosto para baixo, seu braço e sua perna dobrados em um ângulo absurdo. Eu conseguia ouvir seus gemidos, o som levemente abafado pela peruca que ela usava.

Bati no botão grande e vermelho da esteira, o que apertávamos para ligá-la e desligá-la, e o equipamento parou de se mexer. Corri de volta até Jennifer, ajoelhando-me ao lado dela. Não sabia o que fazer, mas tinha quase certeza de que não deveria tocar nela nem movê-la.

— Saiam do caminho!

Olhei para a direção da plateia no momento exato em que Cal saltava para o palco, com a velocidade e a agilidade de um homem dez anos mais novo. Não fazia ideia de qual tinha sido a última vez que o vi — ou qualquer outra pessoa, na verdade — se mover tão rápido. Ele caiu de joelhos na frente de Jennifer.

— Chamem uma ambulância! — ele berrou. — Agora! Agora, caralho!

Seus olhos passaram de relance por mim; pude jurar que ele só se deu conta do que estava vendo quando me olhou pela segunda vez.

— Kathleen — ele disse. Confuso. Aliviado.

Havia uma multidão reunida ao redor de Jennifer, mas, naquele momento, parecia que só eu e Cal estávamos ali.

— Eu não sei o que houve — falei.

Ele me fitou. Fechou os olhos por um breve momento, depois os abriu.

Focou a atenção em Jennifer.

— Você vai ficar bem — ele disse, a voz suave e tranquilizadora. Firme. — Tudo vai ficar bem.

As mãos dele estavam tremendo.

Jennifer deixou escapar um lamento, seguido por uma exclamação baixa e chorosa de dor. Parecia que ela tinha sofrido várias fraturas, mas estar sentindo dor era uma coisa boa. Não era? Eu não tinha certeza.

Só sabia que estava enterrando as unhas das mãos com tanta força nos meus braços que tinha quase certeza de que ficariam com marcas. *Aquela dor* era boa.

— Quem está chamando a ambulância? — Cal vociferou.

— Eu — a voz de Mae veio da plateia. — Chegam aqui em cinco minutos.

— Ouviu isso? — ele se dirigiu a Jennifer. — Estão quase chegando. Você vai ficar bem.

Ele ergueu os olhos e observou o elenco e a equipe aglomerados ali, preocupados.

— Se afastem, pessoal — ele ordenou. — Vai ficar tudo bem. Só precisamos de um pouco de espaço.

Todos obedeceram, mas eu, não. Permaneci imóvel.

Cal continuou gritando ordens. Completamente no controle. Imponente.

Era reconfortante.

— Alguém saia lá na frente para esperar a ambulância — ele disse. — Garantam que eles consigam vir até aqui sem problemas.

Quando o socorro chegou, foi imediatamente conduzido até o palco. Eles retiraram todos do local; eu retornei para as coxias, de onde poderia assistir sem atrapalhar. Sentia a atmosfera tensa e melancólica enquanto Jennifer era erguida para a maca. Os paramédicos foram calmos e gentis, mas estava bem nítido que precisaríamos encontrar outra alternante antes da estreia da peça.

Cal acompanhou Jennifer para fora do teatro, parando apenas para falar com Mae.

Quando foram embora, a assistente voltou.

— Pessoal. — Sua voz não estava tão firme como a de Cal, mas estava bem controlada. — Não há mais nada que a gente possa fazer hoje. Vamos atualizar vocês quando recebermos mais informações, mas até lá é melhor que todo mundo vá para casa.

— Você sabe o que aconteceu? — Taylor me perguntou.

Sacudi a cabeça, me sentindo anestesiada.

— Acho que ela tropeçou — Nikki disse. — Só um acidente infeliz e idiota.

Ficamos paradas no lugar, em silêncio; a esteira no meio do palco era como um aviso enorme e ameaçador.

— É um número difícil — Nikki falou.

— É — eu concordei.

Não havia muito mais que qualquer uma de nós pudesse dizer. Nikki me deu um aceno apático e, quando devolvi o gesto, vi que continuava segurando a peruca de Jennifer. A minha peruca.

O teatro estava quieto — todo mundo já havia ido embora —, então, enquanto me dirigia para os bastidores, limpei a poeira da peruca tão bem quanto podia. Cuidadosa e delicadamente, eu a devolvi para seu apoio. Mesmo sabendo que ela precisaria ser limpa e arrumada novamente, fiz o que pude para deixá-la do jeito certo. Depois, fui até meu camarim. Queria pegar minha bolsa e ir embora, mas não foi o que fiz. Simplesmente fiquei ali.

Não sei por quanto tempo. Instantes. Dias.

— Kathleen.

Ao me virar, encontrei Cal parado na porta.

— Você está com uma cara horrível — falei.

Ele entrou e fechou a porta.

— Ela quebrou o cotovelo — ele disse. — E a perna. Mas está bem.

"Bem" parecia um conceito relativo. Eu podia apostar que Jennifer não concordaria que estava bem, mas sempre podia ser pior. Contive a piadinha tenebrosamente inapropriada de "quebre a perna" que meus mecanismos de defesa conceberam.

— Ela tropeçou — falei, em vez disso. — Pelo menos foi isso que me disseram.

Cal acenou com a cabeça.

— Foi só um erro — continuei. — Um acidente. Não foi culpa de ninguém.

Aquilo arrancou uma risada de Cal. Rouca. Áspera.

— Não foi culpa de ninguém? — ele perguntou. — Caralho, eu sou o diretor, Kathleen. A culpa é *minha*.

— Não.

— Você não parava de me dizer que o número era difícil demais. Não parava de dizer que era complicado demais — ele disse. — E eu dei ouvidos?

— Deu, sim — respondi. — Você ouviu. Você mudou o número.

Mas ele não estava mais prestando atenção em mim.

— Eu precisava ter uma baita de uma coreografia, não é? — As palavras de Cal saíram cheias de zombaria à medida que ele andava pelo meu camarim. — Não podia fazer alguma coisa legal, alguma coisa segura? Não. Eu *precisava* dessa porra de número ridículo e grandioso.

— Para com isso — eu disse. — Foi um acidente.

Coloquei a mão no ombro dele; ele girou na minha direção. Avançou para cima de mim até me encurralar contra a penteadeira.

— Eu pensei que era você — ele disse.

— O quê?

— Eu vi o seu figurino. A sua peruca.

Não me mexi.

— Vi você caída no palco. Completamente imóvel.

Minhas mãos estavam espalmadas no tampo da mesa do camarim. Não tinha para onde fugir, e nenhum lugar para o qual quisesse ir. Os pés de Cal tocaram os meus. Eu sentia o cheiro de suor e da colônia dele. Laranjas.

— Estou bem — falei. — Não me machuquei.

Seus olhos estavam fixos nos meus, como se ele não tivesse certeza de que podia acreditar em mim.

— Se você tivesse...

— Mas não me machuquei — insisti. — Olha. Estou bem.

Ergui o braço. Minha mão tremia.

— Kathleen — Cal falou.

— Estou bem — sussurrei.

— Mas eu não estou — ele respondeu. — A ideia de acontecer alguma coisa com você...

Ele abaixou a cabeça.

— Cal...

Quando ele ergueu os olhos, eles estavam brilhando muito, resolutos.

— Não consigo mais fingir — ele disse. — Eu preciso de você, Kathleen.

O ar parou na minha garganta.

— Me diga que é só eu — ele pediu.

— Cal...

— Me diga que isso é errado.

— Você está em choque — eu disse.

— Me diga para ir embora.

— Você é meu chefe.

— Me diga que isso te incomoda.

Eu não podia falar aquilo. E não falei.

— Eu acho, de coração, que se não te beijar agora mesmo — ele disse —, se eu não te tocar, é capaz que eu morra.

— Que dramático — falei, embora me sentisse exatamente da mesma maneira.

— Kathleen. — A voz de Cal estava tão baixa.

Ele estava implorando.

E, ainda assim, não me tocou. Ficou parado, os punhos cerrados ao lado do corpo, que, por sua vez, estava todo tenso. Ele estava esperando.

Estivera esperando até então.

Nós dois, por todo esse tempo, todos esses meses. Brigando e não brigando. Tudo nos trouxe até ali, e éramos idiotas completos por pensar que poderíamos ter qualquer outro resultado.

Nós, juntos, significávamos problema e, ainda assim...

— Sim — falei.

Enrosquei os dedos na gola da camisa dele e puxei sua boca para a minha.

CAPÍTULO 29

EU ESPERAVA MAIS UMA COLISÃO.

Em vez disso, os lábios de Cal nos meus eram macios. Cautelosos.

As mãos dele envolveram meu rosto e ele beijou minha boca, minhas bochechas, meu nariz, meu queixo, minhas pálpebras. Me beijou com tanta gentileza e cuidado que senti um nó apertar minha garganta. Seu toque era delicado, mas eu sentia o desejo crescendo sob aquela doçura. A maneira como seus dedos se enroscaram nos meus cabelos quando me pressionei nele, tentando estar tão perto quanto possível dele. Seus quadris apertando os meus, me prendendo — de bom grado — contra a penteadeira.

Ele beijou meu pescoço. Minha clavícula. Tomou minha mão e beijou a palma. Pegando a outra, ele a pôs sobre o próprio rosto, seus olhos fechados enquanto roçava a bochecha na minha pele. Sua barba por fazer arranhava, mas era uma sensação boa. Tão boa.

— Cal — murmurei.

Ele ergueu a cabeça, seus olhos encontrando os meus. E eu vi o desejo acumulado ali. Toda aquela necessidade, toda aquela ânsia, só esperando uma permissão para serem liberadas.

— Sim — falei. — Por favor, sim.

As mãos de Cal agarraram minha bunda e me colocaram em cima da mesa do camarim. Sua boca estava quente na minha, minhas mãos segurando seu rosto. Eu queria devorá-lo, queria me perder no cheiro dele, no toque dele, em tudo.

Fazia tanto tempo.

Eu estava tão pronta.

Eu o soltei para poder passar os dedos por seu torso, abrindo botões à medida que descia, empurrando a camisa para os lados, as palmas das minhas mãos bem abertas sobre os pelos ásperos que se espalhavam por seu peito. Minhas pernas enlaçavam a cintura dele, enquanto com uma mão ele agarrava meu quadril e, com a outra, meus cabelos.

Ele mordeu meu pescoço quando abri suas calças.

— Porra, Kathleen — ele disse, empurrando os quadris contra minha mão.

— Sim — respondi. — Isso.

Eu o alisava enquanto ele descia as mãos até a barra do meu vestido e, então, ele subiu, subiu e subiu, empurrando o tecido no processo, descobrindo meus joelhos, minhas coxas.

— Não tenho camisinha aqui — Cal falou.

Sua testa estava úmida e pressionada na minha.

— Minha casa ou a sua? — perguntei.

Ele beijou minha bochecha. Minhas pálpebras. O canto da minha boca. Minha boca.

Ele não conseguia parar de me beijar.

— Aqui — ele respondeu. — Agora.

Eu estava prestes a corrigi-lo quando ele caiu de joelhos, abrindo minhas pernas. Minha calcinha desapareceu em um instante, minhas mãos apoiadas atrás de mim na penteadeira, minha bunda nas mãos de Cal.

— Sim — falei.

A boca dele na parte de dentro da minha coxa.

Minha cabeça bateu no espelho quando a língua de Cal desenhou círculos maravilhosos; uma das minhas mãos agarrava o cabelo dele, a outra lutava para encontrar apoio, até conseguir se segurar na borda da mesa. Ele tinha uma das mãos espalmada na minha perna; olhei para baixo e vi que com a outra ele segurava o pau, se acariciando lentamente enquanto me lambia.

Era tão gostoso. Tão certo. Tão bom.

O toque dele era tudo para mim. Fechei os olhos, concentrada unicamente naquela sensação, no prazer que ele me proporcionava. Apoiei os pés em seus ombros, meus dedos se curvando enquanto meu corpo inteiro estremecia. O prazer que senti foi instantâneo e me pegou de surpresa. Se alguém ainda estivesse no teatro, teria conseguido me ouvir até das vigas do teto.

Me deixei desmontar na penteadeira, sentindo como se não tivesse ossos nem cérebro.

Cal esfregou a boca com as costas da mão ao se colocar de pé, vestindo os jeans de volta.

— Táxi — ele disse. — Agora.

Não sabia dizer como foi que fomos do teatro até um táxi e, de lá, na minha casa sem arrancar as roupas um do outro, mas, de alguma forma, conseguimos manter a compostura até alcançarmos o hall de entrada do apartamento.

Peixinha, deitada na própria cama, nem sequer ergueu a cabeça quando entramos voando na sala de estar.

O quarto era perto, mas o sofá era ainda mais. A parte de trás das minhas pernas esbarrou no estofado, mas permanecemos de pé, ainda focados nas nossas roupas e em tirá-las.

As mãos dele estavam na minha cintura, subindo, os dedos traçando as alças do meu sutiã. Elas tinham ficado me apertando a noite toda e, quando ele levou uma mão até minhas costas, desenganchando aquele incômodo em um só movimento, deixei escapar um suspiro de alívio. Cal abaixou os olhos e estalou os lábios.

— Pobrezinha da sua pele — ele falou, descendo para correr a língua pelas marcas vermelhas que as alças haviam deixado nos meus ombros e sob meus seios.

Eu o agarrei, meus dedos em seus cabelos enquanto ele aliviava as marcas doloridas.

Quando se colocou de pé, Cal manteve as mãos nas laterais do meu corpo em vez de com elas envolver meus peitos, que agora doíam de tanto desejo. Fiquei esperando que ele me empurrasse para o sofá, que pressionasse seu corpo enorme e forte em cima do meu.

Ele me beijou, os dedos alinhados com os espaços entre minhas vértebras, enquanto eu abria seu cinto e empurrava sua calça até caírem no chão. Ele arrancou os sapatos, puxou as meias. Fiz o mesmo, até que estávamos os dois cobertos por nada além de uns pedacinhos de algodão elástico.

— Deve ter te deixado maluca. — Cal beijou meu pescoço.

— Hmmm?

— Todo esse tempo — ele disse. — Ser dirigida. Por mim.

— Eu sei ser dirigida.

— Sabe mesmo.

— Sou muito boa em ser dirigida — retorqui, arrastando a palma da mão pelo peito dele.

— Ah, eu sei.

Ele colocou a mão sobre a minha.

— Mas eu também sou — ele falou.

Ele tirou o resto das roupas, e minha boca ficou seca.

— Me diga o que você quer — ele disse, entrelaçando os dedos com os meus. — Me dirija.

Era bem possível que aquilo fosse a coisa mais sexy que já tinha ouvido na vida. Ou talvez fosse só porque era Cal falando.

— Talvez você se arrependa disso — alertei.

Da proposta e de todo o resto.

— De jeito nenhum — Cal falou, se aproximando. — Vamos lá, Kathleen. Eu te desafio.

Ah, ele era um homem muito, mas muito safado.

Com as mãos nos quadris dele, girei nossos corpos até que fosse ele a estar de costas para o sofá. Com um empurrão, eu o deixei cair sentado, seu corpo agora recostado nas almofadas, esperando por mim. Pronto para mim.

Todo para mim.

Deslizei a calcinha pelas pernas.

— Cacete, você é maravilhosa.

Senti uma comichão de dúvida e culpa bem no fundo da minha consciência, mas, com Cal me olhando daquela maneira, era fácil deixar todo o resto de lado.

Subi no sofá, em cima de Cal, meus joelhos ao lado dos quadris dele. Com as mãos nos ombros dele, eu o beijei profundamente. Me perdi naquele beijo, no calor das nossas bocas, das nossas línguas. Na barba dele arranhando minha bochecha.

Não havia sido daquele jeito antes.

Cal mantinha as mãos no sofá, nossos corpos se tocando, mas não nos pontos mais interessantes.

— Cal — murmurei em seu ouvido.

— Hmm?

— Me toca.

— Onde?

— No meu quadril — pedi. — Na minha bunda. Nos meus peitos. Toca em mim.

E ele tocou, seguindo meus comandos com precisão, escorregando aquelas mãos grandes e ásperas pela parte de trás das minhas pernas, curvando-as nos meus quadris, apertando minha bunda, subindo para envolver meus seios, seus polegares acariciando meus mamilos.

Inclinei a cabeça para trás e afundei no colo dele, nossos corpos entrando em contato. Eu o sentia quente e duro entre as minhas coxas; mexi a cintura para a frente e para trás, provocando nós dois com a fricção.

— Kathleen — ele sussurrou, a cabeça jogada nas almofadas.

Sua boca estava molhada e deliciosa; as pálpebras, caídas.

Ele ergueu as mãos e apertou meus peitos um contra o outro antes de se curvar e deixar um beijo na cavidade úmida do meu pescoço; então, desceu mais, ao longo da curva que havia criado. Enterrei as unhas nos ombros dele enquanto ele provava com a língua o sal na minha pele, puxando um mamilo para dentro da sua boca, depois o outro.

— Mais — falei.

Ele era *muito bom* em ser dirigido.

— Aqui — eu disse, pegando uma de suas mãos e a passando pela minha barriga, mais para baixo, até o meio das minhas pernas, no ponto que ansiava sofregamente para ser tocado.

Cal deslizou os dedos em mim, a princípio com gentileza. Me curvei, forçando meus quadris, meu corpo todo, contra a mão dele.

— Mais.

Ele apertou os nós dos dedos em mim, os arrastou para cima e para baixo, criando fricção exatamente onde eu a desejava. Sua outra mão soltou meu peito e pousou no meu ombro, amparando minha cabeça, que havia caído para trás novamente.

Cal beijou meu pescoço enquanto eu cavalgava em sua mão, o meu prazer se elevando e decaindo com cada movimento do meu quadril. Eu estava perto, tão perto, mas precisava de mais.

— Mais forte — falei.

A mão dele se enroscou no meu cabelo e, com uma torção brusca do punho, o puxou — aquilo me fez perder o controle.

Meu corpo entrou em colapso, arfando e molhado, sobre o peito de Cal, as mãos dele nas minhas costas, me puxando com força para si. Eu conseguia sentir seu coração acelerado.

Tendo recuperado o fôlego, ergui a cabeça.

— Camisinha? — ele perguntou. — Lubrificante?

— No quarto — falei, levemente consternada. — Muito longe.

— Se fosse mais novo, eu te carregaria até lá — ele disse.

— Meu velhinho — provoquei, minha mão sobre seu peito.

Ele fechou os olhos, o sorriso curvado de prazer.

Com enorme relutância, me ergui de seu colo e ofereci uma mão para ajudá-lo a se levantar do sofá. Ele se colocou de pé e me recebeu com um beijo. Profundo e molhado. Quase tropeçamos nas nossas roupas caídas tentando chegar até o quarto sem soltar um ao outro. Dessa vez, Peixinha ergueu a cabeça, bocejou e voltou a dormir.

A mesinha de cabeceira tinha tudo de que precisávamos. Com ambos os itens em mãos, empurrei Cal para o colchão e subi ao encontro dele. Por cima dele.

Ele soltou um sibilo quando o toquei, seu corpo esticado na cama.

— Ainda me quer no comando? — perguntei.

— Pra caralho — ele respondeu.

Envolvi o pau dele com a mão, sentindo o deslizar fluido da pele ao acariciá-lo. Seus olhos estavam fechados, o calor vermelho aparente nas bochechas. Estava completamente à minha mercê, e nunca tinha parecido tão lindo aos meus olhos.

— Você já pensou nisso antes? — perguntei. — Em nós dois? Juntos? De novo?

— Mais vezes do que você pode imaginar.

A voz dele estava rouca. As mãos, cerradas.

Retirei a camisinha da embalagem e a desenrolei nele, que permaneceu imóvel, perfeitamente imóvel, embora sua pele parecesse tremer de expectativa. Eu me sentia do mesmo jeito; aquele pulsar quente, trêmulo e maravilhoso de desejo. Apesar do meu prazer, eu estava longe de ter me satisfeito.

Derramando lubrificante na mão, deixei nós dois bem escorregadios, os nós dos dedos de Cal ficando completamente brancos. Com o calor crescendo a partir da minha barriga e se espalhando por todos os lados, me ergui e sentei no colo dele; pressionei as mãos na parte de dentro de seus braços, forçando-os contra o colchão e para longe do corpo.

Sua mandíbula ficou tenso a quando curvei meus quadris para a frente, esfregando nossos corpos. Ele não se mexeu, simplesmente me deixou usá-lo, naquele arrastar lento e delicioso de pele e calor.

Soltei uma das mãos ao me erguer de joelhos, tateando entre as coxas dele, entre as minhas, tentando descobrir como nos encaixaríamos agora. Ao me afundar nele, minhas mãos encontraram as dele, nossos dedos se entrelaçando enquanto eu apertava seus punhos com força no colchão.

O gemido que ele soltou quando nossos quadris voltaram a se encontrar foi um que senti até os dedos dos pés.

— Kathleen. — Era uma bênção. Uma maldição.

Me inclinei na direção dele, meu cabelo como uma cortina em torno de nós dois.

— Vou *acabar* com você.

— Por favor — ele disse. — *Por favor.*

Comecei a me mexer, nossos dedos ainda unidos. Subi e desci, meu corpo era uma onda; o dele, a orla. Tudo que importava era aquele momento, aquela conexão. Me perdi no ritmo, capturando para mim aquilo que queria. Aquilo de que precisava.

Cal se arqueou para me acompanhar, as palmas de suas mãos apertadas nas minhas, mas nunca me tirando do controle. Nunca tomando nada. Ele se entregou, e eu sustentei meu corpo no dele ao ir ainda mais fundo, ao me mexer com ainda mais força. Ele apertou minhas mãos nas dele enquanto o prazer me atravessava como um chicote, meu gozo uma surpresa. Um alívio.

Minhas coxas não paravam de tremer, e Cal tinha os dedos enterrados nelas. Eu nem sequer me lembrava de tê-lo soltado; meu cabelo estava úmido e grudado na minha testa, e ele jogou os quadris para cima e gozou com um gemido gutural.

Saí de cima dele como se estivesse derretendo, me esticando na cama até que ele se virou e me puxou para si.

Sua respiração estava quente no meu cabelo; nossos corpos, escorregadios de suor, mas ele me abraçou com força.

— Eu te amo — ele falou.

Ele beijou minha têmpora, e eu sabia que estava esperando que eu respondesse o mesmo. Abri a boca, mas as palavras ficaram presas na minha garganta.

Em vez disso, me virei e enrosquei meu corpo inteiro no dele, o abraçando até que nós dois adormecemos.

NA ÉPOCA

CAPÍTULO 30

ESTAVA DECIDIDO. EU IA CONTAR A RYAN NO DIA SEGUINTE.

Cal estava curvado atrás de mim, seu braço jogado por cima do meu quadril. Eu sentia os pelos de seu peito fazendo cócegas nas minhas costas, o calor do corpo dele, a pressão de suas coxas nas minhas.

Nós tínhamos transado.

Transado.

Eu tinha transado com Cal Kirby.

De início, tinha sido um pouco esquisito, um pouco desconfortável, mas acabou ficando bom. Tipo, *muito* bom.

Tínhamos um show no dia seguinte — nosso último show da turnê. Eu diria a Ryan depois. Diria que era melhor que nós dois terminássemos. Não contaria a respeito de Cal. Isso seria demais e, agora que aquele fulgor doce e contente estava se dissipando, a culpa e a vergonha se apressavam em tomar seu lugar.

Eu tinha transado com Cal Kirby.

Enquanto ainda estava namorando Ryan.

Tinha feito tudo errado e sabia disso. Não consegui me controlar.

Não era isso que os homens sempre diziam quando eram pegos fazendo alguma coisa inapropriada, errada? Que tinham perdido o controle?

Mas eu sabia que aquilo não era desculpa. E que seria melhor sair dali.

Me mexi, mas Cal apertou os braços ao meu redor.

— Não vá embora — ele disse.

Sua voz fez cócegas na minha orelha.

Ele tinha tocado aquele mesmo ponto com a língua antes. Foi inacreditável de bom. A lembrança me fez arrepiar um pouco.

— Eu devia voltar pro meu quarto — falei.

— Ainda não.

A verdade é que eu não queria sair dali, então fiquei.

Ficamos deitados ali, juntos, e me aninhei ainda mais nele, querendo tocá-lo em todos os pontos possíveis.

Me sentia repleta de emoções, a maioria delas impossível de nomear.

— Eu te amo — Cal falou.

Não tinha certeza se aquela era uma das emoções. Não falei nada. Fingi que tinha adormecido.

— Uau — Harriet comentou. — Você parece feliz.

— Então — minha maquiadora concordou. — Não preciso fazer praticamente nada hoje, ela está brilhando.

Olhei para meu reflexo no espelho. Elas não estavam mentindo. Eu estava incrível. Feliz. Pra. Cacete.

Era meio ridículo.

— Só estou feliz que vamos ter uma folga — falei. — E que vamos poder começar a trabalhar no seu álbum em breve.

— No *seu* álbum — Harriet corrigiu.

Soltei uma risada pelo nariz.

— Me poupe. Eu vou fazer a parte fácil, quem está compondo todas as faixas é você. — Estendi a mão; os dedos dela encontraram os meus e os entrelaçamos. — Mal posso esperar pra todo mundo ouvir a sua música.

Ela sorriu para mim pelo espelho, mas sua expressão vacilou um pouquinho.

— Esse é mesmo o motivo de você estar tão feliz? — ela perguntou.

Meu sorriso desapareceu. Harriet era mais observadora do que devia.

— É — respondi, mas não a olhei nos olhos.

Ela esperou até que a maquiadora tivesse terminado e estivéssemos a sós. Então, se jogou na cadeira ao lado da minha, girando-a até me encarar.

— O que tá acontecendo?

Tentei ignorá-la, me inclinando para checar meus cílios. O contorno da minha boca. Qualquer coisa.

— Kathleen.

— Não é nada.

Mas ela agarrou os braços da minha cadeira e me forçou a ficar de frente para ela.

— Não pode ser nada — ela falou. — Não vejo você tão feliz assim desde... não sei... desde que você assinou o primeiro contrato para um álbum.

Não era possível. Fiquei feliz em outros momentos. Feliz de verdade.

Ryan tinha me feito feliz. Às vezes. Na maior parte do tempo.

— Aconteceu alguma coisa? — Harriet perguntou.

Eu não falei nada, mas, óbvio, meu silêncio foi uma resposta suficiente.

— Ah, meu Deus — ela disse. — O que aconteceu?

Fiz um gesto para que falasse baixo.

— Nada — repeti.

Ela sabia que era mentira.

— Eu vou descobrir. Você é horrível com segredos.

Era verdade? Aquela ideia me assustava. Será que Ryan conseguiria saber o que havia acontecido na mesma hora que olhasse para mim? Talvez eu devesse contar a ele agora, antes do show.

Mas não. Contar a ele seria a garantia de uma apresentação ruim. Além do mais, eu ainda não tinha decidido o que exatamente ia dizer.

— Kathleen — Harriet choramingou. — Me conta, vai! Sou sua melhor amiga!

— Tá bom.

Eu *precisava* contar para alguém.

Aproximei minha cadeira da dela e me inclinei até minha testa quase tocar a dela. Inspirei profundamente. Ela inspirou ainda mais.

— O Cal e eu...

— Ai, meu Deus! — ela guinchou, antes de eu poder dizer qualquer outra coisa. — Você fez isso mesmo! Não! Fez? Você fez!

— Cala a boca! — Agarrei as mãos dela. — Xiiiiu.

— Ai, meu Deus — ela sussurrou. — Você fez mesmo.

Confirmei com a cabeça.

— Ontem à noite.

Os olhos de Harriet estavam do tamanho de holofotes.

— Uaaaaaau — ela disse. — O que o Ryan disse sobre isso?

Eu abaixei a cabeça.

— Tá brincando — Harriet falou.

Dava para ouvir a decepção na voz dela.

— Não foi nada planejado — respondi.

— É, isso é óbvio.

— Ei!

Ela não estava errada, mas era difícil admitir.

— Foi um erro — falei.

Harriet ergueu uma sobrancelha e eu corei, pensando na noite anterior. Na boca de Cal. No pescoço dele. Nas mãos.

— Certo, não foi um erro — corrigi. — Só... não foi legal. Não pensei direito.

— Você com certeza não pensou direito — ela afirmou. — O que vai fazer?

— Eu não sei!

Ficamos imóveis. O show começaria em meia hora. Mais um show e a turnê terminaria. Mais um show e eu poderia me sentar com Ryan e falar com ele. Explicar a ele.

Se tudo desse certo.

Harriet se aproximou ainda mais de mim. Dessa vez, nossas testas se tocaram de verdade.

— E o Cal? — ela perguntou, a voz pouco mais do que um sussurro. — Ele...? Vocês estão...?

— Eu não sei.

Harriet franziu a testa. Eu sabia que ela era time Cal, e eu também, mas a situação toda era muito confusa e assustadora. Eu queria ficar com Cal. Queria *mesmo*. Só não tinha certeza do que fazer — não queria de jeito nenhum magoar Ryan. Não queria magoar ninguém.

Eu era uma idiota completa. Tinha feito tudo errado.

— Kathleen — Harriet me repreendeu.

— Eu *sei* — falei. — É só... bem complicado.

Ela me deu um olhar digno daquele eufemismo. Eu o mereci. Me afastei e conferi meu cabelo no espelho.

— Vou dar um jeito — afirmei. — Vai ficar tudo bem.

Tentei soar mais confiante do que realmente estava.

— Certo — Harriet falou.

— Só preciso fazer esse show.

— É.

— É.

Foi um show incrível. O público amou cada segundo, assim como eu. Era o final perfeito para uma turnê muito, muito longa, que me proporcionou o rompante de animação e orgulho de que eu estava precisando. Eu tinha conseguido.

Bebi uma garrafa quase inteira de água assim que saí do palco. Minha pele estava ensopada de suor; meus apliques, grudando na nuca e nas têmporas. Eu precisava de um banho e uma massagem. E tirinhas de frango. Com batata frita.

— Deixei o pessoal pronto pra vocês — falei para os garotos reunidos nas coxias.

Mason e LC estavam se aquecendo, se alternando em massagear os ombros um do outro. Wyatt tinha em mãos uma garrafa d'água que, julgando pela careta que fazia a cada gole, eu podia apostar que não continha água nenhuma.

Não conseguia olhar direto para Cal. Tinha ido embora enquanto ele usava o banheiro naquela manhã, simplesmente saído de fininho, o que eu sabia que não era legal, mas não queria acabar flagrada no quarto dele.

— Me dá um beijo de boa sorte? — Ryan pediu.

Ele me puxou para perto, os braços envolvendo minha cintura, me segurando na sua frente.

— Aham — falei, deixando um beijo rápido e estalado na sua boca.

Ele franziu a testa.

— Isso não é beijo de boa sorte — ele disse, e me deu um beijaço, chegando a me curvar para trás até meu cabelo encostar no chão.

— Meu Deus, arranjem um quarto pra vocês — Wyatt murmurou e arrotou.

Definitivamente, não era água naquela garrafa.

— Último show! — Ryan falou, me soltando para poder erguer os punhos no ar. — Vamos lá, caralho!

Os outros garotos pareciam exaustos diante da energia esmagadora dele.

— Ei. — Ryan pegou minha mão antes de ir para o palco. — Não suma, tá bem?

— Vou assistir a vocês — falei.

— Eu sei — ele respondeu. — Mas assista daqui, ok?

Eu tinha planejado assistir à primeira música das coxias e o restante no meu camarim, tirando todos os acessórios que me transformavam em Katee Rose.

— Tudo bem — eu disse, mas estava cansada, a animação do show se esvaindo rápido.

Ryan balançou a cabeça, me deu um beijo na bochecha e pisou no palco. Cal ficou por último. Ele se demorou, mas não olhou para mim. Também não olhei para ele.

— Quebre a perna — finalmente falei.

— Aham — ele respondeu, e se posicionou junto ao restante dos garotos.

Eu sentia sua decepção como se fosse outra camada de suor na minha pele. As coisas estavam uma bagunça, mas eu as consertaria. Depois do show, me sentaria com Ryan e falaria com ele. Ele ficaria chateado, mas resolveríamos tudo. Esclareceríamos as coisas. Afinal de contas, éramos todos amigos. Nos importávamos uns com os outros.

Como prometido, fiquei nas coxias, esperando que as cortinas subissem para dar início à metade final do nosso último show. Não me importava por ter passado a fazer a abertura nem com o fato de cada vez mais pessoas virem para vê-los. Estava feliz por eles. Orgulhosa.

Harriet se juntou a mim nas coxias.

— Belo show — ela falou.

Sorri para ela.

— Obrigada. O Ryan quer que eu assista daqui.

As sobrancelhas dela se ergueram.

— O show inteiro?

Dei de ombros.

— O tanto que eu aguentar — falei, mas a exaustão se aproximava com velocidade.

Tinha usado toda a minha energia e adrenalina para sobreviver àquela última apresentação e, agora, estava prestes a apagar. Mal podia esperar para voltar para o quarto e dormir por uma semana.

— Olá, Nova York! — Ryan gritou para a plateia, evocando aplausos ensurdecedores. — Somos a CrushZone!

Os garotos se posicionaram em perfeita sincronia para a primeira música, com Ryan no centro, como a ponta de uma flecha. Esperei que a música começasse, mas isso não aconteceu.

— Esperem um pouco! Esperem um pouco! — Ryan disse.

Os outros integrantes olhavam confusos uns para os outros. O que quer que estivesse se passando naquele momento, certamente não havia sido ensaiado. Ou então eles estavam se tornando atores excelentes.

— Sei que vocês estão animados para ver a gente — Ryan falou. — Mas espero que não se importem se eu trouxer a nossa artista de abertura de volta, só por um momentinho.

O quê?

— Você estava sabendo disso? — Harriet perguntou.

Fiz que não com a cabeça.

— Katee Rose! — Ryan chamou. — Venha pra cá.

Senti um embrulho no estômago, que aumentou de tamanho quando Cal olhou de relance para mim, a expressão impenetrável, para além do espanto generalizado.

O que estava acontecendo?

— Katee! Katee! Katee! — Ryan tinha puxado um coro, e a plateia inteira o estava acompanhando.

— É melhor você ir lá — Harriet disse.

Eu não queria. Sabia, no fundo, que nada de bom viria daquilo. Mas o que mais eu poderia fazer? Não parariam de gritar até que eu aparecesse. O show nunca terminaria.

— Merda — falei.

Pondo um sorriso no rosto, endireitei os ombros e voltei para o palco.

A plateia foi à loucura. Eu acenei, sorri e me coloquei ao lado de Ryan.

— O que você tá fazendo? — perguntei a ele, a voz baixa, agradecida por ter tirado meu microfone.

Mas ele não me respondeu. Em vez disso, se virou para o público, uma das mãos segurando a minha. Meu coração fazia *tum-tum-tum-tum* por todo o peito, como uma doninha desorientada e barulhenta. Eu me sentia enjoada.

— Katee Rose — Ryan começou. Ele ainda estava encarando o público. — Tem uma coisa que quero te perguntar.

Não. Ah, não, não, não.

Olhei de relance para Harriet, cuja expressão horrorizada com certeza era um espelho da minha.

Por favor, Deus, não.

— Katee — Ryan se voltou para mim —, eu te amo demais.

Não. Não. Não, não, não, não, não, não.

Ele apoiou um joelho no chão.

Achei que eu ia vomitar.

— Você me daria a honra de virar minha esposa?

Eu não conseguia sequer ouvir meus próprios pensamentos; a gritaria no estádio era ensurdecedora. Era como ser soterrada por um som. Meus tímpanos reverberavam.

Aquilo não estava acontecendo.

Mas estava.

Olhei para Ryan. Ele continuava ajoelhado, ainda sorrindo para mim, embora o sorriso estivesse agora um pouquinho forçado.

— Katee? — ele perguntou, antes de se virar para a plateia. — Acho que peguei ela de surpresa mesmo, hein?

Todos explodiram em gargalhadas.

E eu olhei para Cal. Ele estava olhando para o chão.

Ryan pigarreou. Alto.

Quando me voltei, estava óbvio que Ryan não tinha deixado passar aquele olhar.

Merda. Porra.

— Vamos lá, Katee — Ryan insistiu. — Acho que você deve uma resposta aos nossos fãs.

Eu. Estava. Fodida.

— Ahn — falei.

— Sim! Sim! Sim! Sim! — a multidão gritava.

Harriet estava com o rosto escondido nas mãos.

Abaixei os olhos para Ryan. Ele agora segurava um anel. Um anel enorme.

— O que me diz, Katee? — ele perguntou.

— Sim — eu falei. — Eu aceito.

AGORA

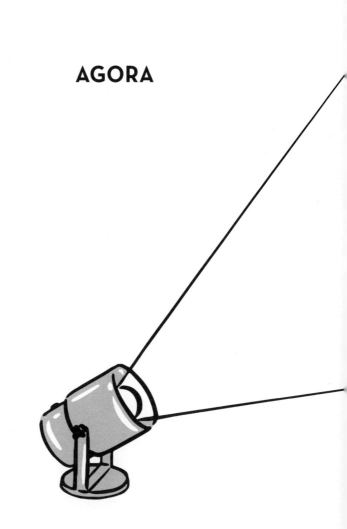

CAPÍTULO 31

— KATHLEEN? — CAL MURMUROU.

Ele estava com o rosto afundado no travesseiro; eu sentia sua respiração no meu pescoço. Estava cedo, mas não me importava. Assim como não me importava com a dor no meu corpo todo.

Eu me sentia bem. Muito bem. Bem de verdade.

— Hmmm?

— Sua gata está em cima da minha bunda — ele disse.

Ergui a cabeça.

— Parece que está — respondi. — Disponha.

Ele soltou um grunhido, mas não se mexeu. Peixinha estava sentada com o rabo em torno das patas, exatamente no topo da magnífica bunda de Cal. Gata esperta.

Se mexendo com cuidado, Cal retirou o braço de baixo do travesseiro e o enroscou na minha cintura. Com um puxão, fui levada diretamente ao encontro dele, seu nariz se aconchegando na base do meu pescoço.

— Bom dia — ele disse.

— Bom dia.

Eu estava sorrindo. Um sorriso enorme e brilhante. Meu quarto ainda estava quase que todo escuro, mas eu tinha quase certeza de que meu sorriso tinha força o suficiente para iluminar o quarteirão todo.

Esperei que o medo se acomodasse, que o impulso de fuga colocasse meu coração no modo beija-flor, mas nada aconteceu. Me sentia segura. Confortável. Feliz.

— Ela está se mexendo — Cal falou.

Abri um dos olhos e vi Peixinha sair de cima do traseiro de Cal e seguir na direção das costas dele, acompanhando o subir e descer da respiração dele como uma surfista esperando por uma onda.

Meu coração estava tão cheio que parecia que ia se partir.

E ainda assim...

— No que você tá pensando? — Cal perguntou. — Está tudo bem?

— Hm-hmmm.

Porque estava. E também não estava.

Assim como antes, não tínhamos pensado muito bem nas coisas. E, sim, as circunstâncias eram diferentes agora, e eu duvidava muito que Ryan aparecesse no teatro naquela noite trazendo uma equipe de filmagem e ficasse de joelhos na frente do mundo todo, mas ainda existiam outras consequências.

Harriet ficaria furiosa.

Eu tinha prometido a ela que não transaria com Cal.

Encarei o teto, pensando no que faria.

— Está preocupada com o que as pessoas vão dizer? — Cal perguntou.

Ele também tinha se virado de barriga para cima, com Peixinha se aninhando no meio de seu peito. É óbvio que ela ia gostar dele logo de cara. Ela adorava bonitões. Assim como a mãe.

— Eu não sei — respondi.

Não tinha pensado muito a respeito de "pessoas", mas deveria ter feito isso. Afinal, Harriet não seria a única com opiniões sobre aquela novidade. Cal e eu não éramos mais material para manchetes, mas, se a noite do karaokê em Rhode Island tinha provado alguma coisa, era que eu continuava capaz de atrair atenção. Na ocasião, fui eu que tirei vantagem da imprensa, que mantive o controle da narrativa; contudo, não havia como garantir que eu conseguiria repetir o feito, especialmente no nosso caso.

Ninguém falaria sobre a peça. Falariam sobre mim e Cal.

Será que importava? Nós éramos adultos. E solteiros. Qual era o problema?

Bem... tecnicamente, ele ainda era meu chefe. E, mesmo que eu tivesse feito uma audição pelo papel, mesmo que o tivesse conquistado por merecer, a suposição geral seria de que o teste que fiz foi o do sofá.

Sem falar em todo o nosso passado confuso.

— Nós não precisamos dizer nada — Cal falou.

Olhei para ele, que estava encarando o teto.

— Pode ficar só entre nós dois — ele continuou. — Por enquanto.

Aquilo me surpreendeu. As coisas eram diferentes agora. Estávamos mais velhos. Mais maduros.

— Você aceitaria isso numa boa? — perguntei.

Ele me olhou de relance antes de procurar minha mão e entrelaçar nossos dedos.

— Se eu queria que simplesmente ficássemos juntos? Queria — ele falou. — Mas é mais complicado do que isso. Eu entendo.

Me senti aliviada.

— Vamos esperar a noite de estreia — eu disse. — E, aí, podemos resolver como vamos contar às pessoas.

Cal fez que sim com a cabeça; mas alguma coisa em sua expressão me fez hesitar. Ele sorriu, mas não olhou para mim. Não falou mais nada. Só fez carinho em Peixinha e continuou olhando para o teto.

Eu disse a mim mesma que estava tudo bem. Que ele estava bem. Que nós estávamos bem.

Que tudo estava bem.

CAPÍTULO 32

— EU NÃO VENHO PARA O TEATRO POR UM DIA E TUDO DÁ ERRADO — Harriet disse.

— É — assenti. — É tudo culpa sua.

Ela me deu um soquinho no braço.

— Não tem graça.

— Foi mal.

Estávamos almoçando no Aardvark and Artichoke. Eu estava tentando agir normalmente. Cal havia ido embora razoavelmente cedo de manhã, e Harriet entrou em contato pouco tempo depois.

Por que você não me ligou?, foi a primeira coisa que ela disse.

Eu gaguejei e engasguei, sem saber como ela poderia ter descoberto que Cal e eu tínhamos transado, a não ser que tivesse um radar supersônico detector de vagabundas. (Me desculpei comigo mesma depois de pensar isso. Não foi muito gentil da minha parte.)

No entanto, ela só queria saber do acidente de Jennifer. Fazia sentido. Eu deveria ter ligado. Cal deveria ter ligado.

Felizmente, ela não questionou a falta de comunicação.

— Acha que isso é um mau agouro? — Harriet perguntou.

Eu estava pensando no abraço de Cal ao me dar um beijo de despedida naquela manhã, erguendo meus pés do chão. Em como tinha me sentido segura nos braços dele. Em como mal podia esperar para vê-lo de novo.

— Kathleen? — Harriet me cutucou com o garfo. — Em que mundo você está?

Pisquei.

— Desculpe.

— Pelo visto, o dia de ontem mexeu mesmo com você.

— Aham — concordei, baixando os olhos para os meus ovos mexidos.

— Deve ter sido intenso.

— Muito — eu disse. — Intenso demais.

Ela me deu um olhar estranho.

— Acho que ela vai ficar bem — falei. — Vai ter que usar gesso por um tempo, mas a recuperação deve correr bem.

Pelo menos era o que Cal tinha me avisado por mensagem. Ele tinha ido visitá-la depois de sair da minha casa.

— Coitada — Harriet comentou.

— Pois é.

— Provavelmente, não é o melhor momento pra uma piada de "quebre a perna", né?

Ergui uma sobrancelha. Grandes mentes pensam igual.

— E o Cal? Como ele estava? — Harriet perguntou.

Quase engasguei com meu chá.

— Na hora do acidente — ela esclareceu.

— Ele mandou bem — respondi. — Assumiu o controle de tudo.

— Que bom.

Comi minha torrada, enfiando tanto quanto era possível dentro da boca sem parecer uma doida completa. Imaginei que, quanto mais comida abocanhasse, mais tempo eu teria para mastigar e para responder quaisquer outras perguntas.

— Mas você não acha mesmo que é um mau agouro? — Harriet insistiu.

Balancei a cabeça de um lado para o outro antes de engolir.

— Não — falei. — Foi só um acidente.

Harriet não parecia segura. Estava mordiscando uma unha. Era melhor que ela se distraísse com a possibilidade de um mau agouro — um medo constante nos teatros — do que se prestasse muita atenção em mim. Eu tinha conferido se não havia chupões no meu pescoço — felizmente, Cal e eu não éramos mais jovenzinhos —, mas ainda suspeitava que, se me olhasse com atenção suficiente, Harriet descobriria o que tinha acontecido na noite anterior.

E, então, me mataria.

Eu odiava mentir para ela. Odiava esconder coisas dela. E a situação toda era simplesmente um déjà-vu grande demais para não terminar tão mal quanto da última vez.

— Não acredito que está quase chegando — Harriet falou.

As pré-estreias começariam na semana seguinte. Eu estava tentando não pensar muito no assunto. Tentando não pensar que iria realizar um sonho de uma vida inteira e, talvez, falhar miseravelmente. Afinal, nada na Broadway era garantido. As resenhas podiam ser tudo ou nada para uma peça. Poderíamos estrear — e então encerrar no próximo mês. Na próxima semana. No dia seguinte.

Isso acontecia.

— A peça está incrível — eu disse.

— Desde quando isso importa? — Harriet perguntou.

— Justo.

Pela primeira vez, notei como as unhas dela estavam comidas. Parecia que ela as estava roendo — e também o entorno delas — sem parar. Não me lembrava da última vez que as tinha visto tão vermelhas e em carne viva assim.

— Ei — falei. — Vai ficar tudo bem.

Ela pausou, o mindinho a meio caminho da boca. Ergui as sobrancelhas e ela baixou a mão, encabulada.

— Eu sei — ela respondeu. — Estou *tentando* não surtar.

— Todos nós estamos surtando — eu disse. — Estamos prestes a estrear na Broadway. É um acontecimento e tanto.

Harriet fez que sim com a cabeça.

— É um dos motivos pra eu não ter estado lá na hora do acidente — ela falou. — Estou fazendo terapia três vezes por semana nesse último mês.

— Muito esperto da sua parte.

Por que eu não fiz isso? Por que não aumentei minhas sessões em vez de, sei lá, transar com meu diretor?

— Será? — Harriet estendeu as mãos, trêmulas. — Ainda assim, estou surtando.

Coloquei as mãos sobre as dela.

— Está tudo bem — eu disse. — É uma reação completamente normal para uma série de acontecimentos muito empolgantes... e aterrorizantes.

Harriet respirou fundo algumas vezes; pude sentir suas mãos começarem a se acalmar.

— E o Cal? — ela perguntou.

Fiquei tensa.

— O que tem ele?

— Ele não está surtando, está? — Harriet continuou. — Ou seria melhor se ele *estiver* surtando? Porque, se é normal, então ele deveria estar surtando, certo?

Ela apoiou a cabeça na mesa.

— Parece que nada afeta ele. — A voz dela estava abafada.

Me lembrei das mãos dele tremendo no meu rosto, o desespero de seu beijo, a preocupação em seus olhos.

— Ele está lidando com isso do jeito dele — falei. — Mas também está surtando, sim. Da maneira que se espera que um diretor surte, em um nível normal e saudável.

Harriet ergueu a cabeça e inspirou várias vezes.

O que vai acontecer se eu contar para ela? Ela é minha melhor amiga. Ela vai entender.

— Eu fui tão otária — ela disse.

— O quê?

— Em Rhode Island — ela prosseguiu. — Te acusando de estar transando com ele. Ou de querer transar com ele, ou de ele querer transar com você.

— Err — falei —, obrigada?

Não gostava do rumo que a conversa estava tomando.

Harriet bebeu mais um pouco de seu café, que certamente estava frio àquela altura.

— É que eu estava tão estressada — ela disse. — E com ciúme, para ser honesta.

— Ciúme?

Ela balançou a cabeça.

— Você estava ganhando toda a atenção nas notícias.

Eu havia suspeitado de que aquela tinha sido a origem de tudo, mas estar correta não fazia com que me sentisse nem um pouco melhor.

— As notícias só falam bobagens — falei. — É a sua peça. Nada existiria sem você.

— Eu sei — ela disse. — É só que é difícil às vezes.

— É. Eu sei.

— Eu devia ter conversado com você a respeito disso — Harriet continuou. — Em vez de ser ridícula e agir como se a gentileza do Cal fosse algum plano maligno pra te ver pelada.

Não falei nada. Harriet explodiu em gargalhadas, como se alguma coisa hilária tivesse acabado de ocorrer a ela.

— Digo, dá pra imaginar? — ela perguntou. — Depois de tudo o que você e o Cal passaram? Vocês dois quase não saíram inteiros dos ensaios e, de repente, tô esquentando a cabeça com vocês transando? Devia ter me preocupado mais que um assassinaria o outro e me pediria ajuda para esconder o corpo.

— Rá — falei.

Não tinha a menor graça.

Harriet colocou o rosto nas mãos.

— Essa produção me deixou maluca — ela disse. — Não prometo que vou voltar ao normal depois da noite de estreia, mas estou torcendo pra isso passar.

— Está tudo bem com você — falei. — Você está ótima.

Harriet me deu um sorriso carinhoso.

— Você é incrível, Kathleen. O que eu faria sem você?

— Provavelmente, roeria menos as unhas.

Meu estômago revirava de culpa.

— Estou muito feliz por estarmos nesse barco juntas — Harriet falou.

— Eu também — respondi.

NA ÉPOCA

CAPÍTULO 33

— O QUE VOCÊ ACABOU DE FAZER? — HARRIET ME PERGUNTOU NO momento em que saí do palco.

— Eu... não sei.

Me sentia como se tivesse sido atingida por um ônibus. De algum jeito, eu estava de pé e, então, sentada sobre um suporte, enquanto Ryan e o resto da CrushZone começavam a tocar.

— Você disse sim? — ela praticamente guinchou.

Olhei para minhas mãos. Tinha uma porra de um anel imenso em um dos meus dedos, então aparentemente... tinha aceitado...

— Ah, meu Deus — falei. — Ah, meu Deus.

Harriet estava andando de um lado para o outro na minha frente.

— Você vai se casar com o Ryan?

— Não! — exclamei.

Todos os presentes nos bastidores congelaram e se viraram para me encarar. Harriet agarrou meu braço e me puxou.

— Vem cá — ela disse.

Chegamos no meu camarim, de onde ela expulsou todo mundo e fechou a porta.

— Pensei que você e o Cal...

— Eu sei! — falei. — Ah, meu Deus. O Cal.

— Ele não parecia nada feliz.

Eu olhei feio para ela, que ergueu as mãos.

— Que bagunça — gemi, sentindo que tudo estava saindo do meu controle.

Queria, com todas as forças, que aquilo fosse um pesadelo, mas, ao baixar os olhos mais uma vez para a aliança, sentir o peso dela no meu dedo, tive certeza de que não estava sonhando. Eu tinha acabado de ser pedida em casamento — no palco — pela mesma pessoa com quem planejava terminar.

E tinha aceitado.

— Por que você disse sim? — Harriet perguntou.

Eu a encarei.

— O que mais eu poderia ter dito? — Ergui a mão do anel. — Obrigada, mas não? Na frente *daquele* público? Na frente dos nossos *fãs*?

Ela mordeu as unhas.

— Porra — falei. — Merda. Merda! Merda, merda, merda, merda.

Afinal, o que mais havia para ser dito?

Como eu sairia daquela situação?

— O que eu faço? — perguntei.

Harriet parecia em pânico.

— Não sei — ela respondeu. — Como vou saber? — Ela tinha voltado a andar de um lado para o outro. — Digo, não sei nada desse tipo de coisa. Nunca nem tive um namorado, quanto mais dois.

— Eu não tenho dois namorados — interrompi, mas ela ainda estava falando.

— Quer dizer, eu falaria que ser honesta é a melhor saída, mas *eu mesma* não estou sendo totalmente honesta.

— O quê?

Não sabia nem se ela tinha me ouvido. Harriet gesticulava loucamente; parecia que estava quase em transe, falando comigo, mas mais falando com ela mesma. Nos breves momentos em que suas mãos paravam quietas, eu conseguia ver todas as unhas roídas até o talo.

— Faz meses que estou tentando te contar — ela continuou.

— Meses! Mas sou covarde demais.

Eu me levantei e a segurei pelos braços. Fazendo ela parar de andar que nem uma barata tonta.

— Harriet, do que você tá falando?

Os olhos dela estavam agitados e desfocados. Esperei até que ela focasse em mim e me enxergasse. Enxergasse de verdade.

— Do que você tá falando? — reiterei.

— Eu sou lésbica — ela disse, e então cobriu a boca com as mãos.

— Certo — falei, esperando que ela dissesse o que tinha tanto pavor de me contar.

Encaramos uma à outra, as duas no aguardo.

Finalmente, a ficha caiu.

— É isso que você estava tentando me contar? — perguntei. — Que é lésbica?

Ela balançou a cabeça, os olhos arregalados.

— Que ótimo! — Eu a puxei para um abraço apertado.

— Ótimo?

— Digo... não é ruim. É?

— Não — ela respondeu. — Eu só não sabia se você...

— Você é minha melhor amiga, e eu te amo — falei.

— Não tá decepcionada?

— Por que eu estaria decepcionada?

— Por causa de tudo, e o LC... — Ela olhou para o chão. — Você queria tanto que a gente ficasse junto.

Sacudi a cabeça.

— Só queria que você fosse feliz. Que você *seja* feliz. Só isso.

Pude ver o alívio se espalhar por ela. Era um pouquinho triste descobrir que ela teve tanto medo de me contar aquilo, mas eu estava feliz por finalmente saber. Era uma notícia boa o suficiente para, por um momento, fazer com que eu me esquecesse da imensa merda em que me encontrava.

Minha mão parecia muito pesada.

Nós encaramos a aliança.

Era enorme. Linda. Nem um pouco o meu estilo.

— Daria pra tirar a lua de órbita com esse negócio — ela falou.

— O que eu vou fazer?

Nos sentamos. Eu queria tirar a aliança, mas estava um pouco preocupada em colocá-la em algum lugar e acabar perdendo.

— Você precisa falar com ele — Harriet disse.

— Com o Cal ou o Ryan?

— Os dois.

Concordei com a cabeça.

— Ryan primeiro, acho — ela continuou.

Acenei mais uma vez, mas, quando o show terminou, a primeira pessoa a aparecer na minha porta foi Cal. Harriet saiu rápido, com vergonha, e nos deixou a sós.

— Belo anel — ele falou.

Era um tom de voz que eu nunca o tinha ouvido usar. Frio. Cruel. Aquele não era o Cal que eu conhecia.

— Eu não fazia ideia de que isso ia acontecer — eu disse.

Ele me lançou um olhar incrédulo.

— É mesmo? — ele falou. — Então isso tudo é só uma coincidência maluca?

— É! — respondi.

— Simplesmente aconteceu de você vir atrás de mim, no meu quarto, uma noite antes do seu namorado te pedir em casamento no palco, na frente de milhares de pessoas?

Ele estava fazendo parecer que eu tinha planejado a pegadinha mais cruel e elaborada do mundo.

— Foi do nada — afirmei. — Nós nunca nem conversamos sobre casamento.

Aquilo era verdade. Quase.

Às vezes Ryan mencionava o assunto, mas sempre quando estávamos perto de fãs, e de um jeito casual, tipo, "quem sabe a gente fica noivo um dia", que eu sempre achei que era uma forma de continuar na boca das pessoas.

Agora, estava me dando conta de que provavelmente deveria ter levado aquilo mais a sério. Provavelmente devia ter levado Ryan mais a sério.

— Eu sinto muito, mesmo — continuei. — Eu ia contar para ele quando a turnê acabasse.

Cal cruzou os braços.

— E agora?

— Vou dizer a ele. Só... preciso de um tempo.

Ele balançou a cabeça, não de uma maneira que falava "compreendo, faz todo sentido", mas de um jeito tenso, como se dissesse "bem, se é assim que você quer que seja". Estava muito bravo.

— Quanto tempo? — ele perguntou. — Devo voltar no aniversário de um ano de casamento? — Seu rosto estava contorcido de desdém. — Ou, talvez, só aparecer na noite anterior e ir embora de fininho de manhã, depois de você ter se divertido?

— De eu ter me divertido? — Não acreditava no que ele estava dizendo. — Como se você não fosse obcecado por mim há anos. Anos!

— Não fique se achando — Cal retorquiu, o rosto corado.

— Você quis aquilo — respondi. — Você me quis.

— É, bem — ele me olhou de cima a baixo, longamente —, todo mundo comete erros.

Estávamos tentando ferir um ao outro e, sem dúvidas, tendo sucesso.

— Vai se foder, Cal — falei.

— Você já fez isso por mim.

Quis dar um tapa nele.

— Dá o fora do meu camarim.

— Vou fazer melhor — ele disse. — Não quero mais. Ponto. Acabamos por aqui.

— Nós não começamos nada. — Eu estava com raiva e de coração partido ao ver Cal se tornar algo, alguém, que não conhecia mais.

— Ótimo — ele falou. — Porque essa porra toda foi um erro *enorme*.

— Saia daqui! — gritei. — Saia daqui!

Ele obedeceu, abrindo a porta com um solavanco para revelar Ryan do outro lado. Pela expressão em seu rosto, ele tinha nos ouvido.

— Perfeito — Cal disse. — Cacete, simplesmente perfeito. — Ele abriu espaço com um floreio. — Ela é toda sua, *mano*.

E, então, ele se foi.

— Katee? — Ryan perguntou, a voz hesitante, a expressão confusa. — O que tá acontecendo?

Me sentei em frente à penteadeira, o rosto nas mãos. Queria chorar. Não sabia pelo quê.

— Sinto muito, Ryan — falei. — Sinto muito, *muito* mesmo.

Ele se aproximou e se ajoelhou na minha frente.

— Tá tudo bem — ele disse.

— Não, não tá — respondi, erguendo os olhos para ele. — Eu te traí. Com o Cal. Não está nada bem, nem um pouco.

Vi um músculo se contrair em sua mandíbula.

— Isso não importa agora — ele falou, pegando minha mão. A que estava com a aliança.

Nós dois olhamos para a pedra brilhante.

— Ryan — eu disse. — Eu não posso.

Ele soltou a minha mão de imediato.

— O quê?

— Nós não podemos nos casar — falei, convicta de que ele entenderia.

— Você já disse sim — Ryan respondeu. — Na frente de todo mundo. Não pode voltar atrás.

Fiquei perplexa. Será que ele pensava que um pedido de casamento era um contrato? Queria simplesmente fingir que nada tinha acontecido entre mim e Cal? Agir como se não fosse verdade?

Será que eu também não queria isso?

Ele estava me oferecendo uma saída. Uma chance de manter tudo como estava.

— Eu traí você — eu repeti, caso ele ainda não tivesse entendido o que tinha acontecido. — Eu transei com o Cal.

Dessa vez, o músculo na mandíbula de Ryan ficou saliente, como se tivesse um chiclete preso naquela parte dos dentes.

— Foi um erro — ele falou. — Você mesma disse.

Eu não tinha dito aquilo. Cal é que tinha.

— Eu consigo superar — Ryan continuou.

Não era o que eu esperava. E parte de mim estava tentada a tomar o caminho mais fácil. A aceitar a indulgência de Ryan. A concordar que havia sido um erro.

E era verdade, mas não da maneira que ele estava pensando.

— Me desculpe — falei. — Eu não posso.

Ele me encarou.

— Você tá de brincadeira comigo, porra? — ele perguntou. — Vai mesmo jogar tudo no lixo por causa de uma noite com *Cal, o Intelectual*?

— Não é só por isso — respondi. — Eu não... não acho que nós damos certo juntos.

Ele ficou parado, de boca aberta, como um fantoche quebrado.

— Como é que você pode dizer uma coisa dessas? Somos ótimos juntos. Já fomos capa da *People*, tipo, três vezes! — ele falou. — Talvez eles até patrocinassem nosso casamento. Ou, quem sabe, a *Rolling Stone*. Todo mundo ia querer fazer parte. Você e eu podemos gravar um álbum, um disco inteiro de duetos românticos, algo assim. Seria um sucesso.

Eu olhava fixamente para ele.

— Você não liga pra questão do Cal? — perguntei.

— Ligo — ele disse, e suas mãos cerradas mostravam que era verdade. — Mas, tipo, sei lá. Me dá um passe livre, ou alguma coisa assim. Eu posso fazer o que quiser, com quem quiser. Aí ficamos quites.

Eu estava horrorizada.

— É isso que você quer que o nosso casamento seja? — perguntei. — E quanto ao amor?

Ryan riu com desdém.

— Deixa disso — ele falou. — Seria incrível pras nossas carreiras. Não é bom o suficiente?

— Não — respondi.

Estabeleceu-se o silêncio mais incômodo que eu já tinha sentido.

— Não — Ryan repetiu. — Você tá brincando comigo, porra? Neguei com a cabeça.

— Nossa — ele disse. — Nossa. Bem, eu não vou te propor isso de novo.

Baixei os olhos para o meu anel. Para o diamante pesado, lindo e brilhante.

— Sinto muito, Ryan.

Eu realmente sentia.

Tirei a aliança e entreguei a ele, que a pegou, a rolou na palma da mão e, então, guardou no bolso. O olhar que me lançou não era muito diferente do que Cal tinha acabado de dar. Impassível. Amargo. Furioso.

— É — ele falou. — Você vai sentir.

AGORA

CAPÍTULO 34

ERA UM DIA PERFEITO DE PRIMAVERA. PERFUMADO, CLARO, ENSOLARADO e maravilhoso. O tipo de dia em que cada brisa parecia trazer a voz de Tom Hanks murmurando: "Não chore, vendedora".

Eu estava sentada de frente para Cal na linha A do trem. Havíamos entrado juntos, mas estávamos agindo como se fôssemos estranhos. Eu me ocupava com o celular — a boina que comprei durante nossa viagem para Rhode Island se mostrou surpreendentemente versátil, e estava pesquisando uma outra para usar no calor — enquanto Cal segurava um livro. De vez em quando, eu dava uma olhadinha para ele, e sempre o flagrava olhando para mim. Fingia não notar, mas estava amando.

Fomos até o final da linha, descemos e — ainda mantendo distância — caminhamos até os Cloisters, uma filial do Museu Metropolitano de Arte. Em dado momento, Cal veio até o meu lado.

— Por quanto tempo vamos ficar fazendo isso?

— Não está achando divertido?

— Ah, lógico — ele disse. — Adoro passar o dia com uma pessoa fingindo que não estou passando o dia com ela.

Estávamos exatamente no meio das apresentações prévias, e a noite de estreia se aproximava rapidamente. As apresentações estavam consistentes até então e, apesar de os ingressos não terem se esgotado, os boatos eram os de que estávamos ganhando uma boa publicidade boca a boca. Que não valeria praticamente de nada se as resenhas em si fossem um lixo.

Eu não queria e não podia pensar nisso. Tudo que podia fazer era me esforçar pra caramba a cada apresentação e, então, descontar minha frustração e o excesso de energia em Cal depois. Até o momento, não havia reclamações de nenhum dos lados.

No entanto, aquele era um dia diferente. Era nosso dia de folga — uma gloriosa segunda-feira sem apresentações —, e Cal queria aproveitar um pouco da luz do sol em público comigo. Minha conversa com Harriet tinha me deixado inquieta — ou, melhor, mais inquieta do que o normal —, e então chegamos ao acordo de ir a um dos lugares que todo nova-iorquino alega querer visitar, mas nunca vai.

— Não acredito que você já morou aqui por tanto tempo e nunca foi aos Cloisters — Cal comentou.

— Só faz de mim uma verdadeira nova-iorquina.

Ele colocou um braço ao meu redor e me deu um beijo na testa. Não havia ninguém por perto, mas ainda assim fiquei tensa. Cal me soltou quase imediatamente.

— Desculpe — eu disse. — É só...

— Eu entendo — ele respondeu. — Não tem problema.

Mas tinha, sim, problema. Dava para ver que Cal compreendia — em um nível racional — que era melhor manter *aquele esquema* um segredo nosso. Era a coisa mais sensata a se fazer, para nós dois. Mesmo assim, eu sabia que ele estava frustrado.

— Eles gostavam mesmo de unicórnios, né? — perguntei enquanto observávamos a famosa tapeçaria.

— São só narvais da terra.

Eu ri.

— Narvais da terra? — repeti. — Acho que ninguém chama os unicórnios assim.

— Bem, é — ele disse, me cutucando no nariz com seu folheto.

— Porque eles não existem.

— Rá.

— Todo dia é dia de aprender alguma coisa nova — ele falou.

— Disponha.

— O que eu faria sem você?

Ele sorriu e pegou minha mão, entrelaçando nossos dedos. Era um teste, e nós dois sabíamos disso. Eu estava convicta de que tinha passado, porque não vacilei nem me afastei. Deixei que minha mão fosse segurada e então, tão logo pareceu apropriado, fingi que precisava dela e apontei para uma das peças em exibição.

Pela expressão que flagrei no reflexo do vidro, eu não o havia enganado tão bem. Ele só ergueu uma sobrancelha enquanto colocava as mãos nos bolsos.

Era um dia bonito. Um dia perfeito.

Nós almoçamos. Caminhamos. Conversamos.

Éramos duas pessoas, normais e comuns, passando o dia no museu.

Parte de mim não queria voltar para o Brooklyn, nem para o teatro, nem para o mundo real. Queria ficar com Cal naquela bolha de felicidade, em que nosso relacionamento era apenas entre nós dois. E não machucava ninguém. Não era *nada de mais*.

— Eles só não têm interesse — eu disse a ele.

— Em quê? Teatro? Música? Arte?

Estávamos falando da minha família.

— Em entretenimento, eu acho — respondi. — Digo, eles são meio tradicionais, avessos à modernidade. Ou alguma coisa perto disso. São sempre os últimos a adquirir qualquer inovação tecnológica que melhore a vida das pessoas. Meu pai só foi comprar um iPhone no ano passado.

Cal soltou um assobio.

— E eles não vão na noite de estreia?

Dei de ombros.

— Não perguntei, pra falar a verdade. Mas ofereci ingressos para a peça, e eles disseram o de sempre da época em que eu estava em turnê como Katee: agradeço, mas não.

341

Cal sacudiu a cabeça.

— Que droga.

— É como as coisas são — continuei. — Pelo menos, foi nisso que minha terapeuta e eu concordamos quando aceitei que podia amar minha família e também não gostar muito deles.

— Parece bem libertador.

— E é — concordei. — Ainda é uma droga de vez em quando, mas a vida é assim.

— A vida é uma droga?

— Às vezes — falei. — Você não acha?

Cal me olhou.

— Ultimamente, não.

Eu corei.

— Para com isso.

Ele sorriu. *As covinhas.*

— Você é muito ruim em aceitar elogios — ele falou.

— Ah, e você é ótimo nisso?

— *Touché.*

— É estranho — eu disse. — Elogios. Eu os cobiço e desconfio deles ao mesmo tempo.

Cal balançou a cabeça.

— Sei como é.

— Porque, na teoria, deveríamos ter orgulho do nosso trabalho — continuei —, mas também sermos modestos em relação aos nossos talentos.

— É a vida do artista — Cal falou. — Você precisa de uma casca grossa o suficiente pra aguentar as críticas, mas também ser vulnerável o suficiente pra fazer seu trabalho bem.

— Exato — respondi. — O Curtain Call, com certeza, ajudou com a parte da casca grossa.

Cal fez uma careta.

— Abusos não são a melhor maneira de formar caráter.

— Aposto que a sra. Spiegel discordaria.

O revirar de olhos dele poderia ter sido visto do espaço.

— Tá dizendo que não levou nada de bom daquele verão? — perguntei. — Ou de nenhum dos outros verões que passou lá?

Cal pensou no assunto por um momento.

— Bem — ele respondeu —, *na verdade*, teve uma noite no telhado do meu alojamento...

Aquilo não deveria ter me feito corar, mas fez.

— Tá bom que essa foi a melhor parte — falei.

— Ah, mas foi.

Dei um empurrãozinho nele.

— Me poupe — eu disse. — Nem foi nada tão especial assim.

Mas a verdade é que tinha sido. E a sobrancelha arqueada de Cal indicava que ele sabia exatamente o porquê.

— Tá dizendo que não se lembra? — ele perguntou.

— É lógico que me lembro — falei. — Não dá para esquecer a primeira vez...

— Que você teve um parceiro de dueto? — Cal concluiu, secamente.

— Exato.

O ar estava com um aroma incrível, como o mais perfeito banho de espuma, perfumado e cálido.

— Eu sabia que era sua primeira vez — Cal falou.

— Não sabia, não.

Ele riu.

— Como? — perguntei. — Foi bom.

— Foi — ele falou. — Foi ótimo. Mas você ter basicamente pulado do telhado e corrido pro meio do mato no instante em que acabou, me trouxe uma leve suspeita de que aquilo era uma coisa nova pra você.

— Eu não pulei — retorqui. — Tinha um compromisso.

— No meio da noite?

— É.

— Tá bom — ele respondeu, apenas para me aplacar.

Continuamos andando. Eu praticamente sentia a alegria irradiando dele.

— Foi a sua primeira...?

Ele explodiu em gargalhadas e, então, parou quando viu minha expressão.

— Err... foi?

Empurrei o ombro dele.

— Eu era um hétero no acampamento de teatro, Kathleen — Cal falou. — O que você acha?

— Eca.

Ele apenas endireitou as costas um pouquinho e saiu andando à minha frente. Dei uma corridinha para alcançá-lo. E então, olhando de relance ao meu redor para me assegurar de que estávamos a sós, estiquei a mão e peguei a dele. Eu o senti fazer uma pausa, absorver aquele momento. Em seguida, apertou meus dedos de leve e, assim, caminhamos de volta para a estação.

CAPÍTULO 35

EU ESTAVA IMPRESSIONADA COMIGO MESMA. JÁ ESTÁVAMOS NA metade das pré-estreias, Cal e eu passávamos todas as noites juntos, e ninguém suspeitava de nada. Não saberíamos qual era o consenso até a noite de estreia, quando as resenhas seriam lançadas, mas os burburinhos apontavam para uma direção boa. Assim como as vendas.

— Me explique de novo — Cal pediu. — Quem é Trixie e quem é Katya?

Estávamos no meu camarim. Ele estava atrás de mim, massageando meus ombros, seus polegares apertando os nós no meu pescoço, seus dedos esticados, quentes e reconfortantes na minha clavícula.

— Trixie na esquerda, Katya na direita.

— E a peça é sobre...?

— O que quiserem — falei.

— Certo — Cal respondeu.

Eu via que ele ainda não tinha entendido por completo, mas, levando em conta que tinha começado um curso intensivo sobre drag queens desde que nós dois começamos — a transar? a sair juntos? ou o que quer que estivéssemos fazendo —, estava se saindo muito bem em registrar todas as informações novas que eu estava atirando nele.

— Você estava ótima hoje — Cal falou, aproximando-se para beijar a linha do meu maxilar.

Eu amava observá-lo pelo espelho.

— Estou quase pronta — eu disse. — Quer me encontrar na estação do metrô?

Cal não falou nada; só soltou um suspiro e me beijou de novo. Eu sabia que ele odiava toda essa história de ficar se escondendo. Todo o fingimento.

— Logo isso vai acabar. — Dei um tapinha na mão dele.

Ele me deu um sorriso, mas sem covinhas.

— Eu sei.

— Podemos pedir milk-shake quando chegarmos — falei.

A lanchonete na esquina do meu apartamento era um dos poucos lugares que ainda estavam abertos depois que as apresentações se encerravam, então criamos uma rotina de pegar doces lá quando íamos para minha casa.

— Com certeza — Cal disse.

Eu queria beijar aquela ruga de preocupação no meio da testa dele para fazê-la desaparecer.

Houve uma batida na porta; Cal se afastou bem a tempo.

Ele já estava do outro lado do cômodo quando Harriet entrou.

— Oi — ela cumprimentou.

— Oi — respondi.

— Podemos repassar o restante das minhas anotações depois — Cal falou.

— Anotações? — Harriet provocou. — Estamos nas pré-estreias; a peça está ótima. Que anotações você ainda precisa repassar?

— Estou só fazendo meu trabalho — ele respondeu.

— Eu sei — Harriet falou. — Mas, caramba, Cal, dá um tempo e sai das costas da sua atriz principal.

Bem... merda.

Minhas bochechas queimaram; flagrei a expressão de Cal no espelho antes de desviar o rosto. Nem se tentasse ele teria conseguido parecer mais culpado.

O sorriso de Harriet desapareceu ao voltar o olhar para nós dois. Sua boca se afrouxou.

Cal pigarreou.

A ideia de guardar segredo tinha ido com Deus. Eu devia saber que isso aconteceria.

— Eu... preciso... — Ele desistiu de falar. — Tchau.

No momento em que a porta se fechou, Harriet estava de costas para mim, os braços cruzados.

— Você me jurou que nada aconteceria.

— Eu sei — respondi.

Um silêncio longo e pesado se seguiu. Harriet ergueu a cabeça e me olhou por cima do ombro.

A raiva nos olhos dela me espantou e, ainda assim, era mais fácil de encarar do que a decepção.

— Você mentiu.

— Eu sei. Sinto muito.

Ela expirou uma vez, fechou os olhos e sacudiu a cabeça.

— Não — ela disse. — Não, não sente.

Eu sabia que discutir com ela era a pior coisa que eu poderia fazer.

— Você está se sentindo mal — ela continuou. — Mas não está arrependida.

A sala pareceu quase transbordar com sua repulsa.

— Eu nunca te peço nada, sabe? — As mãos dela estavam crispadas. — Em todos os nossos anos de amizade, estive aqui pra você. A seguidorazinha leal, indo de um lugar pro outro com você, sendo a sua rede de apoio, sua amiga, sua assistente, sua família.

— Sim — concordei. — É verdade.

— E como é que você me agradece?

Abaixei a cabeça.

— Perder aquele contrato de gravação há tantos anos foi uma coisa — Harriet falou. — Fiquei do seu lado mesmo quando você destruiu a sua carreira e a minha na mesmíssima noite. Quando você arruinou a melhor oportunidade com que eu tinha topado em anos de alcançar sucesso como compositora. E agora?

Ela estava furiosa.

— Não vou permitir que o seu draminha de novela e a sua incapacidade de manter a calcinha no lugar estraguem essa produção.

— Ninguém sabe de mim e do Cal — falei. — Você é a única.

Ela me olhou incrédula, indignada.

— Você tá brincando? — ela perguntou. — Acha que vai conseguir manter isso em segredo?

Ergui o queixo, teimosa, mas ela apenas riu.

— A notícia vai vazar — ela falou. — E é só disso que vão falar. Não da peça, com certeza não da minha música, mas de você. Vai ser tudo sobre você e seu romance imbecil e ridículo com o Cal.

— Eu não planejei nada...

— Não, é óbvio que não planejou. — Harriet interrompeu. — Você nunca planeja nada nesse aspecto, Kathleen, e esse é o problema.

Ela apertou a ponte do nariz entre os dedos.

— Parece que estou presa no pior déjà-vu do mundo. — Sua voz subiu de tom, os punhos soltos ao lado do corpo. — "Não sei como isso aconteceu. Foi um erro. Me desculpe por ter acabado com a sua carreira porque não consegui parar de trepar com o Cal."

Me ergui diante daquela imitação cruel.

— Já foi ruim o suficiente da primeira vez — Harriet falou. — Mas você era jovem e idiota.

Aquilo me fez encolher.

— Mas e agora? Qual a sua desculpa agora? — ela perguntou. — Você tá mesmo tão necessitada que não poderia ter trepado com literalmente qualquer outro cara? Tinha que ser o Cal? Tinha que ser o diretor?

Eu não sabia quanto mais daquilo conseguiria suportar.

— Você é patética — Harriet falou. — Mas eu não vou deixar que me arraste junto. Não dessa vez.

— Eu estou arrastando *você*? — perguntei.

Falei baixo, mas de maneira incisiva.

Eu tinha mentido. Não negava aquilo. Tinha cometido um erro. Alguns erros.

Mas estava cansada de ser responsabilizada por fatos que não eram culpa minha.

— Sua falta de oportunidade é um problema seu — falei. — Não meu.

Harriet recuou.

— Como é?

— Não me culpe pelo fato de ter demorado tanto tempo assim pra alguém demonstrar interesse no seu trabalho.

Era um golpe baixo, e eu sabia.

Mas aquela era uma briga que já estava para acontecer havia muito tempo e, assim como uma noite de bebedeira em excesso, às vezes é preciso vomitar tudo para se sentir melhor.

Harriet e eu mantivemos nossa raiva uma da outra trancada a sete chaves, mas isso nunca fez com que ela desaparecesse. Só a fez se inflamar. Crescer. Expandir. Distorcer.

— Pelo menos eu mereci meu sucesso — ela retorquiu. — Não foi graças aos meus peitos e à minha bunda.

— Não — respondi. — É graças aos *meus* peitos e, com toda a certeza, à *minha* bunda. Porque nós duas sabemos que eu sou o único motivo para essa peça estar sendo produzida. Meu nome. Minha reputação.

A pior parte era que existia verdade em cada uma das palavras que estávamos dizendo, e essa era a questão de ter uma amizade tão antiga quanto a minha e de Harriet. Saber exatamente o ponto fraco uma da outra. Como ferir.

— A sua surpresa não me engana — falei. — Você está me testando. Desde o início.

— Não sei do que você está falando.

— Não? — Me coloquei em pé. — Você mentiu a respeito do Cal te abordar. Manteve toda aquela merda de história em segredo até poder dar o bote em mim.

349

— Ah, tá — ela disse. — Eu mal podia esperar mesmo. A oportunidade de *dar um bote* em você.

Eu a ignorei.

— Você sabia o que eu sentia pelo Cal e, ainda assim, *você* foi até ele. — Meus dedos se fecharam em torno do encosto da cadeira. — E, todo esse tempo, é como se estivesse me observando. Esperando que eu cometesse um erro. Esperando que eu fizesse merda.

Os braços de Harriet estavam cruzados, o queixo erguido. Na defensiva.

— Essa porra toda foi um grande teste — continuei. — Aquela noite na sua casa. Quando você *esqueceu* que tinha convidado nós dois? Fale a verdade, Harriet, você esqueceu mesmo ou estava tentando provar alguma coisa?

— Não precisei provar nada — ela respondeu. — Você provou por mim.

Eu estava exausta.

— O que você quer, Harriet?

Estava cansada. Magoada. Triste.

— Não importa o que eu quero — Harriet disse. — Você certamente não liga pra isso.

Ela saiu e bateu a porta.

CAPÍTULO 36

NÃO TROCAMOS UMA PALAVRA DO METRÔ ATÉ MINHA CASA. NÃO pegamos os milk-shakes.

— Quer conversar sobre o que aconteceu? — Cal perguntou.

Eu tinha me jogado no meu sofá como um saco de batata. Peixinha subiu no meu colo, mas não sentia que merecia a atenção dela, nem seu ronronar, então a empurrei para o lado. Ela foi até Cal — espertinha —, se esfregando em suas pernas até que ele a pegou no colo.

— A Harriet descobriu — ele falou, constatando o óbvio.

— Descobriu.

— Tudo bem.

Eu balancei a cabeça.

— Não — respondi. — Não está tudo bem. Isso é um problema. Um baita de um problema.

Cal não falou nada. Continuava segurando Peixinha, coçando o pescoço dela, mesmo de onde eu estava conseguia ouvi-la ronronando. Ela o adorava.

E ficaria furiosa com o que eu precisava fazer.

— Não podemos mais fazer isso, Cal.

Ele colocou Peixinha no chão.

— Não — ele falou. — De novo, não.

Meus olhos queimavam.

— Sinto muito. É só que... é complicado demais. É mais do que eu consigo lidar.

— Entendi. — Cal estava com as mãos nos quadris. Olhando para o chão. — Entendi.

Estava bravo.

— Tudo bem, então — ele disse. — Vou embora.

Senti meu coração se partir.

— Sinto muito.

Eu havia dito aquilo muitas vezes nas últimas horas. E eu sentia muito, mesmo. Só não sabia o que mais fazer.

— Sente? — ele perguntou. — Vocês duas são adultas. Por que se importar com o que ela pensa da sua vida amorosa? Isso é da conta dela?

— Considerando que é da conta dela tudo o que acontece nesse musical, sim — respondi. — E ela confiou em mim para manter minha vida pessoal separada da profissional.

— Talvez tenha sido um pedido irrealista.

— É óbvio — falei. — Porque isso é tudo *minha* culpa. Você não teve nada a ver com a história. Pobrezinho do Cal, coitadinho dele, preso na minha teia de perversão e safadeza.

— Você está sendo ridícula.

— É que estou com *tanta* pena — continuei. — Está na cara que eu me aproveitei de você. Mais uma vez.

— Não vamos fazer isso — Cal falou. Ele estendeu a mão na minha direção. — Me desculpe. Eu não devia ter dito aquilo.

— É o que você pensa.

— Não.

— Vamos parar de mentir um para o outro.

— O que você tá fazendo?

— É melhor assim — eu disse. — Isso sempre foi um erro.

Cal se retraiu, e eu me arrependi da escolha de palavras.

— Tem raiva demais envolvida — continuei. — Amargura demais. Já passamos do ponto do perdão. É tarde demais.

— Você está desistindo.

— Temos história demais — eu falei. — Eu te machuquei. Não tive a intenção; nem agora nem na época, mas não faz diferença. Parece que eu só consigo machucar as pessoas com quem me importo.

Cal ficou em silêncio por um instante.

— Não vou discutir com você — ele disse. — Não vou tentar te convencer de que está errada, mas acho que não sou eu que preciso te perdoar.

Lágrimas encheram meus olhos, tornando tudo um borrão.

— Acho que você precisa perdoar a si mesma — completou.

Olhamos um para o outro. Eu sabia que tinha acabado, e ainda assim...

— Se eu for embora, não vou te dar outra chance, Kathleen — Cal falou. — Duas é mais do que o suficiente.

— Eu sei — sussurrei.

Ficamos imóveis, ainda nos fitando. Eu sabia que ele não queria ir embora. Eu também não queria que ele fosse.

Mas o que podíamos fazer? Eu só o machucaria. De novo. E de novo. E de novo. É isso que eu fazia.

— Eu sinto muito.

— Eu também — Cal respondeu.

CAPÍTULO 37

O ÚNICO MOMENTO EM QUE MEU CORAÇÃO NÃO DOÍA ERA QUANDO eu estava no palco. Eu me perdia em Peggy, na peça. Me enterrava naquela personagem. Só quando chegava em meu camarim e tirava a peruca e a maquiagem era forçada — mais uma vez — a encarar o que tinha feito.

Harriet estava me evitando havia uma semana. Cal era educado, mas não me olhava nos olhos. Meus sorrisos eram abertos demais e eu falava mais alto do que deveria.

Depois de cada performance, eu ia embora o mais rápido possível. Em geral, era a primeira a sair e então dava de cara com a muralha de fãs na porta de passagem dos artistas. Não queria me demorar dando autógrafos, mas também era difícil resistir aos pedidos das únicas pessoas que pareciam felizes em me ver.

Dava tantos autógrafos quanto conseguia, sorrindo, mas sem erguer os olhos ao rabiscar meu nome em retratos e capas de revista com décadas de idade. Tentava não olhar muito para aquela que eu havia sido.

Alguém enfiou um exemplar antigo da revista *People* na minha mão. Uma foto minha com Ryan estampava a capa, juntamente da manchete "O príncipe e a princesa do pop: o felizes para sempre deles".

— E aí, Katee? — Ryan falou.

Era como ver um fantasma. Um fantasma bem bronzeado, de botox sutil e manicure em dia.

— Ah, não se acanhe — ele disse quando ficou evidente que tudo que eu conseguia fazer era encará-lo com a boca aberta. — Dá um abraço no seu velho amigo.

Ele me puxou para seus braços — estava um pouco molhado, mas, ao mesmo tempo, até que era uma sensação boa? Eu não tinha certeza. Provavelmente ainda estava em choque.

— Estão tirando fotos — ele murmurou no meu ouvido. — Um sorriso talvez seja uma boa ideia.

Fiz o meu melhor, deixando que Ryan tomasse a frente e pusesse o braço ao meu redor.

— Não é incrível? — ele perguntou para o grupo de fãs reunido na porta dos fundos. — Eu adoro reencontros!

Todos deram vivas.

— O que está fazendo aqui? — murmurei pelo canto da boca enquanto ele acenava para o mar de celulares virados na nossa direção, capturando cada segundo.

— Estava de passagem e pensei em dar um oi.

— Que papo furado — falei, ainda sorrindo. — Você assistiu à apresentação de hoje?

Ryan riu.

— Fala sério — ele disse. — Essa peça tem umas três horas de duração.

— Imaginei — respondi. — Bem, foi bom te ver. Tchau.

— Não seja assim. Vamos pra algum lugar, pode ser? Precisamos conversar.

É óbvio que Ryan me levaria para o bar mais chique e exclusivo de Midtown. Detectei pelo menos três outras celebridades enquanto éramos conduzidos a uma mesa nos fundos.

— Era a Jacinda Lockwood ali? — perguntei.

— Provavelmente.

Nos sentamos.

— Então, Katee Rose — Ryan disse. — Como tem estado?

Olhei para ele.

— É Kathleen — corrigi. — E já se passaram mais de dez anos. O que você está fazendo aqui?

Ele sorriu para mim e, apesar de tudo, aquele sorriso ainda trazia de volta muitas memórias. Memórias boas. Memórias complicadas.

— Você está ótima — ele falou. — Nem sei dizer quais procedimentos fez.

Me restringi a dar um gole na minha bebida, sabendo que ele não acreditaria em mim se eu dissesse a verdade.

— Ryan — eu disse —, desembucha. O que você quer?

Ele parecia acanhado, mas de maneira ensaiada. Aquele olhar sempre foi uma especialidade dele — a carinha "quem, eu?" de filhotinho de cachorro, triste e confusa. Por outro lado, em boa parte do tempo a expressão era genuína — Ryan *de fato* ficava confuso com frequência.

— Tenho ouvido falar muito bem da peça — ele comentou.

— Você quer ingressos?

Ele riu.

— Deus do céu, não. Para um musical? Não, obrigado. — Ele fingiu um arrepio de corpo inteiro, como se não pudesse imaginar nada pior.

— Bem, foi um prazer.

— Espera, espera, espera — ele pediu. — Eu só queria te ver. É tão errado assim?

— Ryan — falei, lenta e pacientemente —, você contou para o mundo inteiro que eu te traí.

— Bem, era a verdade.

Touché.

— Nós dois não nos falamos desde então — continuei. — Então, com certeza, dá pra entender por que fiquei confusa com você brotar assim do nada.

Ryan ficou em silêncio por um momento, e eu o observei pesar os prós e os contras de me dizer a verdade. Aquilo era uma coisa tão familiar que doía um pouco. Não que eu quisesse voltar no tempo — especialmente não para aquela época da minha vida —, mas não deixava de ser um sentimento terno e agridoce, relembrar quanto tempo tinha se passado e como eu estava distante daquela garota.

— Ok — ele finalmente disse. — Desde que você e o Cal anunciaram a peça, minha agente tem recebido um monte de ligações falando de nós. Da banda.

— Sua agente? — perguntei. — A Diana?

Descobrir que minha agente tinha me dado um pé na bunda para ir trabalhar com Ryan deveria ter me parecido mais uma traição na época, mas eu estava tão exausta e esgotada por quanto tinha sido massacrada pela imprensa que fiquei anestesiada.

E podia dizer que aquilo não era exatamente uma surpresa. Na época ou agora.

— E pensamos que seria uma boa ideia, você e eu sermos vistos juntos — ele prosseguiu. — Sabe, pra mostrar que não existe ressentimento.

— Ressentimento seu ou meu? — perguntei.

Ryan deu de ombros.

— Dos dois, eu acho — ele respondeu. — Parece que a internet está dividida em relação ao que aconteceu entre nós. Algumas pessoas acham que não fui muito legal com você.

Dei um golinho na minha bebida, em silêncio.

— Digo, é verdade que você me traiu — ele disse. — Isso foi bem chato.

— É. Foi mesmo.

— Desculpas aceitas.

Eu tinha me desculpado inúmeras vezes — antes e depois de Ryan ir a público com o escândalo —, mas aquele não era um momento pior do que qualquer outro para ter meu pedido aceito.

— Já terminamos de conversar? — perguntei.

— A Diana pensou em fazermos uma sessão de fotos, uma entrevista ou algo assim — Ryan contou. — Aposto que a gente consegue aparecer, sei lá, no *Good Morning America*.

— Não quero aparecer no *Good Morning America*.

O que era uma semimentira. Eu não queria aparecer naquele programa *junto* de Ryan.

— Seria um ótimo jeito de divulgar a peça — ele disse.

— E seria ótimo para você também, acredito.

— Bem, não posso negar que seria.

Eu o encarei por um bom tempo. Ele se remexeu, inquieto. Desviou os olhos.

— Por quê? — perguntei.

— Porque somos velhos amigos.

Eu ri.

— Qual papel você está querendo?

Ele murchou um pouquinho.

— Um muito bom — ele respondeu. — E eu seria perfeito pra ele.

— Mas...?

— Mas as pessoas estão meio bravas comigo, eu acho — ele disse. — Estão achando que eu deixei que você se ferrasse e te usei para alavancar minha carreira.

Não respondi.

— Eu não fiz isso — Ryan insistiu. — Sou um cara legal.

— Aham — falei, pensando em todas as ligações e em todos os e-mails que ele ignorou quando pedi que segurasse os cachorros que havia soltado em cima de mim, ou seja, a imprensa inteira. Em quando implorei que parasse de compartilhar detalhes da minha vida pessoal, como o de que tinha perdido minha virgindade com ele e que depilava meu buço e minha barriga com cera.

— Só uma entrevista — ele pediu —, ou duas. Pra mostrar que somos amigos.

— Nós não somos amigos.

— Ah, fala sério, Katee — Ryan disse. — Não é possível que ainda esteja brava com o que aconteceu.

Eu o olhei fixamente.

— Com a aniquilação da minha carreira, você diz? Nem imagino por que isso ainda me incomodaria.

Ele se contorceu.

— Você perdoou o Cal — ele falou. — E não é como se ele tivesse ficado do seu lado.

Ele tinha razão naquele ponto, o que era irritante pra cacete.

— É diferente — falei.

Ryan estava me observando.

— Vocês estão namorando?

— Não.

Ele não pareceu acreditar.

— Só acho que você tem uma dívida comigo.

Eu havia passado os últimos dez anos concordando com ele. Pensando que eu era a vilã, a culpada. Mas talvez Cal tivesse razão — talvez nada disso tivesse a ver com o perdão de Ryan, com o dele ou mesmo o de Harriet. Talvez a questão fosse perdoar a mim mesma.

— Não — falei.

— Não?

Eu cometi erros, mas paguei por eles. Aprendi com eles. Na maior parte do tempo. E continuaria a aprender com eles. Mas não se seguisse me punindo por uma coisa que eu não podia mudar. Eu fiz uma coisa ruim, mas não era uma pessoa ruim. Não era tarde demais para ser salva. Nem para ser amada.

— Não — repeti. — Eu não te devo nada.

— Eita — Ryan disse. — Pelo visto, nada mudou.

Eu o olhei. O encarei de cima a baixo.

— Pelo visto, não mesmo.

— Você me traiu — ele choramingou.

— Nós éramos dois pirralhos — falei. — Foi um erro, e eu me desculpei. No entanto, ainda estou esperando o seu pedido de desculpas.

— O meu?

— Você não precisava ter feito o que fez — continuei. — Sei que estava magoado, mas você não se contentou em me atacar, Ryan, você fez tudo o que pôde para acabar com a minha carreira. Você queria me destruir.

Ele cruzou os braços com força na frente do peito, fazendo uma cara amuada.

— E não finja que não sabia o que estava fazendo. Eu sei que não revelar que foi com o Cal foi uma escolha sua. Você queria manter a banda unida até que tivesse garantido a sua fuga, até conseguir sua grande oportunidade.

— Eu era o único com talento naquele grupo inteiro, de qualquer jeito.

— É o que você sempre disse — falei. — E ainda assim precisa da minha ajuda para manter seu nome na mídia.

— Eu não *preciso* de nada — ele retrucou. — É *você* quem precisa.

Me lembrava um pouco daquela ladainha do "bobo é quem me diz". Era como estar interagindo com uma criança.

— Eu sei o que você e o Cal falavam de mim — Ryan continuou. — Vocês me achavam um idiota, mas eu sabia que estavam ficando mais próximos.

Não respondi nada.

— Vamos lá — ele disse. — É só uma entrevista.

Mas eu não confiava em Ryan.

— Sinto muito — falei. — Você vai ter que conseguir esse papel por conta própria.

— Você está sendo injusta.

Fiquei em pé e pousei uma mão no ombro dele.

— Sabe, por um momento nosso relacionamento foi bom — falei. — Mas já acabou há muito tempo. Vá pro inferno e não volte, Ryan.

CAPÍTULO 38

— O QUE É ISSO? — HARRIET EMPURROU O CELULAR NA MINHA DIREÇÃO.

Era quarta-feira, um dia de apresentação dupla — o que significava que eu precisaria estar de volta no teatro em algumas horas. Eu não tinha tempo de voltar para o Brooklyn e não estava nada a fim de ficar escondida no meu camarim.

Tinha comprado dois *rugelach* de chocolate do quiosque da Breads e os estava comendo sentada no Bryant Park quando uma foto minha e de Ryan deslizou pela mesa.

Era o maior número de palavras que Harriet havia me dito em dias.

— Agora você está andando com Ryan? — ela perguntou, se sentando.

Aquela, sim, era a Harriet que eu conhecia. Sem rodeios e conversinha- fiada.

Era uma foto de algumas noites antes, na porta dos fundos do teatro. Grandes sorrisos no nosso rosto, mas só alguém que nos conhecia seria capaz de dizer que eram falsos.

— Ele passou por lá pra conversar. — Empurrei o celular para longe.

— Conversar? — As sobrancelhas de Harriet se ergueram.

— Fomos beber juntos — respondi. — Ele queria que a gente participasse de um programa de entrevistas.

— E?

— E o quê, Harriet? — perguntei, me sentindo frustrada e brava. — Se quer saber se eu transei com ele, é só perguntar, tá bom?

— Eu sei que você não fez isso — ela disse, mas não parecia convicta.

— Olha — falei —, sei que você está brava comigo e que tem motivos. Eu menti para você; disse que não me envolveria com Cal e me envolvi. Mas aquela promessa foi antes de eu saber...

Parei de falar.

Eu não queria fazer aquilo. Não queria mais brigar com uma pessoa que amava. Não queria arriscar desgastar aquela relação ainda mais.

— Antes de saber o quê?

— Deixa pra lá. O importante é que nós terminamos. Eu não estou dividindo a cama com ele, nem com o Ryan. Nem a Peixinha está dormindo comigo ultimamente, porque, pelo visto, ela também me odeia.

— Eu não te odeio — Harriet falou.

Tive vontade de chorar de alívio, mas apenas inspirei fundo.

— Bom mesmo — eu disse. — Porque eu amo você. Você é minha melhor amiga, e sinto muito que isso tenha acontecido. Sinto muito por eu ter feito merda, de novo, mas não consigo aguentar essa situação. Se não temos mais volta, só me diga logo. Vai partir meu coração, mas pelo menos vou ter certeza.

Aquilo pareceu atingir Harriet.

— Você acha que eu não quero mais ser sua amiga?

— Não sei o que achar — falei. — Só o que sei é que não vou ficar pedindo desculpas para sempre. Já está começando a parecer que o que você quer é me punir.

Harriet ficou em silêncio.

— Eu queria — ela confessou.

Até ali, estava óbvio.

Estendi o resto de *rugelach* de chocolate para ela.

— Sério? — ela perguntou.

Provavelmente era meu doce assado preferido. Harriet sabia disso.

Fiz que sim com a cabeça. Ela deu uma mordida. Soltou um gemidinho agradecido, uma reação necessária e apropriada. Eu a observei engolir o resto do doce em três mordidas rápidas.

— Tem uma coisinha aqui. — Eu apontei.

Ela limpou os farelos do canto da boca.

— Você tinha razão — ela falou. — E eu não gostei de ouvir.

As mãos dela estavam cruzadas sobre o colo.

— Eu *estava* com inveja — Harriet continuou. — Sempre estive.

O vento ganhou força ao nosso redor, arrastando folhas pelo chão, erguendo-as em um breve pasodoble.

— Você escreveu uma peça incrível — eu disse.

— Para você.

Eu sacudi a cabeça.

— Você escreveu para você mesma. Eu só tive a sorte de poder te acompanhar.

Harriet espalmou as mãos na mesa. Seus anéis dourados refletiram a luz que passava através das árvores.

— É assim que eu sempre me sentia — ela falou. — Naquela época. Que eu tinha sorte por você me deixar te acompanhar.

— Harriet. — Eu me estiquei e coloquei as mãos nas dela. — Eu é que tive sorte. Não sei o que teria feito sem você. — Dei um apertão em seus dedos. — Sinto muito mesmo por ter estragado tudo. Naquela época e agora. Sinto muito por ter deixado um cara entrar no meu caminho. No *nosso* caminho. O seu álbum teria sido maravilhoso.

Harriet enxugou os olhos.

— Eu não deveria ter colocado a expectativa de todos os meus sonhos em você — ela disse. — Foi errado da minha parte.

Não respondi.

— Sabe o que eu fiz quando vi essas fotos de você e do Ryan? — ela perguntou.

Eu não sabia.

— Eu li os comentários.

— Ah, não — falei. — Por que fez isso? Nunca leia os comentários.

— Eu sei! É que eu estava muito irritada com a atenção que você e o Cal estavam ganhando. Por toda notícia ser sobre ele, ou sobre você, ou sobre vocês dois. E eu sabia que, se descobrissem que vocês estavam juntos, todo mundo só falaria disso, e eu estava muito puta e com muita inveja.

— Eu também ficaria irritada no seu lugar.

— Mas aí eu li os comentários — ela continuou. — Sabe o que estavam dizendo de você?

— Provavelmente, que eu envelheci e engordei.

Ela balançou a cabeça, confirmando.

Dei de ombros.

— E daí? É verdade.

— É tão cruel — Harriet disse. — O que as pessoas dizem. O que estranhos dizem.

— Eu não sou uma pessoa — expliquei. — Sou uma estrela do pop rica, uma megera que traiu o namorado que estava em uma *boy band* e acha que merece uma segunda chance. Eu não sou normal. Sou uma *celebridade*.

Fiz mãozinhas de jazz para ela. Ela riu, mas não era engraçado. Não totalmente.

— Eu assisto às apresentações toda noite — ela falou. — Às vezes, da orquestra. Às vezes, dos fundos do teatro e outras, da plateia.

— O Cal também.

Harriet assentiu.

— Na noite passada, eu estava sentada ao lado de um grupo de quatro pessoas. Duas mulheres da nossa idade e as filhas. Dava para ver que eram velhas amigas, as mulheres, e as filhas estavam ali porque tinham sido obrigadas.

— Adoro esse tipo de público.

Harriet sorriu.

— No fim da peça, as quatro estavam encantadas. Seu número fez elas chorarem. Fez meninas adolescentes chorarem.

— Adolescentes choram por qualquer coisa — falei. — Eu me lembro bem.

— Não quando elas não querem. Não tem nada mais poderoso do que uma adolescente querendo esconder as emoções da mãe.

— Verdade.

— Eu fiquei ouvindo a conversa delas no intervalo e depois da peça — ela continuou. — Talvez eu as tenha seguido até a saída.

— Que medo.

Ela me olhou.

— Elas não paravam de falar de como você era incrível.

Gostei de ouvir isso.

— Mas não foi só isso — ela completou. — As filhas não faziam ideia de quem você era.

— Chuto que as mães eram minhas fãs.

Harriet fez que sim.

— E ficavam tentando explicar, mas as garotas não ligavam. Tudo o que viam era a mais nova estrela da Broadway favorita delas.

Mordi o lábio. Era demais para aguentar.

— Não importa o que a imprensa escreva — Harriet falou. — Não importa que venham ver a peça por se lembrarem de você. Nem que venham por terem ouvido falar de todo o drama entre você e o Cal. O que importa é que vão estar na plateia quando você mostrar pra todo mundo que é talentosa pra cacete.

— Que *nós* somos — corrigi. — É a sua peça.

— *Nossa* peça.

— Isso significa que somos amigas de novo? — perguntei.

— Me poupe — Harriet falou. — Nós somos família.

— Ah, graças a Deus.

Ela me colocou de pé e me puxou para um abraço pelo qual eu estava esperando havia semanas. Meses até. Eu sentia falta dela. Sentia muito a falta dela.

— Me desculpe por ser uma invejosa — Harriet disse.

— Me desculpe por não conseguir ficar com a calcinha no lugar.

Ela me fitou.

— E você e o Cal?

— Nós terminamos — falei. — Juro.

Ela mordeu o lábio inferior.

— O quê? — perguntei.

Harriet enlaçou o braço no meu. Eu a acompanhei enquanto ela me levava para longe da mesa, até o perímetro do parque.

— O quê? — repeti.

— Sinto muito — ela disse. — Por você ter terminado com o Cal por minha causa.

Eu balancei a cabeça.

— Não foi por sua causa — falei. — Foi por minha causa. Eu não faço bem para ele. Acho que nós dois sabemos disso. O mundo inteiro deve saber.

— Isso é um absurdo.

— Ei!

— Você faz, sim, bem para ele — Harriet afirmou. — E ele, para você. Eu não conseguia ver isso porque estava sendo invejosa e idiota, mas esquece o que eu penso. Vocês são adultos. Vocês se amam. Você não deveria tomar decisões com base na minha opinião.

Eu a encarei.

— Estou ficando muito confusa — falei.

— Eu sei.

— Não faz diferença — eu disse. — O Cal nunca vai me dar outra chance. Mesmo que eu peça.

— Você pediria? — Harriet perguntou.

— Não — respondi. — Não posso.

Ela ergueu as sobrancelhas para mim.

— Você ama ele — ela insistiu.

— Para.

— Só estou dizendo a verdade.

— Pensei que você tinha acabado de me dizer que eu não deveria tomar decisões com base na sua opinião.

—Não é minha opinião. É um fato. Você ama ele e ele ama você.

Estava esfriando ainda mais. Eu abotoei meu casaco até o queixo.

— É tarde demais — falei.

— Ele disse isso?

Fiz que sim.

— Não culpo ele. Eu já o fiz de idiota o bastante pra uma vida inteira. Ele merece alguém melhor.

— Não merece, não.

— Obrigada — respondi, secamente.

— Você entendeu o que eu quis dizer.

— Entendi — falei. — E agradeço. Mas é assim que as coisas vão ser.

Harriet apoiou a bochecha no meu ombro. Eu sabia que ela queria falar mais, discutir mais comigo, mas não fez nada disso, e nós simplesmente continuamos andando.

CAPÍTULO 39

OS APLAUSOS DE PÉ DURARAM DEZ MINUTOS.

Óbvio, era a noite de estreia, o que significava que a plateia estava lotada de amigos, família e apoiadores, mas saboreei cada segundo daquela aclamação. Eu merecia aquilo. Todos nós merecíamos.

Nos bastidores, o entusiasmo corria solto. Estávamos todos cientes de que aquela festa poderia virar um enterro uma vez que as resenhas saíssem, mas naquele momento não importava. Tínhamos estreado na Broadway.

Harriet veio ao meu encontro no camarim, onde trocamos buquês de rosas praticamente idênticos.

— Dá pra acreditar nisso? — ela perguntou.

Já sem o figurino e a peruca, me juntei a ela no sofazinho com meu robe, o cabelo ainda preso para trás. Ela me serviu uma taça de champanhe.

— Somos um sucesso — falei.

Brindamos com nossas taças e bebemos.

— Como foi estar na plateia? — perguntei. — Assistir à estreia da *sua* peça?

Harriet soltou um suspiro profundo e satisfeito.

— Foi incrível. Só queria poder colocar esse sentimento em uma garrafa e tomar um golinho dele toda vez que me sentisse mal comigo mesma.

Eu apertei a mão dela.

— À sua *primeira* estreia na Broadway — falei. — Mal posso esperar pela próxima.

— E a você — ela disse. — Não que tenha permissão para sair da peça em nenhum momento do futuro próximo.

— Falando nisso... — Eu me levantei e fui até minha bolsa. — Encontrei o seu próximo projeto. *Nosso* próximo projeto.

— Tá brincando? A última coisa que quero é começar alguma coisa. É hora de relaxar, não de trabalhar.

— Não sei se você vai considerar isso aqui um trabalho — falei, segurando o presente dela atrás das minhas costas. — Mas se não quiser...

Harriet estava tentando ver o que eu escondia, mas virei o corpo, tentando manter o presente que segurava fora do alcance do olhar dela.

— Tá bom — ela disse, estendendo a mão. — Vamos ver que projeto novo é esse.

Entreguei o pacote a ela.

— Isso é...? — Ela o virou nas mãos.

— Abre.

Harriet arrancou o papel.

— Kathleen... — A voz dela estava embargada.

— Estou pronta — garanti. — Você não está? Já esperamos o bastante.

Era a demo que tínhamos gravado tantos anos antes. Com todas as músicas de Harriet.

— Acha que a gente consegue?

— Por que não? — perguntei. — Por que não tentar?

Ela encarou o CD e, então, me puxou para um abraço.

— Eu topo — ela falou. — Vamos fazer isso acontecer, porra.

Servimos um pouco mais de champanhe. Bebemos.

— O Cal estava feliz? — perguntei.

Não pude me segurar.

— Com a apresentação — esclareci, desnecessariamente.

Estávamos sendo completamente profissionais um com o outro desde o término, educados e respeitosos, mas também mantendo distância.

Toda vez que eu olhava para ele, meu coração apertava.

— Ele está feliz — Harriet respondeu, os dedos ainda traçando a capa do CD.

— Que bom.

Ela me lançou um olhar longo e penetrante.

— E você? — ela perguntou.

— Acabei de fazer minha estreia na Broadway. Um sonho de uma vida toda. Eu poderia estar mais feliz?

— Você falou com ele?

— Ele tem me passado as anotações, como faz com todos os atores.

— Você deveria dizer a ele.

— Dizer o quê?

— Que está apaixonada.

O espumante quase saiu pelo meu nariz.

— Por que eu faria isso?

— Porque é a verdade — ela falou.

— E daí? — Fiquei em pé e fui até o espelho para começar a tirar os grampos do meu cabelo. — Não vai mudar nada. Além do mais, ele já sabe.

Harriet se juntou a mim no reflexo.

— Sabe mesmo?

— É lógico que sabe.

Mas será que eu já tinha, de fato, dito aquilo alguma vez? Ele, Cal, tinha. Foi corajoso o suficiente. Duas vezes.

Harriet colocou a mão no meu ombro.

— Não vou te dizer o que fazer.

Olhei para ela.

— Mas aquele homem é apaixonado por você desde que éramos crianças — ela continuou. — E acho que você é apaixonada por ele há um tempo também.

Encarei minhas mãos, incapaz de olhar Harriet nos olhos.

— Diga a ele — Harriet incentivou.

— Acho que isso é literalmente o oposto de não me dizer o que fazer.

Ela riu.

— Bem, eu sou sua melhor amiga. E estou certa.

Ela me deu um abraço por trás e um beijo na bochecha.

— Te vejo no *after*.

Eu estava maravilhosa. Meu vestido era longo, elegante e sensual, e eu me sentia incrível nele. Nunca fui muito de sessões de foto no tapete vermelho, mas naquela noite estava transbordando de orgulho. Se aquelas pessoas queriam uma foto minha, bem, conseguiriam o maior sorriso do lado de cá de Manhattan.

A produção havia alugado um espaço maravilhoso nas redondezas do rio Hudson, perto de Hell's Kitchen. Era adornado como um bar dos anos 1940, com garçons e garçonetes caracterizados de acordo com a decoração.

A sensação era a de ter voltado no tempo, e era mágica pura.

Localizei Harriet e Whitney do outro lado do salão e acenei para elas. Harriet, sutil como sempre, apontou para a esquerda dela, onde Cal estava junto dos produtores.

Quase perdi o ar. Ele estava tão lindo de terno.

Eu sentia saudades dele.

E eu o amava.

Diga a ele.

Diga a ele.

Diga a ele.

As palavras de Harriet ecoavam, mas a voz dela lentamente se transformou na minha. Porque, lá no fundo, eu sabia que ela estava certa. Que precisava dizer ao Cal o que sentia.

Ele foi honesto comigo. Foi corajoso.

Eu devia isso a ele. No mínimo.

Eu o vi se esquivar para trás de uma cortina que cobria a parede e me apressei em alcançá-lo. Meus saltos eram altos, mas minhas pernas eram longas.

Empurrei o tecido de lado, quase sem fôlego, e o encontrei parado, sozinho. Estava olhando para o rio.

— Cal!

Ele se virou.

— Kathleen. — Ele colocou a mão no peito, sobre o coração.

Eu não sabia o que aquilo significava. Eu o tinha assustado? Era um gesto para se proteger?

— O que está fazendo aqui? — ele perguntou. — Volte lá com o restante do pessoal.

— Eu preciso te dizer uma coisa.

Me aproximei.

— Não é um bom momento — Cal falou, olhando de relance para a cortina à esquerda dele.

— Só preciso de um minuto.

Eu o observei ponderar se discutiria comigo, mas, no fim, ele simplesmente fechou a boca e fez um aceno. Sua mão ainda estava no peito.

— Você não me deve nada — eu disse. — Não me deve nem uma resposta ou uma reação, mas eu só preciso dizer que amo você.

— Kathleen, eu...

— Eu sei. — Ergui uma mão. — Eu sei. Você já me deu uma chance. Duas. E eu estraguei elas. Fiz besteira. Muito. Horrores.

— Não é isso...

— Não estou pedindo mais uma chance — falei. — Só queria que soubesse. Que eu te amo. A Harriet acha que eu sou apaixonada por você desde que éramos crianças, e eu acho que ela tem razão. Acho que te amo desde aquela noite no telhado. Provavelmente antes, mas sem dúvidas a partir dali.

— Kathleen...

Ele parecia triste, e meu coração se partiu.

— Tá tudo bem — concluí. — Acabou. Você estava certo. Só queria que soubesse. Ok?

Cal abaixou os olhos, soprou um risinho e me encarou de novo.

— O quê? — perguntei.

A expressão em seu rosto era impenetrável.

— Eu estou microfonado — ele falou.

Sua mão se ergueu para revelar que estivera cobrindo um pequeno aparato preso ao paletó.

De repente, um clamor de aplausos irrompeu do outro lado da cortina. Ela subiu, revelando o elenco inteiro, a equipe, a imprensa e os convidados, comemorando e gritando diante do anúncio que eu tinha acabado de fazer nas caixas de som.

— Ah, meu Deus — falei.

— Espero que não estivesse pretendendo manter segredo dessa vez — Cal disse.

Ele estendeu as mãos e agarrou as minhas, me puxando para perto de si.

— Beija! — a multidão gritou. — Beija! Beija!

Não seria surpresa para mim se fosse Harriet que tivesse puxado o coro.

— Que vergonha — falei, as mãos de Cal na minha cintura.

— Você sempre fez o seu melhor diante de uma plateia.

— Certamente, não o meu melhor — retorqui, uma sobrancelha erguida.

A multidão deu um berro e continuou o coro.

Cal deu um puxão no microfone, removendo-o do paletó, e o deixou sobre uma mesa ali perto. Então me puxou para os bastidores, incitando um lamento audível da multidão.

Assim que nos vimos a sós, apertei meu rosto no peito dele.

— Ai, meu Deus — eu disse. — Não acredito que fiz isso.

Cal colocou a mão sob meu queixo e ergueu meu rosto, fazendo-o se alinhar com o dele.

— Foi perfeito.

— Sério?

— Bem — ele falou —, perfeitamente você. Perfeitamente nós.

Coloquei os braços em torno do pescoço dele.

— Nós? — perguntei.

— Eu sempre amei você.

Eu me sentia fraca de alívio. De alegria.

— Todo mundo vai pensar que eu transei com você pra conseguir esse papel.

— Provavelmente — ele respondeu. — Até que te vejam no palco. Aí vão saber a verdade.

— Que é?

— Que esse sempre foi o seu lugar.

Não sabia se ele queria dizer o palco ou nos braços dele, mas não importava. As duas coisas eram verdade. Agora e para sempre.

ENCERRAMENTO

— É SEGURO SUBIR AQUI? — CAL PERGUNTOU.

Dei de ombros.

— É um telhado — falei. — Acho que não vai ceder.

Vi que ele não estava muito animado com minha resposta, mas me seguiu até ali de qualquer forma.

Nos sentamos lado a lado, os braços enroscados em torno dos joelhos, próximos o bastante para encostarmos um no outro, porém ainda mantendo distância.

Apesar de estar fazendo frio, era o melhor tipo de frio veranil, quando o calor do dia ainda estava vivo na pele. Puxei a bainha do meu blusão por cima das minhas pernas despidas, provavelmente parecendo uma bolota de moletom com cabeça e pés.

Cal estava com camiseta e calça de pijama xadrez. Sob a luz da lua, eu conseguia ver que seus braços estavam arrepiados, mas ele não disse nada, nem eu.

— Você tem vontade de poder só congelar o tempo às vezes? — perguntei.

Cal ficou em silêncio por um tempo.

— Acho que não — ele respondeu.

— Ah.

— Eu queria que o tempo acelerasse.

— O que você quer que aconteça logo?

— Ser adulto, acho — ele disse. — Ter liberdade, poder fazer minhas próprias escolhas.

Me virei na direção dele, apoiando a bochecha no joelho.

— Sinto que estou só esperando que alguma coisa aconteça.

Eu concordei com a cabeça.

— Às vezes, você precisa fazer com que as coisas aconteçam — falei. — Não pode esperar.

Ele estava olhando para o céu.

— Do que você gosta nisso? — ele perguntou. — Se apresentar.

— Gosto de como me sinto.

— Que é?

Pensei no assunto.

— Poderosa, acho. Porque, quando estou no palco, completamente imersa no momento, todo mundo está me olhando. Digo a eles o que sentir, como sentir. Se estiver fazendo do jeito certo, pelo menos. Isso é bem poderoso.

— Nunca pensei desse jeito.

— Não tem nenhum outro lugar em que eu preferiria estar — falei. — E você?

— É divertido — ele disse. — Eu gosto que seja meio que uma surpresa, sabe? Mostrar pras pessoas que você sabe dançar, cantar ou qualquer coisa.

— É — concordei.

Nós olhamos para as estrelas.

— Queria poder voltar no próximo verão — falei.

Ele se mexeu.

— Você não vai voltar?

— Não posso — respondi. — Essa foi a minha chance. Pelo menos até eu fazer dezoito anos.

Cal balançou a cabeça.

— Bem... — Ele pensou por um momento. — Quem sabe você não recebe uma ligação quando voltar pra casa. Às vezes acontece... Olheiros e agentes, eles entram em contato.

— Quem sabe — falei.

Eu tinha ido bem. Tinha sido ótima. Mas ninguém veio falar comigo depois da apresentação.

— Alguém vai te ligar — ele afirmou. — Você é muito talentosa.

— Você também. E a Harriet.

— Não acho que sou tão bom assim.

— Você sabe do que gosta — eu disse. — O que fica bonito. O que funciona.

— É, sei lá...

— Talvez devesse virar coreógrafo, diretor ou algo assim.

Ele riu.

— Tá. Certo.

— O quê? — Dei um empurrão nele. — Se os olheiros vão me ligar, por que você não pode virar diretor um dia?

— Acho que posso tentar.

— Promete pra mim que vai.

Estiquei o mindinho na direção dele.

Cal parecia achar que aquilo não era necessário, mas enlaçou o mindinho com o meu e me imitou quando assoprei o polegar.

— Foi o melhor verão de todos — falei. — Apesar de tudo.

— É.

Eu olhei para ele. Ele era muito bonito.

— Cal?

— Oi?

— Posso te beijar?

Ele se virou para me encarar.

— O quê?

Eu deveria ter dito "nada" ou "esquece", mas em vez disso só repeti:

— Posso te beijar?

Ele estava lindo na luz do luar.

— Pode, óbvio.

Fui na direção dele. Não sabia o que fazer com minhas mãos. Nem com meus joelhos. Com nenhuma parte de mim, na verdade. Meio que só fiquei sentada ali, meu torso retorcido na direção dele. Então, coloquei a palma das mãos dos dois lados do rosto dele.

E o beijei.

Foi um beijo rápido e estalado. Tão curto que nem deu tempo de processar tudo, exceto a maciez dos lábios de Cal. Fiquei desapontada. Tinha esperado mais. Desejado mais.

Mas eu pedi um beijo e foi o que ganhei.

Estava prestes a me virar quando a mão de Cal subiu e segurou meu rosto. Ele me puxou para si e pressionou a boca na minha.

Dessa vez, eu senti tudo.

A carícia do polegar dele sob meu queixo. A pressão dos seus lábios e o gosto de hidratante labial e pasta de dentes. Como meu corpo inteiro parecia estar zumbindo. Meus joelhos tremiam, batendo um no outro sob o moletom que ainda cobria minhas pernas.

Nos afastamos e eu abri os olhos.

— Certo — falei. — Obrigada.

— Obrigada? — Cal perguntou.

Eu me desemaranhei das minhas roupas e desci do telhado com pressa.

— Kathleen?

— Preciso ir.

— O quê?

Corri antes que ele pudesse me seguir. Corri de volta para o alojamento feminino, a noite fria de verão batendo no meu rosto quente. Eu tinha sido beijada. Beijada. Por Cal.

E tinha a impressão de que nada seria igual.

THE NEW YORK TIMES

RESENHA DE TEATRO

"ENCANTAMOS! É ENCANTADOR"

POR SHAUNA MILLER [TRECHO]

Cal Kirby, conhecido anteriormente por ter coreografado *aquela cena* de *A raridade de Hildebrand*, bem como pela direção de diversos shows e espetáculos, chega à Broadway como se tivesse nascido para isso. Na dupla função de diretor e coreógrafo, Kirby parece pronto para se juntar à patente de Fosse, Kidd e Robbins com essa estreia. Sua direção é criativa, confiante e, o mais importante, divertida.

Não existem números fracos na peça. A música de Harriet Watson é cativante e animada. Ela constrói a trilha sonora em torno de uma sonoridade ousada de jazz orquestrado, e suas letras são de partir o coração. É um equilíbrio perfeito entre o familiar e o novo — canções que fazem parecer que já as conhecemos e amamos desde sempre, mas que ainda são completamente originais e inesperadas. Vamos torcer para que estejam trabalhando em um álbum do elenco, que vai se tornar um item de colecionador para todo fã de musicais.

Já existe um burburinho com a performance de Kathleen Rosenberg. Quando ela pisar no palco para cantar "Nunca fui vista", será impossível desviar os olhos. Ela é deslumbrante. Quem for ao teatro esperando ver Katee Rose vai se decepcionar, porque essa não é a estrela do pop que nós conhecemos.

Ou, talvez, a verdade seja que nós nunca realmente a conhecemos.

AGRADECIMENTOS

POUCAS COISAS SÃO MAIS TRÁGICAS DO QUE UMA CRIANÇA QUE gosta de teatro e não sabe nem cantar, nem dançar, nem atuar.

Quando se é o oposto de multitalentoso, às vezes é preciso encontrar outro jeito de expressar sua adoração. É isto o que este livro é. Uma carta de amor para uma das minhas primeiras paixões — o teatro musical. Nunca vou ter a chance que Kathleen teve — se apresentar na Broadway! —, mas escrever sobre o tema foi uma forma bem fantástica e divertida de substituição.

Estou em dívida com o time incrível da Random House, tanto o anterior como o atual. Courtney Mocklow e Morgan Hoit, que trabalharam no *Já que você perguntou* e continuam a ser as melhores líderes de torcida, mesmo que de longe. Taylor Noel e Corina Diez, a dupla de marketing dos meus sonhos, e Melissa Folds, rainha da publicidade. Sou tão grata por todas vocês. É muito provável que, se você está com este livro nas mãos, seja graças ao trabalho que essas mulheres incríveis fizeram.

Obrigada a todo mundo na Penguin Random House pelo apoio. Obrigada a Kara Welsh, Kim Hovey, Jennifer Hershey, Cara DuBois, Belina Huey, Ella Laytham, Elizabeth Eno e a todos que contribuíram para este livro de alguma forma. Sou grata por cada um de vocês.

A Kasi Turpin, por mais uma capa absolutamente maravilhosa, e a Cassie Gonzales, por fazê-la brilhar.

Mae Martinez — magnífica assistente —, que mantém tudo em ordem e, para completar, fornece anotações sensacionais.

Minha editora incrível, Shauna Summers, que segurou minha mão durante o processo inteiro, sempre paciente, sempre gentil, sempre solidária. Escrever um livro é *MUITO* difícil, mas vale a pena quando tenho a oportunidade de fazer isso junto de você.

Elizabeth Bewley. Como posso sequer começar a expressar minha gratidão? Você literalmente mudou minha vida, e eu te amo. Estamos no início de uma aventura muito emocionante.

Meu grupo de escrita maravilhoso, Zan Romanoff, Maurene Goo, Sarah Enni, Doree Shafrir e Kate Spencer. Eu adoro vocês. Obrigada a Dyan Flores, Lauren Cona e Gregory Bonsignore pelo *brainstorming* via mensagem a qualquer momento do dia (e especialmente a Dylan, por inventar o nome da CrushZone, entre outros). Obrigada a Morgan Matson por criar *Encantamos!* comigo em vez de assistir ao jogo de beisebol a que iríamos.

Obrigada a Robin Benway, Katie Cotugno, Brandy Colbert, Anna Carey, Veronica Roth, Margot Wood, Alisha Rai e qualquer outra pessoa que eu tenha esquecido em meu nevoeiro mental pós-rascunho, por serem a comunidade de escrita com que sempre sonhei. Obrigada a Mike Hanttula, por criar o melhor site de todos para mim e ser o melhor parceiro. Obrigada à minha professora Kellie Wells, que deve receber crédito total pelo "badulaque varonil", um dos meus eufemismos preferidos da história (para melhorar, imagine-o dito com um sotaque irlandês). Obrigada a Laura Hankin, Emma Straub, Mady Maio e a todos os outros livreiros e leitores que me trouxeram até aqui. Obrigada à minha querida amiga Tal Bar-Zemer por ser minha leitora beta peituda, amante de teatro e nova-iorquina. Todos os erros são meus e apenas meus.

Obrigada à minha terapeuta. Aos funcionários da lanchonete Baja Fresh no Riverside Drive. A todas as minhas plantas (mesmo as que mutilei por acidente). À rádio On Broadway da emissora Sirius. A Solvang. A comestíveis canábicos. Aos muffins de mirtilo do Costco. Ao pilates e às velas perfumadas. A Sondheim. A todas as coisas que ajudaram a tornar cada dia um pouquinho mais fácil.

Obrigada à minha mãe.

Ao meu irmão e à minha irmã. A Tim e Amy. A Feivel.

A John. Minha pessoa favorita.

A Mozzarella e Geordi e Susannah (cachorro, cachorro e gato, respectivamente).

A Basil (meu coração).

A você.

Primeira edição (fevereiro/2024)
Papel de miolo Ivory 65g
Tipografia Arnhem e Futura
Gráfica LIS